明代前期楚辭學史論

陳煒舜 著

臺灣 學生書局 印行

序　一

　　太史公以廉潔正直稱屈原，又深許《離騷》之能怨。《漢書‧古今人表》置屈原於上中，與顏閔孟荀同品，目之為仁人。屈子之名遂與日月同懸。劉向集《楚辭》，首以《離騷》，王逸又為章句，則不獨屈賦彌彰，《楚辭》亦得以盛行矣。

　　南宋始衰，道學漸興，屈賦遂以多怨而見刺，屈子遂以自沉而見譏，蓋時使之然也。元中葉後，寓朱注於科舉，道學益尊。明初二祖，政深刑厲，民莫敢言。道學利君，明室又與朱子同姓，國興而朱學極盛矣。時臺閣承風，爭誇盛世，文趨舒緩，以契道心。《離騷》是亂世之音，《楚辭》是《離騷》之體，宜其黜而不興，唯失志貧士私賞之耳。英憲而後，國運陵遲，肉食者然後知文當用世，屈子遂以怨誹而見賞，於是《楚辭》之學，得見中興。

　　觀乎往史，更知文體廢興有時。南朝亂亟，王公大臣寄情宮體以避世。隋文一統，見宮體之為禍而深惡之。唐興，太宗好為宮體詩，以之為太平雍和之象。宮體復興，時也。然物不可以終通，故受之以否，於是陳伯玉起而非齊梁間詩，謂其興寄都絕，冀以詩文救國。晚唐紛亂，而詩復趨纖巧，與世相違。宋興而尚西崑，猶唐興而尚宮體也。宋始衰而道學起，亦欲拯國運於水火之中耳。道學之為元明君主所用，則猶漢武之獨尊儒術也。文風遷變，時使之然，於此可見。

　　夫善論文者必論世,善論世者必論時。人得時而有勢,文得勢而成風。人藉時勢,時勢亦因人而成。其間弛張往復之微,尤不可不察也。吾弟陳博士煒舜講學上庠,及壯已擢為副教授。其學通古今中外,其才高廣,於今難有比倫。而彼益謙遜自礪,故為儕輩所賞愛。近撰長篇,論明代臺閣文風及《楚辭》學於明代自衰而盛之變,詳盡無以過之。歷明之世,《楚辭》因屈騷之怨誹而衰,復因屈騷之怨誹而盛,都因時勢而變。煒舜詳加論述,鉅細無遺,不積學不能至此。固足為世法矣。其長篇將付梓人,余既賞其才學而感其勤勞,遂為之序。公元二〇〇八年,龍集戊子,何文匯寫於山樓。

序 二

我在香港中文大學曾經講授過「楚辭」這門課，把自己對《楚辭》的一些看法，提供給選課的同學參考。通常是在逐字逐句講解課文之餘，偶而提出一些有關看法的片斷，既然是即興隨想，自然不成系統。想不到有的學生非常聰明，自稱聽課受了啟發，竟然可以把我講解〈九歌〉時的一些私己之見加以發揮，聯綴成篇，寫成題為〈九歌意象闡微〉的畢業論文。他姓許，是香港飲食名店「許留山」的後人。他非常聰明，不但領悟力高，而且極有靈性。這樣的人才難得，大可培養，可惜他的興趣不在學術研究，大學畢業之後，他就選擇自己的興趣，到藝文影劇界去從事文案創意及譯寫的工作了。這是至今讓我覺得惋惜的事。「有心栽花花不發」，此之謂也。但又有一位同學，他聽過我別的課，應該不曾聽過我講「楚辭」，卻自己看了我的《詩經與楚辭》一書，偶而聊了幾句，竟然對《楚辭》早已產生濃烈的興趣，發表了不少擲地有聲的論文，讓我不能不刮目相看，覺得「無心插柳柳成陰」。這個人，就是本書著者陳煒舜先生。

煒舜祖籍湖北漢口，生長於書香門第、小康之家。從小聰明穎悟，又奮勉好學，與父母定居香港，入拔萃男書院，成績極為優異，因而升讀香港中文大學工商管理系。在學期間，自己研習中文，讀了不少古籍，有的竟然可以背誦；曾經參加香港新市鎮文化協會及區域市政局主辦的大中學生古典詩詞創作比賽，得了獎；曾經寫了不少新舊體詩，後來出了詩集；除了中文之外，還選讀或自修過多種外國語文，至今他能聽講讀寫

的，至少包括俄、德、義大利文等；當然，他的英、粵語非常
流利，而「普通話」及上海話則極為地道。這種人才非常難得，
他未來的發展方向，也極為寬廣，可以選擇的人生道路也很多，
但不知為什麼，他卻獨鍾於中文。最後他竟然靠自修過關斬將，
考上了香港中文大學中文研究所。

　　一九九八年的秋天，當他正式註冊入讀香港中大中文所不
久，正好我在臺大申辦退休而又回到中大校園，還繼續擔任中
大研究院的中文學部主任，因此多所接觸。據說佘汝豐教授等
人一直鼓勵他找我當論文指導老師，他也多次找我討論未來的
研究方向。我當時雖因眼疾不願再多承擔此類工作，但一則愛
才，二則知道他的祖父竟然是我的高中英文老師，多少懷有報
恩之想，所以最後也接受了他。他讀研究所以後，讀書寫作，
都有長足的進步。尤其可貴的是，他原有的那種聰明人的才子
氣，逐漸減少了。

　　至於會鼓勵煒舜從事明清楚辭學的研究，是由於我以為研
究中國古代學術，一般人多重視所謂漢學、宋學、清代考據之
學等等，對明代則往往罕見論及，更少所許可。以楚辭學而論，
相對於清代的學人輩出、著作如林，明代顯得人才薄弱、學風
不振。就研究者來說，清代學人輩出、著作如林，當然值得研
究，無論是蒐集資料，或參考文獻，都會比較便利，容易從中
取材，勘對參證。但是，學風鼎盛如清者，固然值得研究，學
風不振如明者，我認為也應該有其研究的意義。例如學風是否
真的衰弱不振，以及衰弱不振的原因、現象、影響等等，事實
上都有其研究的價值。而且，在選擇研究課題方面，我一直以
為應該如白圭所言「人棄我取，人取我與」，別人重視的東西，

我們也要參與，有所認識，這樣才不會落伍；但對於別人所不重視的東西，我們卻不可以人云亦云，輕言捨棄，因為它有時候反而會「無用之為用，其用大矣哉！」從事楚辭學的研究，我一向以為應該把握這個原則。對於明代楚辭學有深刻的認識之後，再來研究清代楚辭學，應該更本末分明。

　　煒舜的碩士論文，雖以林西仲的文學為題，但林氏的《楚辭燈》實是他的研究重點。就因為對楚辭學有興趣，也有心得，所以他的博士論文進而以楚辭學為研究對象，先對明代楚辭學的整體概況，作一鳥瞰，以期有完整正確的宏觀視野，再分期對不同階段的學者、著作，作進一步更深入的探究與分析。展現在我們面前的這本《明代前期楚辭學史論》，就是他在完成博士論文之後，對明代前期楚辭學所作的進一步深入探討。從第一章緒論中，可以看到作者受過嚴格的學術訓練，對於研究旨趣、組織、步驟、方法以及相關的參考資料，都有充分的交代。從第二章到第七章，分別探討明代前期的楚辭研究著作的成就，一般學者多僅注意專著，他則並及散見於詩文別集等文獻中的序跋題記論辨書翰等資料，這是披沙揀金的工作，也是集腋成裘的工作，非常難得。他的析論，既能注意縱的歷史的演進，也能注意橫的地理的軌跡；既能注意時代思潮的發展，也能注意學者的文學特色，可以說是一部既博且精、超軼時流的學術佳構。手此一冊，對於明代前期的楚辭學，真的可以瞭若指掌矣。

　　非常期待煒舜在不久的將來，繼續完成明代後期以及清代楚辭學的有關論著。拭目以待之。時為二○○八年七月秋日。

吳宏一

明代前期楚辭學史論

—目次—

第一章

緒　論

一、研究緣起及旨趣

　　明太祖（1328-1399，1368-1399 在位）立國後，獨尊道學。朱熹（1130-1200）的一切著作，幾乎都被奉為圭臬。在明代前期學者看來，朱熹生前對儒家經典的傳註整理，是其作為道統繼承者的主要貢獻之一。《四書》、《詩三百》之外，朱熹還寫成了《楚辭集註》。此書在楚辭學史上無疑是一部里程碑式的著作，但朱熹也站在儒家的立場，批評屈原志行不合乎中庸，不可以為法，「不知學於北方，以求周公仲尼之道，而獨馳騁於變〈風〉變〈雅〉之末流。」[1] 註《楚辭》又貶抑屈原，這種情況未免令人覺得突兀。明代正統年間，工部郎中劉昌（1424-1480）作過如此解釋：

> 朱子於經書未輯也，禮樂未備也，吾孔子之《春秋》未有所屬也；而汲汲於《離騷》是箋是正者，豈無謂也哉！……設使《離騷》不作，則屈子之心必不白，忠諫之路必不通，而揚子雲龍蛇之說必行。其說既行，則天下揚子雲，後世揚子雲將不勝其多，天理由之而滅絕，

---

1 〔宋〕朱熹：〈楚辭集註目錄序〉，《楚辭集註》（臺北：文津出版社，1987年版），頁 3 至 4。

> 人紀以之而廢壞，生靈受弊，莫可援救，其如聖人作經
> 以教萬世之意何？朱子於此，蓋亦有不得已者矣。[2]

早在西漢末年，揚雄便在〈反離騷〉中批評屈原。《漢書・揚
雄傳》記載：

> （揚雄）又怪屈原文過相如，至不容，作〈離騷〉，自
> 投江而死，悲其文，讀之未嘗不流涕也。以為君子得時
> 則大行，不得時則龍蛇，遇不遇命也，何必湛身哉！[3]

揚雄認為屈原縱使胸襟坦蕩，但遭小人陷害後就投江自殺，洵
然過於脆弱，經不起打擊；假如懂得像龍蛇一般蟄伏待時，自
然有得志之日。而劉昌指責揚雄不瞭解屈原的本心，也沒有他
忠諫的骨氣，徒以明哲保身為念，毋乃近乎對惡勢力的妥協。
朱熹之所以於還未有像漢儒鄭玄那樣完成「遍註群經」之前，
便汲汲於楚騷的註解，有深意在焉，那就是彰顯屈原的忠君之
心，使揚雄的龍蛇之說不致荼毒世人。劉昌此處的論述是頗為
正面的。他酷愛《楚辭》，在南京建了一座寫騷亭，並請臺閣
名臣葉盛（1420-1474）作文以記之。葉盛非常欣賞劉昌的好尚，
在〈寫騷亭記〉中稱讚劉氏道：

> 眾囂囂兮，而子獨騷兮。[4]

葉氏之言並非文學性的誇張。由於皇權膨脹、道學獨尊，平正
嘽緩的臺閣文風大行其道。[5] 在葉盛看來，在如此環境下獨尚《楚

---

2 見〔明〕葉盛：〈寫騷亭記〉，《葉文莊公全集・水東稿》，見吳文治主編：
　《明詩話全編》（南京：江蘇古籍出版社，1997年初版），頁1300。
3 〔漢〕班固：《漢書》（北京：中華書局，1997年版），頁3515。
4 同註2，頁1301。

辭》是非常難能的。受到政治及道學理念的影響，當時不少學者對屈騷的態度偏於負面，如成化間何喬新（1427-1502）〈寫騷軒記〉云：

> 三百篇之《詩》，吾夫子刪之以垂訓，與《易》《書》《春秋》《禮記》並列為經矣。《離騷》，〈風〉〈雅〉之再變者也。揚雄反之，班固譏之，端人莊士或羞道之。今子舍聖人之經而《騷》是寫，無乃先其末而後其本，志其小而遺其大者邪？[6]

何喬新還另一個角度解釋了朱熹「汲汲於《離騷》是箋是正」的原因：

> 孔子之刪《詩》，朱子之定《騷》，其意一也。[7]

---

5 按：《禮記・樂記》：「其樂心感者，其聲嘽以緩。」鄭註：「嘽，寬綽貌。」見〔漢〕鄭玄註、〔唐〕孔穎達疏：《禮記正義》（《十三經註疏》，臺北：藝文印書館據阮元嘉慶二十年〔1815〕江西南昌學堂刊本影印，1985 年版），頁 663。《史記・樂書》：「嘽緩慢易繁文簡節之音作，而民康樂。」《正義》云：「嘽，綽也。緩，和也。……言人君道德綽和疏易，則樂音多文采與節奏簡略，而下民所以安。」（見〔漢〕司馬遷：《史記》〔北京：中華書局，1997 年版〕，頁 1206 至 1207。）故「嘽緩」有舒緩而不急迫之意。四庫館臣又云：「成化以後，安享太平，多臺閣雍容之作。愈久愈弊，陳陳相因，遂至嘽緩冗沓，千篇一律。」（見〔清〕永瑢主編：《四庫全書總目》（北京：中華書局，1965 年影印初版），頁 1497。）「正統、成化以後，臺閣之體漸成嘽緩之音。」（同前書，頁 1487。）臺閣作者為了表現盛世的熙皞之象，詩崇王孟，文尚歐曾，取其雍容自得之態也。可見「嘽緩之音」，正是臺閣流裔文風的主要特色。

6 見〔明〕何喬新：〈寫騷軒記〉，《椒邱文集》（臺北：臺灣商務印書館影印文淵閣四庫全書，1983 年初版）卷十三，頁 20a。

7 同註 6。

將孔子刪《詩》、朱熹定《騷》並稱，說明他認為《楚辭》中不合儒家禮法之處，堪與《詩三百》中的鄭衛之風相比擬。朱熹編定《楚辭》，表揚了屈原「忠君愛國之誠心」，又批評了他「忠而過、過於忠」的狂狷行徑，「增夫三綱五常之重」。只有通過如此的處理，《楚辭》才適合廣大士人閱讀。與劉昌相比，何喬新對楚騷頗多貶抑。整體而言，在皇權膨脹、道學獨大、朝政清明、社會穩定的明代前期，露才揚己、顯暴君惡的屈原，以及作為衰世之音的《楚辭》，是不可能太受推重的。故此，從太祖登極至孝宗賓天（1368-1505）近一百四十年的時間中，除了朱熹《楚辭集註》時有重刊、以及桑悅（1447-1503）在弘治間著成未刊本《楚辭評》外，幾乎沒有新的楚辭學專著問世。楚辭學之沉寂，由此可見。而需要注意的是，在儒學主導的傳統社會，楚辭學是學術的風向儀，學者對於《楚辭》評論的傾向或多或少能呈露出當時學術的整體面貌。本書探討明代前期的楚辭學，除補苴楚辭學史的罅漏外，也希望以小見大，藉此重現整個明代前期的學術狀況，並就其演變的歷程作出一些審視與思考。

在中國學術史上，對於屈原與《楚辭》的研究紛紜，也充滿了矛盾性。屈原的潔身自修、忠君愛國受到稱揚，顯暴君惡、露才揚己則為人指責。《楚辭》金相玉式、艷溢錙毫的文采得到悅慕仿效，然又被視為詞章小道之祖而遭鄙夷屏斥。就目錄學而言，漢儒曾奉〈離騷〉為經、〈九歌〉以下為傳，明人或歸之於子部，然主流意見卻主張於集部立楚辭類。四庫館臣道：

「集部之目,《楚辭》最古,別集次之,總集次之,詩文評又晚出,詞曲則其閏餘也。」[8] 又云:

> 《隋志》集部以「楚辭」別為一門,歷代因之。蓋漢、魏以下,賦體既變,無全集皆作此體者,他集不與《楚辭》類,《楚辭》亦不與他集類,體例既異,理不得不分著也。[9]

《楚辭》一書以屈辭為主,為別集之嚆矢;涵納諸家作品,又為總集之濫觴。因此它不但年代最古,而且為後世集部之祖。然其之所以與他集體例相異,實因篇章未夥,不足成總集之規模;作者不一,難以為別集之專門。全書體例既莫可致詰,故魏徵等別立一門以示別。劉咸炘針對館臣之論,進一步指出四部分類之楚辭類實始於蕭梁阮孝緒(479-536)的《七錄》;而以楚辭類冠集部之首,非僅從源流上著眼,更寓有尊崇之意:

> 集部本由《七略》「詩賦」一略恢廓而成,隋前之集中無子史之流也。阮《錄》集錄以楚辭部為首,隋志沿之,蓋探原詩賦之意,猶《昭明文選》間及子史,而以詩冠首,此所謂告朔之羊也。目錄家不知此義,即沿用其例,亦但謂屈原賦二十五篇為別集之最古,王逸集《楚辭》為總集之最古者耳。[10]

8　同註5,頁1267。

9　同註5,頁1267。

10　〔清〕劉咸炘:《推十書・續校讎通義》(成都:成都古籍書店,1996年影印初版),頁1604。

由此可知，傳統目錄學之立楚辭類，有寓尊、示別二義。如此的說法得到了現代學者的認同。李大明說：「從選本的角度看，《楚辭》何曾不是『選本』？不過，所選一要與屈原有關，二要皆為騷體。即『屈原之所作』加上『傷而和之』再加上『擬之而作』。這樣的選本，叫《楚辭》；還要有注釋、音義這樣的研究之作，這樣的書籍，就可以在目錄書中單建一類了。這是書籍編輯與著錄中絕無僅有的事。」[11] 也就是說，目錄學上的分類，與義理有著極大的聯繫。再者，劉向（77-6？B.C.）校訂《楚辭》的意義，固不在區區總集之編選而已。吳宏一說得好：

> 劉向所編選的《楚辭》，可以看出來自有他取捨的標準。他想編選的，不是《楚辭》作品的總集，而是輯錄屈原的紀念集，把當時傳世的屈原作品彙集起來，再把宋玉以下追悼屈原的辭賦作為附錄。簡單的說，劉向所編《楚辭》的目的，就是要追悼屈原，並且彰明屈原的孤忠諒節。[12]

既然是一本紀念集，《楚辭》就成為了屈原思想的化身，正如《五經》成為孔子思想的化身一樣。《楚辭》所收篇章以屈原作品為多，故屈原的形象被鮮明地保存了。又因其成書年代早，杜絕了增訂的可能性，其形象不會因新作者的增入而沖淡。抑有進者，非僅《楚辭》成為了屈原思想的化身，騷體也幾乎成為了屈原作品的同義詞。黃溥（1478 年進士）論騷、辭曰：

---

11 李大明：〈論六朝目錄書中的「楚辭」建類〉，《楚辭文獻學史論考》（成都：巴蜀書社，1997 年初版），頁 121。

12 吳宏一：《詩經與楚辭》（臺北：臺灣書店，1998 年初版），頁 151。

> 騷：《離騷》，離，謂，遭憂，怨懟、感激而為之，即
> 屈平之所作也。蓋《騷》繼風雅之變，後人多宗之為辭、
> 為賦，亦古詩之淵源者也。辭：感觸事情，形於言辭，
> 若屈宋所著之《楚辭・漁父辭》之類也。其後漢武有〈秋
> 風辭〉，陶淵明有〈歸去來辭〉，皆其遺製。[13]

就作品內容之氣質界定騷體。胡應麟（1551-1602）則謂：

> 騷與賦句語無甚相遠，體裁則大不同。騷複雜無倫，賦
> 整蔚有序。騷以含蓄深婉為尚，賦以誇張宏巨為工。[14]

就章法之倫次而辨析騷體。「怨懟感激」固是屈原之情，「複雜無倫」亦無非「一篇之中，三致意焉」之義。

　　至於館臣所言「漢、魏以下，賦體既變」的原因，章學誠（1738-1801）稱：「後世之文，其體皆備於戰國，何謂也？曰：「子史衰而文集之體盛，著作衰而詞章之學興。文集者，辭章不專家，而萃聚文墨以為龍蛇之菹也。」[15] 余嘉錫自此論推發之曰：「西漢以前無文集，而諸子即其文集。非其文不美也，以其為微言大義之所托，言之有物，不徒藻繪其字句而已。」[16]又云：「周、秦諸子，以從遊之眾，傳授之久，故其書往往出於後人追敍，而自作之文，乃不能甚多。漢初風氣，尚未大變。至中葉以後，著作之文儒，弟子門徒，不見一人，凡所述作，

13　〔明〕黃溥：《詩學權輿》（臺南：莊嚴文化事業有限公司據蘇州市圖書館藏天啟五年〔1625〕黃氏復禮堂刻本影印，1997年初版），頁11。

14　〔明〕胡應麟：《詩藪》（臺南：莊嚴文化事業有限公司據南開大學圖書館藏明刻本影印，1997年初版），頁630。

15　〔清〕章學誠：《文史通義》（北京：中華書局，1994年初版），頁61。

16　余嘉錫：《古書通例》，見《余嘉錫說文獻學》（上海：上海古籍出版社，2001年初版），頁207。

無不躬著竹帛。如《東方朔書》之類,乃全與文集相等。」[17] 屈原生於戰國末葉,遭讒遠放,發憤為文。其賦二十五篇雖為後人所集,然其述作,大抵皆言由己出,類同諸子。《史記》云:「屈原既死之後,楚有宋玉、唐勒、景差之徒者,皆好辭而以賦見稱;然皆祖屈原之從容辭令,終莫敢直諫。」[18] 宋、唐、景步屈原之後,僅得「從容辭令」一端,發於言、見於文者,多非道術所寄。故屈作之立言類於諸子,藻繢同於漢賦,而又不盡同於二者。於是,屈原之文於詞章自成一體,其作於目錄自為一類,這同樣是絕無僅有的事。

　　屈原終究不是儒者。隨著儒學的獨尊,對他的指摘也越來越多。由於《楚辭》、騷體呈現出太鮮明的個人特色,儒者不願再視《楚辭》為經,騷體也免於像其他詩體一般,發揮載道的功能。儒家認為《楚辭》是詞章之作,這無疑是符合一部分事實的。然而,後世學者們就是本著這個認知,褒尊者想將《楚辭》提升到儒家義理的高度,貶抑者則直以奇技淫巧、玩物喪志詆之。許學夷(1563-1633)曰:

> 屈原之忠,忠而過,乃千古定論。今但以其辭之工也,而謂其無偏無過,欲強躋之於大聖中和之域,後世其孰信之?此不足以揚原,適足以累己耳。[19]

同樣是站在儒家的立場,卻提出了比較接近事實的意見,明白儒家思想不能規限屈原。但是大多數人卻依然不作此想。對於

17　同註 16,頁 219。

18　同註 5,頁 2491。

19　〔明〕許學夷:《詩源辨體》(北京:人民文學出版社,1998 年初版),頁 34。

屈原和《楚辭》來說，這是不幸的。不過也正因如此，在儒學主導的傳統社會，《楚辭》才能成為學術的風向儀，學術風氣的新變動，都會不失時地體現在楚辭學上。

今人研究明代楚辭學，在論述時主要著眼於專著，如易重廉《中國楚辭學史》、李中華、朱炳祥《楚辭學史》、丁冰〈明代楚辭學概觀〉、徐在日《明代楚辭學史論》等，皆是如此。專著固然是系統性探討楚辭學的基礎，但除此以外尚有許多重要的材料（詳見第四節）。忽略了這些材料，得到的結論自會有偏頗之嫌。尤其在洪武至弘治間，楚辭學專著非常罕見。研究這個時期的楚辭學，若仍僅著眼於專著，難免發現乏善足陳，以至在論述時將這一百四十年一筆帶過。抑有進者，臺閣文風——當時主流的文學風尚對於楚辭學有直接的影響。假使不了解文壇狀況，抽離地研究彼時楚辭學的特色，研究結果可能流於描述層面；楚辭學發展、變化之動因與深層意義為何，未必能作出有說服力的解釋。實際上，在這漫長的歲月裡，楚辭學者縱使不多，卻也不絕如縷。他們大都沒有專著，但仍留下了一些討論屈騷的篇什片段，或貶或褒，或論文或談道，為數尚稱可觀，且頗能體現出一個時代的文學及學術取向。有見及此，本書擬以明代前期的楚辭學為研究對象，而時間上下限則以當時主導文壇的臺閣文風之興衰為度。

二、研究範圍

本書所討論者既為明代前期的楚辭學，故本節先就「楚辭學」之內涵及明代的分期作一論述。

(一) 楚辭學

西漢劉向是《楚辭》的編纂者，也是重要的楚辭研究者，但他的〈楚辭敘錄〉今已不存。如前節所言，我們只能推斷：作為集部之祖的《楚辭》是以子書的形式來編纂，以紀念屈原為主題。北宋黃伯思（1079-1118）以作品但凡「書楚語，作楚聲，紀楚地，名楚物」，[20] 即可歸入楚辭類。換句話說，楚語、楚聲、楚地、楚物，皆可納入《楚辭》文本、屈原生平兩方面；傳統《楚辭》之研究，也就是以這兩方面為核心。然而，「楚辭學」的建立，卻是饒宗頤教授在 1978 年正式提出的。[21] 李大明指出：楚辭學就是對屈原及楚辭的研究。[22] 李中華、朱炳祥認為，楚辭學應該包括三方面的內容：一、對於《楚辭》文本及作者身世的研究；二、對於楚辭體（或稱騷體）文學發展狀況的研究；三、對於《楚辭》文化及其影響的研究。[23] 周建忠則認為楚辭學的內容可涵蓋四方面：一、《楚辭》作者生平、思想研究；二、《楚辭》作品的詮釋與研究；三、騷體文學發展狀況的研究；四、《楚辭》研究史的研究。[24] 總結現代學者的意見，楚辭學的內容可以歸為以下幾個範疇：

---

20 〔宋〕黃伯思：〈校定楚詞序〉，《東觀餘論》（北京：中華書局據古逸叢書三編影印，1988 年初版），頁 344。

21 見饒宗頤：《澄心論萃》（上海：上海文藝出版社，1996 年初版），頁 15。

22 李大明：《漢楚辭學史》（成都：電子科技大學出版社，1994 年初版），頁 3。

23 李中華、朱炳祥：《楚辭學史》（武漢：武漢出版社，1996 年初版），頁 1。

24 周建忠：《楚辭與楚辭學》（長春：吉林人民出版社，2000 年初版），頁 105。

一、 《楚辭》作者生平、思想研究；

二、 《楚辭》作品的詮釋與研究；

三、 楚辭體（或稱騷體）文學發展狀況的研究；

四、 《楚辭》文化及其影響的研究；

五、 《楚辭》研究史的研究。

而傳統楚辭學的內容，基本上只限於一、二兩項。某些學者、學術流派關於屈騷的論述零碎而不成體系，未必足以「楚辭學」一詞概之，本書則稱之為「楚辭論」。楚辭論是楚辭學的重要組件。

（二）明代的分期：以楚辭學史為觀照點

歷史上的明代，是指洪武元年（1368）至崇禎十七年（1644）間朱姓王朝的統治時期。明代前期究竟覆蓋了哪一段時間？學者各有不同的說法。或以洪武至宣德間為前期，或以洪武至成化間為前期，這些分期法主要是從歷史、政治的角度來考量的。有學者在論述楚辭學史時，將明代分為前後兩期：從開國到世宗嘉靖二百來年是前期，萬曆以後七十來年是後期。又認為：明代前期的楚辭學顯得比較沉寂，明代楚辭學繼武宋代而無可慚惡的那要到它的後期。[25] 可見如此分期主要是鑒於明代楚辭學著作大都出現於萬曆朝及以後。然而，桑悅《楚辭評》於弘治間完成，周用（1476-1547）《楚詞註略》、馮惟訥（1513-1572）《楚辭旁註》於嘉靖間完成，這些著作的成書年代皆早於萬曆

---

25 易重廉：《中國楚辭學史》（長沙：湖南出版社，1991年初版），頁367。

朝。而黃省曾（1490-1540）重刊王逸（89-158）《楚辭章句》，也在正德末年。進而言之，儘管萬曆以前的楚辭學專著不多，但學者有關屈騷的議論卻往往散見於各書。如陳敬宗（1377-1459）〈題九歌東皇太乙以下諸神卷〉、周敘（1392-1450）〈弔屈三閭賈長沙詞序〉、葉盛〈寫騷亭記〉、何喬新〈寫騷軒記〉、〈楚辭序〉、王鏊〈重刊王逸註楚詞序〉等，皆是非常重要的楚辭學資料。如果僅將楚辭學研究的重心置於專著之上，未免有失偏頗。筆者以為，無論就歷史、政治、學術、文學、乃至楚辭學而言，正德朝都是一個重要的轉捩點。究其原因有四：

一、政治環境：明代自英宗土木之變後，國勢漸衰，然自此以至成化、弘治，尚稱熙洽。武宗沖齡繼立，劉瑾專政，佞幸不絕，韃靼入寇，藩王叛逆。明代衰相畢露，實始於正德一朝。

二、文學取向：面對正德朝黑暗的政治境況，很多忠正之士不畏刀鋸鼎鑊的威脅，奮言直諫，挽狂瀾於既倒，以李夢陽（1472-1529）為首的前七子便是箇中翹楚。他們以摧枯拉朽之勢推翻了臺閣文風近百年的主導地位，提倡「文必秦漢，詩必盛唐」的師古說。前七子成員多為孝宗朝所錄取的進士，文學活動開始於弘治季葉，興盛於正德年間。

三、思想潮流：武宗荒淫怠政，世宗摧抑士氣，導致士大夫們對現實的失望。當此之時，王陽明（1472-1529）倡導心學，追求主體精神的獨立和人格的完善，對自我的

價值、生命的意義等進行理性思考。士大夫翕然從之，
至明末而不衰。

四、 楚辭學風：弘治年間，桑悅著成《楚辭評》，然書未付
梓，影響甚微。正德十三年（1518），黃省曾重刊王逸
《楚辭章句》，王鏊為之作序，打破了朱熹《楚辭集註》
獨行於世的局面。嘉靖以後楚辭學著作多如雨後春筍，
與《章句》的重現有很大關係。

有見及此，筆者竊將明代分為前後兩期：洪武至弘治
（1368-1505）為前期，正德至崇禎（1506-1644）為後期，兩期
各歷時近一百四十年。明代前期，有幾樣一以貫之的特點：

一、 皇權的膨脹：明太祖定鼎天下後，與民更始，多有善政。
然其為鞏固朱氏天下，以嚴刑為治。太祖因胡惟庸案而
廢丞相，一則擴大君權，二則削減士人的權力。出於對
士人的疑忌，常妄施廷杖、文字獄。其後成祖、仁宗、
宣宗等，依祖法而不隳，傳統讀書人之尊嚴，可謂掃地。

二、 道學的獨尊：明有天下，以程朱道學為本，不得更張。
《明史‧儒林傳》：「明初諸儒，皆朱熹門人之支流，
師承有自，矩矱秩然。」[26] 故盛明之季，學者如薛瑄
（1392-1464）、吳與弼（1391-1469）等，大都謹守程
朱舊說，莫或更易，而以力行為主。雖有陳獻章
（1428-1500）、湛若水（1466-1560）師徒提倡性理之
學，成為陽明心學的先驅，但影響始終有限。加上太祖

---

26 〔清〕張廷玉主編：《明史》（北京：中華書局，1997年版），頁7222。

以八股取士，令海內士子唯以代聖立言為任。如此學術環境，自然導致道學的僵化、學風的沉寂。

三、臺閣文風的主導：明初宋濂（1310-1381）等人的詩文雖號稱健峭雄博，但他們為配合太祖的政策，努力提倡春容嘽緩的風格，以鼓吹休明為事。於是成祖即位後，臺閣文風漸次在三楊（即楊士奇〔1365-1444〕、楊榮〔1371-1440〕、楊溥〔1372-1446〕）手中形成、壯大。永樂至弘治一百多年中，臺閣體始終被視為文學正宗所在。

四、楚辭學未臻興盛：明代前期，除了朱熹《楚辭集註》時有重刊外，幾乎完全沒有新的楚辭學專著出版。朱熹從道學的角度批評了屈原志行有失中庸，不可為法，故明代前期的人們認為《楚辭》一經朱熹註釋，就得到了規範。如葉盛云：「《離騷》經文公先生之手，無遺憾矣。」[27] 在這樣的情況下，學者關於屈騷的討論甚為罕見。

進而言之，這四樣特點又是相互聯繫的。由於皇權膨脹、以科舉取士，因此文衡歸於臺閣諸臣，其歌功頌德、粉飾太平的文學作品在全國上下起了範示的作用。由於道學獨尊，因此臺閣諸臣詩宗王孟、文尚歐曾，以中正和平、春容嘽緩之音為主。臺閣諸臣是官方的喉舌，臺閣文風是道學在文學上的體現。由於官方與道學家對屈騷的貶斥排詆，故臺閣諸臣對於《楚辭》始終保持著距離，導致楚辭學未臻興盛。

---

27 〔明〕葉盛：〈高元之變離騷〉，《水東日記》（北京：中華書局，1980年初版），頁239。

三、文獻檢討

　　如前文所言，因為明代前期的一百四十年間幾無楚辭學新著問世，所以學者論及這段時期的楚辭學，往往一筆帶過。事實上，這段時期的著作中，並不乏論述《楚辭》之處。為了勾勒出這百餘年的楚辭學面貌，筆者以《四庫全書》、《四庫全書存目叢書》、《續修四庫全書》、《四庫未收書輯刊》、《四庫禁燬叢刊》及《故宮珍本叢刊》等大型叢書為基礎，試圖窮蒐這段時期的別集、總集、詩文評、筆記稗乘中關於屈騷的資料，然後將之分門別類，進行探析。根據文獻資料，這個時期的著作涉及《楚辭》者，大致有以下幾種形式：

一、序跋——由於明太祖獨尊朱學，《楚辭集註》在明代不
　　斷刊印。《中國圖書善本書目·集部》顯示，中國大陸
　　現存的明刻朱註版本就有二十四種之多。[28] 而弘、正以
　　前，朱註幾是唯一可以得見的《楚辭》註本。因此，不
　　少人都為《楚辭集註》作過序跋，如何喬新〈楚辭序〉、
　　葉盛〈書楚辭後〉等。其後王逸《楚辭章句》行世，王
　　鏊作序，已是正德年間的事。此外，自唐宋以來，書畫
　　家每好以《楚辭》為創作題材，卷軸既成，多有名士題
　　跋。在明代前期，就有貝瓊（1297-1379）〈書九歌圖
　　後〉、楊士奇〈錄楚辭跋〉、陳敬宗〈題九歌圖〉、〈題
　　九歌東皇太一以下各卷〉、魏驥（1374-1471）〈跋九
　　歌圖〉、吳寬（1435-1504）〈題九歌圖後〉、李東陽

---

28 中國古籍善本書目編輯委員會編：《中國古籍善本書目·集部》（上海：
　　上海古籍出版社，1996年初版），頁6至8。

（1447-1516）〈跋九歌圖〉、祝允明（1460-1526）〈九歌圖記〉等。

二、題記——道學獨大，於屈騷每貶抑之。然此時愛騷者亦不乏人，且有以騷名所居停者。於是遂有何喬新〈寫騷軒記〉、葉盛〈寫騷亭記〉等文字的出現。至若居所以屈騷香草命名，作文以記者，為數更多。如楊榮〈蘭室記〉、黃淮（1367-1449）〈叢桂堂記〉、王直（1379-1462）〈菊莊記〉、〈蘭所記〉、〈雙桂堂記〉、丘濬（1421-1495）〈橘齋記〉等，不勝枚舉。這些文字中多有論及楚騷。

三、詩賦——弘、正以前，賦騷體、繼楚聲者、作詩吟詠楚事者，時或見之。如王禕（1323-1374）〈九誦〉、周敘〈弔屈三閭賈長沙詞〉、丘濬〈瑞菊頌〉、桑悅〈弔屈原賦〉等，為數不多，然彌足珍貴。

四、總集、詩文評——明代前期，少有詩文評著作的編纂。即便如洪武間，慶王朱㮵（1378-1438）所編《文章類選》四十卷收有屈騷篇章，然全無評論。屈指數來，唯宣德、正統時期吳訥（1372-1457）所撰《文章辨體》有論及《楚辭》之處，且頗有創見。

五、《楚辭》專著——晚明蔣之翹（1621？-1649）所編《七十二家評楚辭》，輯有桑悅評語二十五條；明代前期評註《楚辭》者，桑氏殆為僅見之人。桑悅之後，又有馮惟訥《楚辭旁註》、周用《楚詞註略》的撰構。周用活動年代雖下及嘉靖，但其人本為臺閣派餘裔，研究其《楚

辭》專著，自可追溯弘、正以前臺閣文風下的楚辭學概
況。[29]

四、內容架構及研究方法

本書正編除第一章緒論之外，共分為六章。現條其章目如
下，並縷述各章之研究方法。

第二章・明代前期的臺閣文風、吳中文化與楚辭學——雍
容平正的臺閣文風盛行於明代前期。臺閣諸臣既是皇帝的文學
侍從，又為程朱道學的遵行者，文尚歐曾，詩宗盛唐。儒家一
直認為屈原行徑有失中庸，《楚辭》文章華而少實。臺閣諸臣
受此影響，有關屈騷的論述或只限於對屈原「忠」、「清」品
格的強調，或批評其不合於儒家之處，對《楚辭》文本的訓詁、
詞章鮮有論及。與此同時，由於吳中一帶特殊的歷史背景，明
代初年的吳中文士一直遭受政治排擠，長期處於邊緣化地位，

---

29 按：馮書於北京國家圖書館有藏，扉頁云《楚辭註》，卷一前題下云「北
海馮惟訥校刊」，可見馮氏並無註釋工作。《旁註》之名，實來自明黃虞
稷《千頃堂書目》（臺北：廣文書局，1981 年影印初版）。此書的刊行年
代，崔富章《楚辭書目五種續編》考定為正德十六年（1521）。其理據為：
書首陳崔之序題於「嘉靖辛巳」，查嘉靖無辛巳年，故辛巳當為武宗正德
十六年，同年四月，世宗即位，次年正式改元嘉靖，故此書係刻於 1521 年
4 月之後、1522 年之前。（見崔富章編：《楚辭書目五種續編》〔上海：
上海古籍出版社，1993 年初版〕，頁 78。）古制，嗣皇帝即位，詔改明年
之年號；若非特殊情況，本年仍保留原有年號，以敬崇先帝。故正德辛巳
年四月後，世宗雖已入承大統，然斷未即時改元嘉靖。故崔說有疑點。筆
者推斷馮書刊行於嘉靖前期，原因有二：一、筆者至北京國家圖書館檢閱
此書，見陳序題於「嘉靖辛巳冬十月望後四日」。嘉靖既無辛巳年，則序
中「嘉靖」、「辛巳」兩者必有一誤。干支較年號容易錯寫，而嘉靖二字
不應有誤。二、馮惟訥生卒年雖不詳，但主要活動於正德及嘉靖前期。

因而孕育出與臺閣習氣頗有差異的博學、尚趣的文化。宣德、正統以後，不少吳中文士擔任朝廷命官，有些甚至高居臺閣，吳中文化因而逐漸使臺閣文化的風貌有所改變。一言以蔽之，明代前期的楚辭學一直處於臺閣文風的籠罩之下，但楚辭學的內涵則是由臺閣諸臣與吳中文士共同建構的。

第三章・明初的文道合一論與楚辭論——明初，宋濂繼承元代金華學派的主張、配合太祖的政治措施，提倡文道合一論。然而，由於文學和道學間存在著不可調和的矛盾，此論只是一種理想性的折衷之說，難以付諸實驗。因此洪武、建文時期，文、道二者的主從關係經歷著此消彼長的過程，由元末的文重於道，演化為永樂以後的道重於文。本章以元代延祐復科作為論述的邏輯起點，探討明初文道合一論的淵源、背景與內容，繼而分析文道合一論者在楚辭論上呈現的矛盾，並以方孝孺（1357-1402）為研究個案，以見明初洪武、建文兩朝整體的文壇風氣。

第四章・永樂至弘治間臺閣諸臣的楚辭論——永樂至弘治一百年間（1403-1505）是臺閣文風興盛的時期。臺閣文學時間跨度長，崇尚沖融演迤的風格，其興起與皇權膨脹、道學獨尊有直接的關係。本文以知人論世的方法，審視當時政治氣候、學術環境和數位具代表性的臺閣諸臣之個人背景，考察其正相與變相，進而爬梳、分析他們的楚辭論，以見這個時期的楚辭研究與文學風氣演化的軌跡。

第五章・永樂至弘治間吳中文士的楚辭論——在時局變易、學風移轉、地域文化、個人經歷等各種因素的影響下，永

樂至弘治的一百年中漸有起而與臺閣文風抗爭的學者。這些學者以吳中文士為主，其文學思想的重要一環，就是對《楚辭》的論述。本章探討了這個時期吳中文士的心態及其對《楚辭》的態度，並以吳訥《文章辨體》、高元之（1142-1197）〈變離騷序〉、葉盛〈寫騷亭記〉、何喬新〈寫騷軒記〉為例，析論吳中文士如何通過《楚辭》來抗衡、改造流弊已深的臺閣文風。

第六章・明代楚辭學專著的出現（一）：桑悅及其《楚辭評》考論──師古說先驅者桑悅的《楚辭評》是明代最早的楚辭學專著。此書從未付梓，久已亡佚，其遺說只有二十五條保留於蔣之翹編《七十二家評楚辭》。本章通過桑悅生平及著作的考辨、其文學思想大要的綜論，探討《楚辭評》之流傳、真偽、成書年代問題；並本於《七十二家評楚辭》所錄桑悅二十五條遺說，考述《楚辭評》原書之內容，進一步了解桑悅的文學思想，以見成化、弘治間楚辭學、文學思潮的特色及學風轉變的實況。

第七章・明代楚辭學專著的出現（二）：周用《楚詞註略》探析──明代中葉以後，學術風氣產生了巨大的轉變，新的楚辭著述相應出現。周用《楚詞註略》是得風氣之先的一種。此書作於嘉靖年間，若按筆者之界定，已進入明代後期。然而周用長期身居高位，作品繼承了臺閣文風，但他對於《楚辭》的興趣卻顯示出道學對臺閣文人影響的式微。周用對屈原抱持著較其前輩正面的態度，將論析的篇章鎖定於屈原作品，從詞章、而非僅從義理的角度來研究《楚辭》，率先提出了不少異於朱註的意見。本章嘗試論評此書的得失，以見明代楚辭學方興未

艾之際的相關著述之特色，以及文衡下移以後，臺閣諸臣楚辭論的變化走向。

　　總觀上述六章，前四章屬於綜論，後二章屬於專論。整體而言，論述的內容是隨著時間之推移及學術之演變而展開的。第二章首先整體觀照了明代前期臺閣文風、吳中文化與楚辭學相互之間的影響。第三、四章討論內容有歷時性的關係，以臺閣文風的盛衰過程為脈絡；第四、五章討論內容有共時性的關係，以吳中文士對臺閣文風的抗衡為背景。三章環環相扣，以勾勒明代前期楚辭學的發展情況。桑悅常熟籍，長年沉淪下僚，為師古說先驅。他著成現今可考第一部明代楚辭學專著，對《楚辭》不遺餘力的推崇，昭示著文學師古說影響日鉅。第六章桑悅及其《楚辭評》專論是承接第五章關於吳中文士的論析而開展的。周用吳江人，身任臺閣重臣，主要活動年代業已進入明代後期的正德、嘉靖間。其詩文風格雖仍以嘽緩迂徐為主，但對《楚辭》的評價卻非常正面。其《楚詞註略》是明代臺閣文臣的第一部楚辭學專著。將周用《楚詞註略》的探討納入本書第七章，能讓我們更直接地了解、回溯明代前期臺閣文風與楚辭學的互動情況。各章的內容互有交叉之處，如方孝孺之楚辭論的特色，已經甚為接近三楊之說。吳訥、徐有貞、王鏊等雖為臺閣中人，亦是吳中文士，他們的楚辭論除了體現吳中文化的特點外，也顯露出吳中與臺閣文風撞擊融合的情況。桑悅、周用二人，一為師古說先驅，一為臺閣體後進。論述二人的楚辭學專著，同時也展示出吳中文士師古說的發展，以及臺閣文學好尚的變化。

五、結語

　　有學者指出，明代從洪武到嘉靖的二百年間，復古思想統治了學術界，楚辭學也顯得比較沈寂，作為空谷足音的只有汪瑗的《楚辭集解》。[30] 由於道學獨大，君主獨裁，楚辭學在明代前期衰微不振，確為事實。而汪瑗註《騷》已在嘉靖末葉，汪氏之前就出現了桑悅《楚辭評》及周用《楚詞註略》等著作，論及屈騷的專文則有葉盛〈寫騷亭記〉、何喬新〈楚辭序〉、〈寫騷軒記〉、王鏊〈重刊王逸註楚詞序〉，專章如吳訥《文章辨體‧楚辭》等，至於隻字片語之評論，數量更不在少數。由於學界對明代文學及楚辭學之研究尚在開展之中，加上資料零碎不易得見，故明代前期楚辭學之研究仍問津乏人。有思及此，筆者嘗試就相關課題作一初步的探論。本章首先論述全書之研究緣起及旨趣，強調屈騷作為學術風向儀的地位及其與明代前期整個學術環境密不可分的關係，然後界定研究範圍，分析檢討相關文獻，最後就內容架構及研究方法各作說明。通過本書，筆者期望對明代楚辭學及文學研究的深入略盡棉薄之力。

---

30 同註 25，頁 367。

第二章

明代前期的臺閣文風、吳中文化與楚辭學

一、引言

　　從洪武初年至弘治正德間的一百四十年，佔去了整個明代統治的一半時間。在這明代前期，皇權膨脹，道學獨大，文學上則是臺閣文學獨盛的時代。儘管臺閣文風隨著朝政隆替而有所改變，但是其作為官方文學的性質卻始終如一。所謂臺閣，狹義而言，在明代主要指詞臣任職之所，包括翰林院、詹事府以及後來的內閣等處。明太祖時，「凡觀經史中有句讀字義未明者，必召翰林儒臣質之」。[1] 黃佐（1490-1566）《翰林記》則云：

> 學士之職，凡贊翊皇猷，敷敶人文，論思獻納，修纂、制誥、書翰等事，無所不掌。[2]

前代詞臣，多以沉思藻翰者為之，而明代翰林詞臣，實以儒生充文學侍從，且兼及講經、修書、掄才等與學術有關的工作。洪武時，國家制度尚未完善，故選拔不拘身格。永樂後，翰林院官員大率為新科進士中的菁英。《翰林記》曰：

---

1 〔明〕焦竑：《玉堂叢語》（北京：中華書局，1981 年初版），頁 67。
2 〔明〕黃佐：《翰林記》（臺北：臺灣商務印書館影印文淵閣四庫全書，1983 年初版）卷三，頁 4b。

> 自永樂以來，進士得銓注者惟第一甲，而二甲、三甲必
> 改庶吉士，乃得銓注。[3]

所謂「得銓注」，即授翰林編修、檢討之官。成進士後立得銓
注者僅限於一甲三人，然改庶吉士者為數亦不多，如永樂二年
（1404）入文淵閣就學的庶吉士，只有二十八人而已；至於三
年後散館，通過考核而留任翰林院者，人數更少。簡錦松指出，
明代舉業行而詩文之道頗受其累，其時能於舉業外兼長古文詩
歌者甚少。[4] 未得功名的布衣之士，多無詩文創作之閒暇。古文
詩歌的寫作既是庶吉士館課中的重要環節，臺閣諸臣能夠在明
代前期的文壇上獨占鰲頭，良有以也。其後，成祖揀選翰林學
士楊士奇等以正五品官位入直文淵閣，參預機務，[5] 然其詞臣之
身分仍在。如黃淮（1367-1449）〈東里集序〉謂楊士奇
（1365-1444）：

> 凡大議論、大製作出公居多，肆其餘力，旁及應世之文，
> 率皆關乎世教。[6]

所謂「世教」，固然是朝廷施政所關注的重要環節，同時也與
道學關係頗大。明廷簡儒臣以充文學侍從之官，臺閣諸臣也一
向以儒者自許。明人徐問（1502年進士）論翰林庶吉士之學習
云：

---

3 同註2，卷三，頁6a至6b。

4 簡錦松：《明代文學批評研究》（臺北：學生書局，1989年初版），頁34。

5 〔清〕張廷玉主編：《明史》（北京：中華書局，1997年版），頁1733。

6 〔明〕黃淮：〈東里文集原序〉，載〔明〕楊士奇：《東里集》（臺北：臺
灣商務印書館影印文淵閣四庫全書，1983年初版）序，頁1b。

> 詩文亦不可廢,而貴發諸性情,根於禮致。……但窮理
> 到處,出言皆能載道,其精粹處則文之至也。[7]

由此可知,臺閣體不僅很大程度上有「贊翊皇猷」之性質,同時也可謂程朱道學在文學上的一種呈現。左東嶺指出:元明之際的主流詩學思想大致是以理與氣為核心的。入明之後言理與氣則多從外在的禮教與朝廷的氣象著眼,主要表現在對民眾倫理的教化與國家太平之歌頌。[8] 鄭利華云:道學風氣反映到明初文學之上,最具體的一個特徵就是宋濂(1310-1381)、王禕(1323-1374)、方孝孺(1357-1402)等人在唐宋以來道統文論的基礎上重建「以道為文」的文道一元體系。[9] 臺閣體作品既然是道學在文學上的呈現,臺閣諸臣又是行政者,歌頌盛明、宣揚道學的風尚自然一以貫之。

但無論身為翰苑領袖的宋濂,還是作為士人表率的三楊,他們在道學上不是主導者,只是遵守者;在政壇上不是主導者,而是執行者。宋濂在〈白牛生傳〉中提出「吾文人乎哉」的反問,卻正體現出他的文人本質。[10] 楊士奇有《周易直指》

---

7 〔明〕徐問:〈再寄應德書〉,《山堂萃稿》(臺北國家圖書館藏嘉靖辛丑常州知府張志選刊本)卷八,頁 16b。

8 左東嶺:〈陶安與元明之際的社會思潮與詩學思想〉,《明代心學與詩學》(北京:學苑出版社,2002 年初版),頁 10。

9 鄭利華:《明代中期文學演進與城市型態》(上海:復旦大學出版社,1995年初版),頁 9 至 10。

10 〔明〕宋濂:〈白牛生傳〉,《文憲集》(臺北:臺灣商務印書館影印文淵閣四庫全書,1983 年初版)卷十一,頁 8a。按:如袁震宇、劉明今論道:在這裡宋濂急切地宣稱他不是一個專講音節氣脈的人,而要追究「天地之理、聖賢之道」。但這番話確恰恰表明了他正是一個文人,或確切地說,

十卷，[11] 楊溥（1372-1446）曾向吳與弼（1391-1469）授《伊洛淵源錄》，[12] 但若參以《明儒學案》，三楊等人並未列名其內，而明代前期入閣的著名道學家也寥寥可數。究其原因，在於臺閣諸臣對於傳統經籍慣多限於簡單解析，不同與曹端（1376-1434）、陳獻章（1428-1500）、胡居仁（1434-1484）等道學家，對儒家重新作為具有深度體察可能與豐富演繹體系的學問。[13] 因此，臺閣諸臣雖不願以文人自居，且將文學創作視為餘事。但他們最能體現自我者，仍在文辭之上。廖道南（？-1547）《殿閣詞林記》載：

> 永樂八年，成祖北征至野狐嶺，召學士胡廣等賦〈平胡〉詩。[14]

《明史》且謂宣宗之世：

> 當是時，帝（宣宗）勵精圖治，士奇等同心輔佐，海內號為治平。帝乃仿古君臣豫游事，每歲首，賜百事旬休。車駕亦時幸西苑萬歲山，諸學士皆從，賦詩賡和。[15]

是一個慕道的文人。（見袁震宇、劉明今：《中國文學批評通史·明代卷》〔上海：上海古籍出版社，1996年初版〕，頁33至34。）

11 同註5，頁2345。

12 〔明〕黃宗羲：《明儒學案》（上海：上海古籍出版社，1986年初版），頁14。

13 黃卓越：《明永樂至嘉靖初詩文觀研究》（北京：北京師範大學出版社，2001年初版），頁76。

14 〔明〕廖道南：《殿閣詞林記》（臺北：臺灣商務印書館影印文淵閣四庫全書，1983年初版）卷十三，頁10b至11a。

15 同註5，頁4136。

比起梁簡文帝、陳後主、武則天身邊的御用文人，臺閣諸臣無疑有著更深厚的儒學素養，但他們的主力不在道學研究之上，因此也始終擺脫不了文學侍從的身分。

臺閣諸臣有著道學遵守者和政治執行者的身分，其詩文作品很大程度上呈現了歌頌盛明、體現道學的風尚；而另一方面，正因他們不是道學和政治的主導者，因此其作品所呈現的風尚並非全然與官方的政治理念及道學思想相吻合。道學家甚至認為臺閣體對王化的理解過於浮泛，缺少道學精神，不能起到涵養德性、感化人心的作用。[16] 作為官方喉舌的臺閣諸臣的文學取向，在道學家看來已達不到標準，其餘官員及山林之士，就更未必會以官方的政治理念和道學思想為依歸了。據《明史》記載，明太祖平定天下後，對張士誠原根據地的吳中非常不滿。[17] 他不但懲罰性加收吳中的賦稅，更殘酷打擊吳中文士。[18] 因此在明代前期，吳中成為了一個在文化上較為疏離朝廷的地區，形成了博學和尚趣的傳統。隨著皇權、道學箝制的放鬆，吳中士人逐漸進入廟堂，吳中文化逐漸濡染全國，博學和尚趣的傳統就催化了考據與辭章之學的發展。

---

16 許總：《宋明理學與中國文學》（南昌：百花洲文藝出版社，1999 年初版），頁 357。

17 同註 5，頁 1896。按：明代所謂吳中，主要指蘇州府所領的一州七縣——即太倉州和長洲、吳縣、崑山、吳江、常熟、嘉定、崇明。相關論述於第五章另詳。

18 按：如高啟腰斬於市，楊基謫輸作而卒於工所，張羽投江以死，徐賁下獄瘐死，王行坐藍玉獄死，袁凱佯狂免歸等皆是。

　　以《楚辭》為例，南宋以來的道學家因為屈原的行徑不合於中庸，對其作品多有貶斥之意。如朱熹（1130-1200）論屈原道：

　　　　其不知學於北方，以求周公仲尼之道，而獨馳騁於變〈風〉變〈雅〉之末流，以故醇儒莊士，或羞稱之。[19]

這種意見為明代前期的官方、道學家及臺閣諸臣所接受，以致弘治、正德以前，討論屈騷者寥寥可數，且幾無一種楚辭學的新著問世。臺閣諸臣如周敘（1392-1450）、何喬新（1427-1502）等人對屈騷的批評，幾乎都是承朱熹之論而來。不過，試觀丘濬（1421-1495）〈湘江曲〉云：

　　　　竹上淚痕江心波，千秋萬古哀愁多。君山香火常不斷，行人誰復悲汨羅？[20]

屈原在〈離騷〉、〈九歌〉中往往言及虞舜二妃，將之視為理想的化身。而身處明代前期的丘濬，目睹二妃廟香火鼎盛，對屈原遭受冷落的情狀深有感觸。當時不重視屈原的不僅是區區香客，更包括了芸芸的知識分子和官員。丘濬身為英、憲、孝宗三朝臺閣元老，對屈原表現出與主流不太相同的看法。然而需要注意的是，由於臺閣文風在這個時期的巨大影響力，某些人物的楚辭論縱使不合於正統思想，卻未嘗不是正統思想的逆反和補充。因此，本章擬先討論明代前期臺閣文風的特色與演

19　〔宋〕朱熹：《楚辭集註》（臺北：文津出版社，1987 年版），頁 2。
20　〔明〕丘濬：〈湘江曲〉，《重編瓊臺藁》（臺北：臺灣商務印書館影印文淵閣四庫全書，1983 年初版）卷二，頁 5a。

變、吳中文化對臺閣文風的衝擊，繼而審視臺閣文風盛行之下的楚辭學狀況。

二、明代前期的臺閣文風

明立國後，君主極權、程朱道學獨尊、科舉制度改革，對文學產生了極大的震撼。作為明代前期的文壇主流，臺閣文學在作家方面以翰林及內閣官員為主，而影響則遍及全國。本節擬先就「臺閣」、「臺閣體」與「臺閣文風」作一界說，並為明代前期臺閣文風的演變軌跡重新分期。

（一）「臺閣」、「臺閣體」與「臺閣文風」

臺閣一詞出現於漢代。兩漢之時，尚書稱中臺，為內朝之臣，常得隨皇帝參議機務，掌握實權；御史稱憲臺，為三公之一。唐章懷太子註《後漢書》云：「臺閣謂尚書也。」[21] 唐代行三省制，尚書為中臺，門下為東臺，中書為西臺，三臺首腦皆品秩優渥之大吏。到了明代，「臺閣」的指涉已非常廣泛，簡單來說可歸納為廣、狹兩義，現分而論之。

就狹義者而言，明代「臺閣」乃指內閣及翰林院。唐玄宗開元二十六年（738）始設翰林院，作為國家的儲才機構。《舊唐書》論翰林待詔之職責云：「王者尊極，一日萬機，四方進奏、中外表疏批答，或詔從中出。宸翰所揮，亦資其檢討，謂

---

21 〔宋〕范曄著、〔唐〕李賢等註：《後漢書》（北京：中華書局，1997 年版），頁 1658。

之視草，故嘗簡當代士人，以備顧問。」[22] 宋沿唐制，設翰林
學士院，總天文、書藝、圖畫、醫官四局。另一方面，唐太宗
時設弘文館（昭文館）、史館，玄宗時設集賢院。[23] 北宋仍之，
合稱三館。宋太宗又設祕閣，以為藏書之府。故宋人所謂館閣，
乃是三館與秘閣的統稱。[24] 元代建翰林兼國史院，掌纂修國史，
典制誥，備顧問，將唐宋時獨立的國史館及秘閣等機構合併於
翰林院。[25] 明太祖吳元年（1367），仿元制而設翰林國史院於
應天府，洪武元年改稱翰林院。明初還設有弘文院、秘書監，
後均裁撤而併入翰林院。起居注官亦由翰林官充任。故明代翰
林院包涵了北宋翰林院、三館及秘閣的功能。

　　王其榘指出，明代的內閣乃文淵閣的別稱。那裡曾是閣臣
「入直之所」，地址設在宮廷之內，所以也簡稱內閣。[26] 內閣
制度始於成祖朝，而內閣之名則嘉靖以後方有。《明史》曰：

---

22 〔後晉〕劉昫主編：《舊唐書》（北京：中華書局，1997 年版），頁 1853。
23 《舊唐書》論弘文館、集賢院及史館之職掌云：「弘文館學士掌詳正圖籍，
　教授生徒。凡朝廷有制度沿革，禮儀輕重，得參議焉。校書郎掌校理典籍，
　刊正錯謬。」（同註 22，頁 1847。）「集賢學士之職，掌刊緝古今之經籍，
　以辨明邦國之大典。凡天下圖書之遺逸，賢才之隱滯，則承旨而徵求焉。
　其有籌策之可施於時，著述之可行於代者，較其才藝而考其學術，而申表
　之。凡承旨撰集文章，校理經籍，月終則進課于內，歲終則考最於外。」
　（同註 22，頁 1851。）「史官掌修國史，不虛美，不隱惡，直書其事。凡
　天地日月之祥，山川封域之分，昭穆繼代之序，禮樂師旅之事，誅賞廢興
　之政，皆本於起居注、時政記，以為實錄，然後立編年之體，為褒貶焉。
　既終藏之于府。」（同註 22，頁 1852。）
24 〔元〕脫脫主編：《宋史》（北京：中華書局，1997 年版），頁 3811 至
　3822。
25 〔明〕宋濂主編：《元史》（北京：中華書局，1997 年版），頁 150。
26 王其榘：《明代內閣制度史》（北京：中華書局，1989 年初版），頁 339。

（洪武）十三年正月誅胡惟庸，遂罷中書省……十五年仿宋制，置華蓋殿、武英殿、文淵閣、東閣諸大學士，又置文華殿大學士，以輔導太子。秩皆正五品……成祖即位，特簡解縉、胡廣、楊榮等直文淵閣，參預機務。閣臣之預務自此始。[27]

又曰：

嘉、隆以前，文移關白，猶稱翰林院，以後則竟稱內閣矣。[28]

這段文字顯示，嘉靖、隆慶以前，「內閣」有其實而無其名。由於閣臣大都由翰林官員拔擢，[29] 在內閣之名並未正式被採用的明代前期，翰林院幾乎成為內閣這個政治實體的代稱。明代閣臣雖然名義上並非一級行政長官，但性質接近漢代的尚書、唐代的三省長官，如顧炎武（1613-1682）《日知錄》云：「《唐書‧職官志》：『光宅元年九月，改門下省為鸞臺，中書省為鳳閣。』然則明之內閣實本於此。」[30] 因為內閣與翰林院關係密切，故時人合內閣、翰林院而稱曰臺閣。

至於廣義的「臺閣」，除內閣及翰林院之外還包括了詹事府、春坊、司經局，以至於六部和都察院等中央政府機構。羅玘（1447-1519）〈館閣壽詩序〉記述道：

---

27 同註 5，頁 1733。

28 同註 5，頁 1787。

29 同註 26，，頁 354 至 378。

30 〔明〕顧炎武：《日知錄》（臺北：臺灣商務印書館影印文淵閣四庫全書，1983 年初版）卷二四，頁 19a。

> 今言館，合翰林、詹事、春坊、司經局皆館也，非必謂
> 史館也。[31]

考諸《明史》，詹事府、左右春坊、司經局乃是輔導太子的機
構，「凡府僚暨坊、局官與翰林院職互相兼」。[32] 由於明代翰
林院兼有北宋三館及秘閣的功能，故明人往往混用「臺閣」、
「館閣」二詞。因此將它們歸入「館」——亦即翰林院，理所
當然。不過誠如邸永君所言，館職既然在明初全部納入翰林之
中，完成了院、館合一，而明代稱翰林官為館職，似有喧賓奪
主之嫌。[33] 進而言之，明代前期所謂「臺閣」的範圍，更為寬
廣。丘濬〈都察院右副都御史魯公神道碑銘〉云：

> 都察院右副都御史古岡魯公奉璽書巡撫甘肅，……卒於
> 關內道公署。……其子文衡持戶部侍郎李公克承所輯狀
> 來乞銘。予與公同生嶺南，偕李公登甲戌進士。第是歲
> 鄉人聯名者十有六人，官至臺閣者惟予三人。[34]

查焦竑《獻徵錄》，魯氏名能，官都察院右副都御史；李克承
名嗣，署戶部郎中，二人皆未如丘濬入閣為大學士。[35] 然丘氏

---

31 〔明〕羅玘：〈館閣壽詩序〉，《圭峰集》（臺北：臺灣商務印書館影印
   文淵閣四庫全書，1983 年初版）卷一，頁 9b。

32 同註 5，頁 1783 至 1784。

33 邸永君：《清代翰林院制度》（北京：社會科學文獻出版社，2007 年二版），
   頁 22。

34 〔明〕丘濬：〈都察院右副都御史魯公神道碑銘〉，同註 20，卷二四，頁
   21a。

35 按：《國朝獻徵錄》收錄尹直〈都察院右副都御史魯公能墓誌銘〉，其言
   略云魯能字千之，新會人，景泰五年進士，授南京戶部主事，歷郎中，出
   為陝西參議，屢晉左布政使，觀至右副都御史，巡撫甘肅。（見《國朝獻

卻云「官至臺閣者惟予三人」，可見其對於臺閣官員的認知，是包括都察院及六部官員的。如前所言，漢代御史稱憲臺，尚書稱中臺；明代雖不復有三省之制，但六部長官仍稱尚書。故丘濬將都察院及六部官員歸為臺閣之臣，可以理解。此外《明史》又云：「詹事府多由他官兼掌。天順以前，或尚書、侍郎、都御史，成化以後，率以禮部尚書、侍郎由翰林出身者兼掌之。」[36] 詹事府作為臺閣的組成部分，其官職在明代前期往往由都察院及六部官員兼任。這進一步證明，丘濬之言顯示出明代前期如何認定「臺閣」的範圍。

所謂「臺閣體」，是指臺閣諸臣的文學作品。學者一般認為，明代臺閣體由宋濂所倡導，至三楊而大盛。錢基博云：

> 太祖之世，運當開國，多健峭雄博之文。成祖而後，太平日久，為臺閣雍容之作。作者遞興，皆沖融演迤，不矜才氣。[37]

洪武時期，國家肇造，故翰林中人的選拔沒有成法，惟才是用而已；永樂以後，則幾乎全為一甲進士得銓注者及庶吉士出身。簡錦松指出：「翰林庶吉士之教養，乃脫棄舉業俗學而博學於古文詞，為將來詞林之儲備之材，及庶吉士散館，其在翰林者，

微錄》〔臺南：莊嚴文化事業有限公司據明刊本影印，1997 年初版〕卷六十，頁 73a 至 74b。）又收錄黃佐〈戶部左侍郎李公嗣傳〉，其言略云李嗣字克承，南海人，景泰五年進士，授南京戶部主事，累官戶部左侍郎兼都察院佐僉都御史。（同書卷三十，頁 26a 至 27b。）

36 同註 5，頁 1785。

37 錢基博：《明代文學》（臺北：臺灣商務印書館，1973 年初版），頁 13。

既專文字之職，故集合而為一種臺閣之文體，號稱臺閣體。」[38]
進而言之，明代閣臣大都由翰林拔擢，故閣臣、詞臣所作，皆
可稱為臺閣體。

臺閣諸臣的創作，大致可分為公文性質的政府文類，與暇
時所為的私家筆墨。三楊所作的制誥碑版為公文，自須平正紆
徐；而暇時所為的私家筆墨在風格上也需如此。盧襄（1523 年
進士）云：「臺閣，經世之文。」[39] 李東陽（1447-1516）云：
「朝廷典則之詩謂之臺閣氣。」[40] 與散文相比，詩歌更接近於
純文學的範疇，而臺閣詩歌同樣要展現「朝廷典則」，經世致
用。這種特色一直由臺閣後進所繼承，沿為流派。

明代前期，翰林、內閣諸臣作為文壇祭酒的身分，固然一
直未變。而從廣義的「臺閣」來看，仁、宣之際，中央各機構
官員的詩文創作，亦可稱為臺閣體。如永樂間吏部主事蕭儀
（1384-1423）之文，《四庫總目》以為有「紆徐曲折之致」，
[41] 宣德間御史毛宗魯之詩，王士祿（1626-1673）以「淹潤」譽
之。[42] 不一而足。甚至如陳璉（1370-1454）一直任外官，晚年

---

38 同註 4，頁 36。

39 〔明〕盧襄：〈西村集序〉，載〔明〕黃宗羲編：《明文海》（臺北：臺
灣商務印書館影印文淵閣四庫全書，1983 年初版）卷二百三十六，頁 4a。

40 〔明〕李東陽：《懷麓堂詩話》（臺北：臺灣商務印書館影印文淵閣四庫
全書，1983 年初版），頁 22b。

41 〔清〕永瑢主編：《四庫全書總目》（北京：中華書局，1965 年影印初版），
頁 1554。

42 見〔清〕陳田：《明詩紀事》（上海：上海古籍出版社，1993 年初版），
頁 828。

方掌國子監事,但王直(1379-1462)稱其「文辭典重」。[43] 杜瓊(1396-1474)終老江湖,並無功名,而王穉登(1535-1612)稱其「貞淡醇和,粹然為邱壑之表」。[44] 足見地方官員、山林居士都或多或少受到臺閣風格的影響。這種情況在永樂以後得到發展。丘濬云:

> 其時(宣德、正統、景泰間)氣化隆洽,人心淳樸,猶未至於澆漓。一時士夫制行立言,類以質直忠厚、明白正大為尚,而不為睢盱側媚之態,浮誕奇崛之辭。[45]

可見雍容典重的文學風氣已不限於廟堂之上,更已流佈全國。相對於全國的操觚之士,臺閣諸臣只佔其中一部分。有些「臺閣體」作者並未身居臺閣,但詩文卻濡染雍容典重的特色。丘濬指出,臺閣體詩文創作在當時影響甚大,「非獨職詞翰、官館閣者為然,凡佈列中外政務理捕刑者,莫不皆然」。[46] 既然這種書寫風格在當時已經走出臺閣,影響全國,我們可稱之為臺閣文風。

(二)明代前期臺閣文風的演變

有關臺閣文風盛行的時代,當代學者如簡錦松、廖可斌、左東嶺、熊禮匯等皆有不同的見解。筆者則斟酌黃佐《翰林記》、

43　〔明〕王直:〈禮部侍郎陳公墓誌銘〉,《抑菴文集》(臺北:臺灣商務印書館影印文淵閣四庫全書,1983年初版)後集卷二十九,頁2b。

44　〔明〕王穉登:《丹青志》,載《筆記小說大觀》(臺北:新興書局,1976年版),十三編第5冊,頁3023。按:「邱壑」,陳田《明詩紀事》引文作「山林」。

45　〔明〕丘濬:〈尚約先生集序〉,同註20,卷九,頁10b。

46　〔明〕丘濬:〈去菴集序〉,同註20,卷九,頁8b。

沈德潛（1673-1769）〈論詩絕句〉、《四庫全書總目》及錢基博《中國文學史》之論述，將明代前期臺閣文學的演變分為三個時期。第一時期是澍蒔期，包括洪武、建文兩朝，知名作家有宋濂、劉基（1311-1375）、王褘、方孝孺等人；第二時期是發揚期，包括永樂至正統四朝，知名作家有楊士奇、楊榮（1371-1440）、楊溥、胡廣（1370-1418）、黃淮、金幼孜（1368-1431）、王直、王英、李時勉（1374-1450）、陳敬宗（1377-1459）等人；第三時期是頹萎期，包括景泰至弘治四朝，知名作家有徐有貞（1407-1472）、李賢（1408-1466）、彭時（1406-1475）、商輅（1414-1486）、丘濬、王鏊（1450-1524）、吳寬（1435-1504）、程敏政（1444-1499）、李東陽等人。第一時期的作家多為浙江籍，第二時期則以江西籍為主。宋、元以來，江西與浙江皆為道學重鎮，廬陵學派、濂溪學派、豫章學派及金華學派皆影響甚鉅。就文學創作來說，北宋江西人歐陽修（1007-1072）、曾鞏（1019-1083），元代浙江人黃溍（1277-1357）、柳貫（1270-1342），詩文都崇尚平整紓徐、雍容大度的風格，故宋濂、楊士奇的「文道合一論」，以至整個明代前期臺閣文風的基調，可謂淵源有自。第三時期，吳中士人如徐有貞、王鏊、吳寬等先後將博雅、尚趣的風尚帶入臺閣，於是臺閣文風也逐漸產生了變化。

1 · 澍蒔期：洪武、建文兩朝（1368-1402）

　　黃佐《翰林記》云：「國初，劉基、宋濂在館閣，文字以韓柳歐蘇為宗，與方希直皆稱名家。」[47] 錢基博亦曰：「太祖

---

47 同註2，卷十九，頁14a。

之世，運當開國，多健峭雄博之文。」洪武、建文兩朝的臺閣文風，的確與後來不太相似。左東嶺指出：宋濂的臺閣詩詞寫城闕兵甲，聲調鏗鋐鏜鎝；以其〈水調歌頭·秋興〉為例，格調爽朗，境界闊大，完全沒有後來臺閣體的庸雍膚泛，而是充滿生機的力量。宋濂時代的臺閣體，與三楊為代表的臺閣體具有很大的不同。[48] 觀宋濂受業於元代中葉臺閣大家黃溍、柳貫，而黃溍曾強調「以性理之學施於臺閣之文」，為文要「雄深渾厚，而無靡麗之習」，要「譬如良金美玉」。[49] 這些主張，與後來三楊等人的好尚可謂遙相呼應。宋濂欲合文統、道統為一，正是對「以性理之學施於臺閣之文」的繼承。而其作品聲調則鏗鋐鏜鎝，內容則城闕兵甲，似與黃溍的風格不侔。實際上，宋濂的取向是有其時代因素的。

四庫館臣論云：「濂文雍容渾穆，如天閑良驥，魚魚雅雅，自中節度。」[50] 所謂「天閑良驥」，乃是比喻其雄健的特點，然「魚魚雅雅，自中節度」之評，則點出這「雍容渾穆」之境界。宋濂初仕於元，曾於至正初、中葉作〈皇太子受玉冊頌〉、〈皇太子入學頌〉、〈國朝名臣頌〉等臺閣氣息濃厚的文字。[51] 其後，他目睹元政敗壞，辭官歸里，對國事的憂慮往往形諸文字。如其作於至正丁未（1367）的〈人虎說〉，講述某人披虎

---

48 同註10，頁4至5。

49 〔元〕黃溍：〈順齋文集序〉，《文獻集》（臺北：臺灣商務印書館影印文淵閣四庫全書，1983年初版）卷六，頁42b。

50 同註41，頁1464。

51 按：諸文收入《宋景濂未刻集》（臺北：臺灣商務印書館影印文淵閣四庫全書，1983年初版）卷上。

皮盜劫路人的故事，並在文末感慨道：「世之人虎，豈獨民也
哉！」[52] 就元代官方對人民的壓榨作出了斥責。這慘酷的現實、
深刻的反思，就是宋濂健峭雄博之風的來源。但是，他對前輩
所提倡的雄深渾厚、粹如金玉的臺閣文風，未嘗不思恢復。如
其入明以後應制而為的〈膏露頌〉、〈嘉瓜頌〉、〈平江漢頌〉、
〈觀心亭記〉、〈遊琅琊山記〉、〈閱江樓記〉等作品中，雍
容渾穆的風格再度出現。除應制外，宋濂還有意擬作臺閣文字，
如〈擬晉武帝武功頌〉，追摹《尚書》體，古雅莊肅，蓋其練
筆之作。甚至私人應酬性質的文章，也念念不忘君恩。如〈見
山樓記〉云：

> 雍容於觀眺之際，亦曰帝力難名，而吾民恆獲遂其生
> 爾。[53]

〈春日賞海棠花詩序〉則云：

> 聖天子在上，四海化呻吟為謳歌，所以有斯樂爾。帝力
> 所被，如天開日明，萬物熙熙，皆有春意。[54]

由此可見，宋濂所作非僅是「鏗鈞鏜鎝」的聲調。雍容的風度、
爽朗的格調、闊大的境界，正是宋濂所追求提倡的，也是三楊
等人所追慕發揚的。建文時，宋濂弟子方孝孺受命為帝師。四
庫館臣曰：「孝孺學術醇正，而文章乃縱橫豪放，頗出入於東
坡、龍川之閒，蓋其志在於駕軼漢唐，銳復三代，故其毅然自

---

52 〔明〕宋濂：〈人虎說〉，同註10，卷二十六，頁13a。
53 〔明〕宋濂：〈見山樓記〉，同註10，卷二，頁64b至65a。
54 〔明〕宋濂：〈春日賞海棠花詩序〉，同註10，卷六，頁9a。

命之氣，發揚蹈厲，時露於筆墨之閒。」[55] 可見其雖然承襲了宋濂的雄健文風，但學問卻宗於道學，不及宋氏於儒學之外博通釋道內典。就文學的發展來看，宋濂在洪武朝奠定了臺閣文壇的文學基調，加上方孝孺在建文朝對文道合一論的繼承，到了永樂以後，雍雅平徐的文風果然成為了主流，而宋濂也成為了貫通元代黃、柳等人與明代三楊的橋樑。

2・發揚期：永樂至正統四朝（1403-1449）

宋濂致仕於洪武十年（1378），[56] 前此立朝之際，行政權仍掌握在左右丞相之手，尚未歸於翰林詞臣。永樂以後，楊士奇等作為行政首腦、士人表率，比宋濂更容易獲得政壇、文壇領袖的雙重身分。直到此時，臺閣體方才成為天下文章的表率。《翰林記》云：

> 永樂中，楊士奇獨宗歐陽修，而氣焰或不及，一時翕然從之。[57]

錢基博則云：

> 泰和楊士奇名寓（以字行），建安楊榮字勉仁，石首楊溥字弘濟，並世當國，歷相仁宗宣宗英宗三朝，黼黻承平，中外翕然稱三楊。推士奇文章特優，一時制誥碑版，出其手者為多！仁宗雅好歐陽修文。士奇文平正紆徐，

---

55 同註 41，頁 1480。

56 同註 5，頁 3787。

57 同註 2，卷十九，頁 14a。

> 時論稱其彷彿。後來館閣著作，沿為流派，所謂臺閣體
> 是也。[58]

楊士奇等永樂初年即被成祖選備顧問，而仁、宣、英宗（正統）
三朝，三楊當國，君臣相得，更是臺閣體最為興盛的時期。三
楊諸人文學品味的形成，與其背景有很大關係。他們大多生於
洪武元年（1368）前後，青少年時所接受之教育模式正為太祖、
宋濂所設計者。如楊士奇於建文時以薦授教授，旋入翰林充編
纂官，楊榮、楊溥為建文庚辰（1400）進士，授編修。三人皆
淵源於翰林院。由於翰林中人皆為一時俊彥，因此內閣成員皆
由翰林院出身，順理成章。又因翰林中人有充分時間提昇文學
涵養，臺閣體成為天下文章的表率，就自然不過了。李賢曾為
楊溥文集作序，他對楊溥作品的描述，可以視作對當時臺閣文
風特徵的歸納：

> 觀其（楊溥）所為文章，辭惟達意，而不以富麗為工；
> 意惟主理，不以新奇為尚。言必有補於世，而不為無用
> 之贅言；論必有合於道，而不為無定之荒論。有溫柔敦
> 厚之旨趣，有嚴重老成之規模。真所謂臺閣之氣象也！
> 平生之學，豈不由是而著乎？[59]

李賢認為楊溥作品的臺閣氣象、文風所具備的特徵有四：「言
必有補於世」、「論必有合於道」、「辭惟達意」、「意惟主

---

58 同註 37，頁 13。
59 〔明〕李賢：〈楊文定公文集序〉，《古穰集》（臺北：臺灣商務印書館
　影印文淵閣四庫全書，1983 年初版）卷八，頁 14b。

理」，從文學創作及作品的地位、功能、立意、修辭四方面總結其內涵，頗為全面。以楊溥〈遊正陽門詩〉二首為例：

> 列聖經營式廓同，幸逢當宁底成功。九天日月層樓表，萬國江山一望中。豐水豈徒懷禹績，冀都今喜復堯封。清遊況值開新霽，柳拂金河跨玉虹。
>
> 登樓直上最高層，下瞰中原萬里平。水出西湖環紫禁，山連東岱拱瑤京。累朝都邑於今盛，先帝經營此日成。自古臣勞君道逸，〈兔罝〉千載詠干城。[60]

二詩用辭平易，氣度雍容。雖以遊觀為題，然從對京師宏麗景象的描述，提升至對先帝功業、今上盛明的歌頌，且自勉克盡臣道，效忠君王，不可玩忽職守。在仁、宣二朝，這種風格氣象的作品尤多，可以視為臺閣體的典型。不過左東嶺說得好：

此時士人與帝王間的親和力大大加強，從而達到一種雖則短暫卻頗為和諧融洽的程度，換言之即皇權與文官集團之間達成一種相對的平衡狀態。但如此的局面並非完全建立在共同守道的基礎上，而是君臣之間長期形成的相互理解的人事因素與建立在政治利害關係上的相互克制作為維繫條件，因此它是非常脆弱的，其中環境與人事上的任何改變均可使之分裂離析。[61] 英宗即位後，偏信王振而疏遠三楊，隨著朝政的日壞，臺閣體的黃金時代也因而告終。

60　〔明〕楊溥：〈遊正陽門詩〉二首，載〔清〕卞永譽：《式古堂書畫彙考》（臺北：臺灣商務印書館影印文淵閣四庫全書，1983 年初版）卷二十三，頁 52a 至 52b。

61　左東嶺：〈論臺閣體與仁、宣士風之關係〉，同註 8，頁 15 至 23。

3・頹萎期：景泰至弘治四朝（1450-1505）

前引黃佐提到的「一時翕然從之」者，蓋非僅就第二時期的臺閣作家而言。現將此段之後文迻錄於下：

> 永樂中，楊士奇獨宗歐陽修，而氣焰或不及，一時翕然
> 從之，至於李東陽、程敏政為盛。成化中，學士王鏊以
> 《左傳》體裁倡，弘治末年，修撰康海輩以先秦兩漢倡，
> 稍有和者。文體至是三變矣。[62]

依黃氏之言，臺閣文風有三變（亦即經歷了四個階段）：以宋
濂、劉基、方孝孺為代表的洪武建文時期；以楊士奇為代表的
永樂時期；以王鏊為代表的成化時期；以康海（1475-1540）等
為代表的弘治末年時期。黃佐乃正德、嘉靖時人，去古未遠，
所見較為真切。但同樣因其去古未遠，故所論未足明晰，甚至
有詳今略古之嫌。如景泰、天順間，由於政局的變化，一些臺
閣作家的風格逐漸偏離了三楊的風格。[63] 黃佐卻並未齒及。又
如康海雖以一甲授修撰，但旋因劉瑾事件去職歸里，在翰林日
淺；且其與李夢陽（1472-1529）、何景明（1483-1521）等力倡

---

62 同註 2，卷十九，頁 14a。

63 按：景泰、天順二朝，熊禮匯將之獨立視為一個階段，認為這段時期的土
木之變與奪門之變對臺閣文學產生很大衝擊，此時位居臺閣、影響臺閣文
風走向的大臣如徐有貞、李賢、岳正、彭時、商輅、劉定之等，多是一些
敢作敢為、負氣敢言或「為人平粹簡重，寬厚有餘，至臨大事；決大議，
毅然莫能奪」的人物，故三楊的和平典雅便與時不稱。（見熊禮匯：《明
清散文流派論》〔武漢：武漢大學出版社，2003 年初版〕，頁 105。）然
四庫館臣指出「成化以後，安享太平，多臺閣雍容之作」。成化時的臺閣
文風自然遠紹永樂、宣德，但也必定經過了景泰、天順兩朝的承繼。觀四
庫館臣論李賢詩文「質實嫻雅，無矯揉造作之習」，商輅作品「不出當時
嘽緩之體」，可知三楊之影響在景泰、天順時並未告退。

「文必秦漢、詩必盛唐」之說以對抗李東陽，活動舞台已非臺閣，將主張師古說的康、李、何納入臺閣之列，似乎值得商榷。

又如李東陽、程敏政與王鏊同時而稍晚，去楊士奇已數十年。若李、程繼承楊士奇的文風，則成化、弘治之時，其影響與王鏊相較何如？實際上，王鏊本為吳中文士，其文風與傳統臺閣諸臣有差異。章培恆、駱玉明就認為：「臺閣體發展至後期，也漸漸產生了一些變化。如江南地區出身的館閣大臣徐有貞、王鏊的詩歌，所表現的人生感受要比『三楊』來得複雜一些。」[64] 王鏊「以《左傳》體裁倡」，雖顯示出吳中文學與官方文學的衝擊融會，但充其量只是小小波瀾，並未引起臺閣文風的巨變。換言之，永樂以後至弘治末年，臺閣文風整體來說仍然崇尚三楊。如倪謙（1439 年進士）「當有明盛時，去前輩典型未遠，故其文步驟謹嚴，樸而不俚，簡而不陋，體近三楊而無其末流之失，雖不及李東陽之籠罩一時，然有質有文，亦彬彬然自成一家」；[65] 彭韶（1430-1495）文章「醇深雅正，具有根柢」，[66] 丘濬則「文章爾雅，終勝於游談無根者流」，[67] 吳寬則「和平恬雅」，[68] 謝遷（1449-1531）則「詞旨和平」，[69] 不一而足。

---

64 章培恆、駱玉明：《中國文學史》（上海：復旦大學出版社，1996 年初版），頁 226。

65 同註 41，頁 1487。

66 同註 41，頁 1488。

67 同註 41。

68 同註 41，頁 1492。

69 同註 41，頁 1493。

抑有進者，黃佐以「盛」字形容李東陽、程敏政，可見臺閣文風在李、程以前、三楊以後正處於一個嬗化的過程中。清人沈德潛云：「三楊以後詩卑靡。」[70] 四庫館臣亦論道：「成化以後，安享太平，多臺閣雍容之作。愈久愈弊，陳陳相因，遂至嘽緩冗沓，千篇一律。」[71] 因此，永樂至弘治這一百年的臺閣文學可以三楊在正統末年的相繼去世為界。沈德潛又云：「永樂以後，茶陵（李東陽）起而振之，如老鶴一鳴，喧啾俱廢。」[72] 如果沒有景泰以後的「翕然從之」者令臺閣文風卑靡，李東陽的「振起」也就毫無意義了。黃佐所謂「盛」，正是要點出李東陽的振起之舉。但與三楊遭際明君不同，李東陽處於衰世，他雖欲以格調之說振起臺閣文風，卻無法再以臺閣作品來黼黻盛世，藻飾太平。面對前七子的崛起，李東陽「如衰周弱魯，不足以禦強橫」，實乃自然之事。

三、臺閣文風下的楚辭研究

要把握明代前期臺閣文風盛行之下的楚辭研究狀況，必須了解臺閣諸臣與吳中文士對屈騷抱有怎樣的態度。臺閣諸臣大都信奉朱熹的說法，認為屈原並非儒者，其人可取之處只在於「忠」與「清」的品格情操；至於《楚辭》文本的訓詁、詞章卻鮮有談及者。相形之下，吳中文士有著博雅、尚趣的傳統，

---

70 〔清〕沈德潛：《歸愚詩鈔餘集》（上海：上海古籍出版社據乾隆刻本影印，1995 年初版），頁 427。

71 同註 41，頁 1497。

72 〔清〕沈德潛編：《明詩別裁》（香港：中華書局，1977 年初版），頁 34。

於《楚辭》考據、詞章往往樂道。整體而言，臺閣諸臣從義理方面對屈騷的認知，形成了當時的權威意見；吳中文士側重於考據、詞章方面，相對整體的楚辭研究來說，雖有偶合於臺閣之處，始終具有非主流性。臺閣諸臣高居朝廷，是官方思想與政策的執行者與遵從者；吳中文士群體則長期處於江湖，是作為臺閣文化的對立面、補充面而出現的。前文已言，在臺閣文風嬗變的過程中，吳中博雅、尚趣的傳統隨著徐有貞、王鏊、吳寬等進入臺閣。這些在楚辭研究上都有所反映。

（一）忠與清：儒家義理對屈原的定位

　　明代前期臺閣諸臣對於屈原認知的共同點，那就是對於其「忠」與「清」的肯定。「忠」、「清」二字的評價，可以追溯至漢代。司馬遷（146？-86？B.C.）云：「屈平正道直行，竭忠盡智以事其君。」是言其忠。又云：「其志潔，故其稱物芳。其行廉，故死而不容自疏。濯淖汙泥之中，蟬蛻於濁穢，以浮游塵埃之外，不獲世之滋垢，皭然泥而不滓者也。」[73] 是言其清。然「忠」、「清」二字尚未明確拈出。唐玄宗天寶間，詔立古忠臣義士祠宇，而長沙郡立楚三閭大夫屈原廟。唐憲宗元和十五年（820），刺史王茂元（？-843）建屈祠，作〈屈祠記〉云：「先生義持百夫，文雄千古，其忠可以激俗，其清可以厲貪。」[74] 宋神宗元豐三年（1080），封屈原為清烈公。[75] 徽宗

73　〔漢〕司馬遷：《史記》（北京：中華書局，1997年版），頁2482。

74　〔唐〕王茂元：〈楚三閭大夫屈先生祠堂銘并序〉，載〔宋〕李昉主編：《文苑英華》（臺北：臺灣商務印書館影印文淵閣四庫全書，1983年初版）卷七八六，頁14a。

大觀中，祕書監何志同言：「諸州祠廟多有封爵未正之處，如
屈原廟，在歸州者封清烈公，在潭州者封忠潔侯。……如此之
類，皆未有祀典，致前後差誤。宜加稽考，取一高爵為定，悉
改正之。」[76] 宋代諡屈原曰「忠」、「清」，當歸本於司馬遷，
而直承於王茂元之說。元仁宗延祐五年（1318）七月，「加封
楚三閭大夫屈原為忠節清烈公」，[77] 當自「忠潔」、「清烈」
二號而來。司馬遷、王茂元以「忠」、「清」二字評價屈原，
實源自《論語‧公冶長》：

> 子張問曰：「令尹子文三仕為令尹，無喜色；三已之，
> 無慍色。舊令尹之政，必以告新令尹。何如？」子曰：
> 「忠矣。」曰：「仁矣乎？」曰：「未知，焉得仁？」
> 「崔子弒齊君，陳文子有馬十乘，棄而違之。至於他邦，
> 則曰：『猶吾大夫崔子也。』違之。之一邦，則又曰：
> 『猶吾大夫崔子也。』違之。何如？」子曰：「清矣。」
> 曰：「仁矣乎？」曰：「未知，焉得仁？」

邢昺疏云：「此章明仁之難成也。」[78] 可見唐代而還，官方站
在儒家的角度，對於屈原的評價有所保留，追封則有增無減。
明代是否沿襲元禮，《明史》、《明會要》、《續通典》等書

---

75 見〔清〕楊承禧等纂、張仲炘等修：《湖北通志》（上海：商務印書館據
　宣統三年〔1911〕修、民國十年〔1921〕增刊本影印，民國二十三年〔1934〕
　初版），頁 822 至 823。

76 同註 24，頁 2561 至 2562。

77 同註 25，頁 585。

78 〔魏〕何晏註、〔宋〕邢昺疏：《論語正義》（臺北：藝文印書館影印嘉
　慶二十年〔1815〕阮元南昌學府刊本，1985 年版），頁 45。

未有記載。然根據清人吳省欽（1729-1803）所言，「前明復其
號曰楚三閭大夫」。[79] 至遲在天順之時，明代已除去了歷來追
封屈原的名號，僅復以「三閭大夫」稱之，[80] 褫奪其公侯爵位，
頗具貶抑之意。

　　不過，前代以「忠」、「清」二字評價屈原，明人應當是
有印象的。夏原吉〈謁三閭祠〉云：「忍使清心蒙濁垢，寧將
忠骨葬江魚。」[81] 將「忠骨」與「清心」相對，當非無意之舉。
兼以朱熹「忠而過、過於忠」的論斷，對明代影響深遠，因此
若要正面肯定屈原，「忠」字自須用力著墨。如宋濂〈樗散雜
言序〉稱：「夫《詩》一變而為《楚騷》，雖其為體有不同，
至於緣情託物，以憂戀懇惻之意而寓尊君親上之情，猶夫《詩》
也。」[82] 認為《楚辭》作品繼承了溫柔敦厚的詩教，體現出屈
原的忠君愛國之情。此後，楊士奇也同樣強調了屈原之忠。他
為家藏《楚辭》作題跋曰：「《楚辭》出於忠臣愛君、憂國惻

---

79 見〔清〕曾國荃等纂修：《湖南通志》（上海：商務印書館據光緒十一年
　〔1885〕刊本影印，民國二十三年〔1934〕初版），頁 823。

80 按：《（光緒）湖南通志》引《通典》云：「羅江有屈原冢，今有石碑，
　文曰：楚放臣屈大夫之碑。其餘字滅矣。」又引《大明一統志》云：「屈
　原廟在湘陰縣北六十里，墓在汨羅江相對，碑額題曰三閭墓。」復引《（嘉
　慶）湖南通志》按語道：「《明統志》：汨羅江在湘陰縣北七十里。所載
　碑額與通典碑文相異，似非一碑，恐後人所立。」（同註 79，頁 5367。）
　筆者推測，明代既復稱屈子為三閭大夫，《大明一統志》所錄石碑應為明
　代所立。《通典》所載石碑即使明初仍存，「放臣」二字過於礙眼，亦當
　移去。《大明一統志》修於天順五年（1461），則復稱三閭大夫之年代必
　早於此年。

81 〔明〕夏原吉：〈謁三閭祠〉，《忠靖集》（臺北：臺灣商務印書館影印
　文淵閣四庫全書，1983 年初版）卷四，頁 2b 至 3a。

82 〔明〕宋濂：〈樗散雜言序〉，同註 10，卷九，頁 56b。

怛之誠，故先正以為《三百篇》之續。」[83] 〈武昌十景圖詩序〉謂武昌南浦實為〈九歌·河伯〉中南浦之所在，又云：「睹南浦則思屈原之忠藎。」[84] 周敘〈弔屈三閭賈長沙詞序〉則道：「自古有志之士，忠君愛國，不遇以死者多矣。未有若楚三閭大夫屈原、漢長沙太守賈誼之死之有深足悲者。」[85] 所論大抵不外於此。

至於「清」，可以說與屈原的「忠」是一體兩面。《論語·子路》記載孔子之言曰：「不得中行而與之，必也狂狷乎！狂者進取，狷者有所不為也。」邢疏：「狂者進取於善道，知進而不知退；狷者守節無為，應進而退也。二者俱不得中，而性恆一。」[86] 因此班固（32-92）批評屈原乃「狂狷景行之士」，[87] 正是本於《論語》的準則。所謂「狂」，係指屈原「過於忠」、過於進取；而所謂「狷」，則是指屈原「舉世皆濁我獨清」。正因屈原忠而遭貶，只好遠逝自疏、飲露衣荷，以明一己之清白。楊士奇即有詩道：「折蘭閒詠〈離騷〉賦。」[88] 王直則論云：「夫善之在人而日彰，猶菊之芳香襲人而遠聞也。故屈原

---

83 〔明〕楊士奇：〈楚辭二集〉，同註6，續集卷十七，頁11a。

84 〔明〕楊士奇：〈武昌十景圖詩序〉，同註6，文集卷三，頁16a。

85 〔明〕周敘：〈弔屈三閭賈長沙詞序〉，《石溪周先生文集》（臺南：莊嚴文化事業有限公司據蘇州市圖書館藏萬曆二十三年〔1595〕周承超等刻本，1997年初版），頁588。

86 同註78，頁118。

87 〔漢〕王逸章句、〔宋〕洪興祖補註：《楚辭補註》（北京：中華書局，2002年版），頁49。

88 〔明〕楊士奇：〈送尤文度赴貴州參議兼寄武昌故舊〉，同註6，詩集卷二，頁25a。

之賦以『飲木蘭之墜露，飡秋菊之落英』自比焉。原豈慕仙道之人哉！蓋以忠信樂善者而不見知於人，故言其自修者如此。」[89] 王直認為，屈原的行徑與儒家「達則兼濟天下，窮則獨善其身」的理念是一致的。既然不能見知於人，不如潔身自修。與王直同時的陳敬宗也在〈種蘭記〉中以屈原自勵：「紉其花而佩之，則悲屈原之孤忠。……予雖傷……屈原之放逐，然亦足勵吾自守，不為窮困而改節也。」[90]

其次，前引邢昺疏《論語‧公冶長》，謂「子張問」一章乃是「明仁之難成」，可知在儒家看來，「忠」與「清」只是仁之一端。屈原雖然達到了「忠清」的境界，但去仁尚有一段差距。這段差距的出現，源自班固、顏之推等人對屈原「露才揚己」、「顯暴君惡」的批評，而由朱熹總結為「忠而過、過於忠」。易重廉解釋朱熹此語道：「『過於忠』是『過於中庸』的具體內容之一。儒家以『不偏』、『不易』為中庸。『過於忠』而膽敢怨君，『過於忠』而不忍去國。這就是『過於中庸』。」[91] 因此，臺閣諸臣對屈原的批評，皆是由此展開。如方孝孺〈畸亭記〉認為，自古以來，只有聖人不會被形勢所拘囿，自聖人以下多不免為勢所屈。而屈原就是為勢所屈、不為當時所知的代表。[92] 周敘則進一步指出，儒者無論窮通，一定會固守中庸

---

89 〔明〕王直：〈菊莊記〉，同註43，後集卷三，頁23b。

90 〔明〕陳敬宗：〈種蘭記〉，《澹然先生文集》（臺南：莊嚴文化事業有限公司據浙江圖書館藏清鈔本影印，1997年初版），頁338。

91 易重廉：《中國楚辭學史》（長沙：湖南出版社，1990年初版），頁310。

92 〔明〕方孝孺：〈畸亭記〉，《遜志齋集》（臺北：臺灣商務印書館影印文淵閣四庫全書，1983年初版）卷十五，頁8a至10a。

之道：「為士者當法孔孟，為人君者當法堯舜而已矣。否焉，其不失中道耶！嘗誦屈賈文，悲其志，惜未達孔孟之道者。」[93]
何喬新更以朱熹與屈原的遭貶相比對，對屈原的「為勢所屈」、「未達孔孟之道」作出了批評：

> 朱子以豪傑之才、聖賢之學，當宋中葉，阨於權奸，迄不得施，不啻屈子之在楚也。而當時士大夫希世媚進者，從而沮之排之，目為偽學，視子蘭上官之徒，殆有甚焉。然朱子方且與二三門弟子講道武夷，容與乎溪雲山月之間，所以自處者，蓋非屈子所能及。[94]

屈原、朱熹，一為詩人，一為道學家，兩人甚難相提並論。但何喬新引用朱熹的故事襯托屈原不善處窮，卻可讓我們了解當時的學術情況。由於道學獨大，一切學術思想都需經過道學的審視，以斷其高下利弊。如此單一的角度、偏狹的視野，自然會造成學術研究風氣的低落，明代前期楚辭學的不振，也可以想見了。直到吳中文士在英宗以後漸次進入臺閣，這種情況才開始改變。如吳寬〈跋文信公墨蹟〉云：

> 文信公之死，偉矣！其流離之際，亦惟其能以詩發之，故信公之有詩如屈原之有〈騷〉，皆善明其死者也。[95]

---

93 〔明〕周敘：〈弔屈三閭賈長沙詞序〉，同註85，頁588。
94 〔明〕何喬新：〈楚辭序〉，《椒邱文集》（臺北：臺灣商務印書館影印文淵閣四庫全書，1983年初版）卷九，頁4b至5a。
95 〔明〕吳寬：〈跋文信公墨蹟〉，《家藏集》（臺北：臺灣商務印書館影印文淵閣四庫全書，1983年初版）卷五十二，頁13b。

吳氏將屈原與文天祥並提，以為屈原的赴水而死與文天祥的從容就義情況相似，都具備了以死明志的偉大情操。與片面強調屈原之「忠」「清」而將其投水自盡斥為狂狷之行的臺閣前輩相比，吳寬之論多少流露出一些不同於官方好尚的吳中文化意涵。

（二）吳中文化對臺閣諸臣的影響：楚辭考據學的濫觴

所謂考據，林慶彰認為是一種治學方法。因為典籍或篇章亡佚，或字句脫訛，或真偽可疑，或典制不明，凡此皆有賴於考訂始可明其真相。而考訂說解之過程，必含有辯證之程序在焉。入宋以後，疑經、考史、校勘、輯佚皆成為考據學的主要內容。而明中葉以還，學者爭奇炫博，考據已蔚為潮流。[96] 考據學的興起，與吳中文化的博學好尚甚有攸關。隨著皇權、道學箝制的放鬆，吳中士人逐漸進入廟堂，吳中文化逐漸濡染全國，博學和尚趣的傳統就催化考據學與辭章之學的發展。本目以楚辭研究為討論中心，先就博學好尚的發揚情況作一審視。

英宗時的徐有貞，身居臺閣，「幹略本長，見聞亦博」，[97]對於屈騷也有論及。如其認為〈招魂〉：

> 禮於始喪有復，復之流為招魂，其來尚矣。楚人乃以施之生者。而推其緣起，則行乎死者之事焉。夫惟行乎死者，故其為辭涉於神怪。[98]

---

96 林慶彰：《明代考據學研究》（臺北：學生書局，1986年再版），頁6至10。

97 同註41，頁1486。

比較復禮與招魂之禮的演變，點出楚人以此禮施之生者的特殊處，並認為此特殊處乃是〈招魂〉為辭涉於神怪的原因。憲宗時，吳寬為朱季寧〈九歌圖〉作跋云：

> 歌名九，其為章實十有一，《楚詞辨證》亦以為不可曉，至於〈禮魂〉則畫家所不能及者，故其圖缺云。99

對〈九歌〉名九而實有十一篇的情況提出了疑問，但依然繼承朱熹之見而存疑之。與吳寬同時的王鏊為王逸（89-158）《楚辭章句》作序云：

> 余因思之：朱子之註《楚辭》，豈盡朱子說哉！無亦因逸之註，參訂而折衷之？逸之註，亦豈盡逸之說哉！無亦因諸家之說，會粹而成之？蓋自淮南王安、班固、賈逵之屬，轉相傳授，其來遠矣。則註疏之學，亦何可廢哉！若乃隨世所尚，猥以不誦絕之，此自拘儒曲士之所為，非所望於博雅君子也。100

王鏊認為《楚辭章句》在訓詁上有不可取代的價值，這與尊崇朱註的臺閣前輩相比，無疑有很大進步。徐有貞提出招魂是「行乎死者之事」，吳寬只就「歌名九，其為章實十有一」的情況提出疑問，兩人都沒有作進一步的論證。王鏊強調「註疏之學」不可廢，但本人卻並未留下多少考據文字。由此可見，在明代

---

98 〔明〕徐有貞：〈招拙逸詞序〉，《武功集》（臺北：臺灣商務印書館影印文淵閣四庫全書，1983年初版）卷四，頁29b。

99 〔明〕吳寬：〈題九歌圖後〉，同註95，卷五十，頁18a。

100 見〔明〕王鏊：〈重刊王逸註楚詞序〉，《震澤集》（臺北：臺灣商務印書館影印文淵閣四庫全書，1983年初版）卷十四，頁6a至6b。

前期，儘管考據學未成風氣，但吳中文士在博學好尚的基礎上已逐漸引發了對考據的興趣。

　　以上諸人皆吳中文士而曾居臺閣者，博聞強記，固源於其鄉土文化的好尚；而當時非吳中籍而博學的臺閣諸臣，亦不乏人。如丘濬乃瓊州人，四庫館臣謂其記誦淹洽，冠絕一時。[101] 丘濬的博學在其詩文中往往見之，也體現在與屈騷有關的論述之中。以其〈橘齋記〉為例，友人劉傳以橘名齋，「兩京公卿大夫士咸為賦詩」，而丘濬又為之作記。諸人詩作多引用橘井的典故。此事見於葛洪《神仙傳》卷九，記桂陽人蘇仙公成仙前，告其母，明年有疾，可取橘葉井水，以療疫疾。眾人作橘齋詩，多引此典；究其本意，雖皆欲緊扣齋主的醫者身分，卻千篇一律，無甚新意。丘濬認為這就像橘有一千多個種類，而僅舉其中有消食破積、益氣利肺之療效者絮絮叨叨一般，有以偏概全之嫌。於是他「近舍蘇仙之謬悠，而上進於靈均之高古」，反覆徵引〈橘頌〉之詞，申言橘之盛德。其次，丘濬寄望齋主劉傳能以橘為範，「醫而造於儒」。[102] 作詩諸人竟無一人提及〈橘頌〉，可見成化、弘治之時，屈騷仍為不少公卿士大夫所罕言；但像丘濬這樣的博學之士，卻認為橘德合於儒家理念，這可說是間接將屈原納入儒者的範疇了。

　　與丘濬同時而年輩稍後的程敏政，原籍歙縣，是成化、弘治間具代表性的臺閣作家。四庫館臣稱其「學問淹通，著作具有根柢」，「以雄才博學挺出一時。……其考證精當者，亦時

101　同註41，頁1489。

102　〔明〕丘濬：〈橘齋記〉，同註20，卷十九，頁1a至2b。

有可取」。[103] 程敏政對於辭賦的考論雖少，卻能注意吸收前人
的研究成果。如其繼承宋人沈括（1031-1095）《夢溪筆談》對
襄王神女之事的考證，認為今本《文選》所載〈神女賦〉的文
本，文理不周之處有三：連續兩次出現「王曰」，其間不待宋
玉答話，前後繁複；「白」、「對」皆非人君應答下臣所宜用；
「王覽其狀」幾字當非襄王自謂。在這個論證基礎上，可以斷
定賦文「其夜王寢，夢與神女遇」中的「王」字為「玉」字之
誤，後世有關襄王曾夢神女的傳言，就是由此而來。[104] 沈括之
論甚為精闢，在宋代已為姚寬（1105-1162）《西溪叢語》所採，
至明代中葉又為程敏政全盤沿襲，其後晚明張鳳翼（1527-1613）
《文選纂註》、清人何焯（1661-1722）《義門讀書記》、胡克
家（1757-1816）《文選考異》等皆從之。固然，今本《楚辭》

---

103 同註 41，頁 1491。

104 程敏政云：自古言楚襄王夢與神女遇，以《楚詞》考之，則有甚不然者。
〈高唐賦〉序云：「先王嘗遊高唐，夢一婦人曰：『妾巫山之女，朝為行
雲，暮為行雨。』」則夢神女者懷王也。〈神女賦〉序曰：「楚襄王與宋
玉遊於雲夢之浦，使玉賦高唐之事，其夜夢與神女遇，異之，明日以白玉。
玉曰：『其夢若何？』王對曰：『晡夕之後，精神恍惚，若有所喜，見一
婦人，狀甚奇異。』玉曰：『狀何如也？』王曰：『茂矣，美矣，諸好備
矣。瓖姿瑋態，不可勝讚。』王曰：『若此盛矣，試為寡人賦之。』」夫
既云「王曰茂矣美矣」，又云「王曰若此盛矣」，何其前後之複哉？況人
君語臣，不當曰白，答臣不當曰對。且其賦曰：「他人莫覩，王覽其狀。
望予帷而延視兮，若流波之將瀾。」以為宋玉代王賦之。如王之自言，則
不當云「王覽其狀」；既云王覽其狀，則是宋玉之言矣，又不知稱予者誰
也？以此考之，「其夜王寢，夢與神女遇」者，「王」字乃「玉」字。明
日以白玉者，白王也。王與玉字先後互書之誤耳。前日夢神女者懷王，其
夜夢神女者宋玉，襄王無與焉，從來枉受其名耳。」（見〈巫山高〉小引，
《篁墩文集》〔臺北：臺灣商務印書館影印文淵閣四庫全書，1983 年初版〕
卷六十一，頁 16a 至 17a。沈括原文見《夢溪筆談·補筆談》〔臺北：臺
灣商務印書館影印文淵閣四庫全書，1983 年初版〕卷上，頁 4a 至 5b。）

並未收錄〈高唐〉、〈神女〉二賦。但楚辭在宋玉手中逐漸向楚賦轉移，作品內容由緣情向體物嬗變，因此論楚辭者往往兼及宋玉的楚賦。沈括、程敏政將〈高唐賦〉、〈神女賦〉當作楚辭作品，可見其概。程敏政對此說的發揮縱然不多，但他在道學盛行的明代前期以臺閣作家的身分來傳播這類見解，就楚辭考據學的發展而言始終有承上啟下的意義。

明代考據學之興盛，要等到嘉靖間楊慎的特出。不過，丘濬、程敏政作為楊慎的師長輩，著作中往往可見考證文字，且時而涉及辭賦。進而言之，楚辭考據學的萌生，也逐漸改變著士人們對屈騷的定位。如在義理上，丘濬幾將屈原視為儒者；在詞章上，程敏政從沈括之論，將〈高唐賦〉、〈神女賦〉視為楚辭，這類見解在恪守朱熹《楚辭集註》的宋濂及三楊的時代是不太可能出現或流行的。從宏觀的角度來看，博學的好尚從吳中的山林走入北京的臺閣，進而波及全國，在明代前期楚辭論的發展中都有跡可循。

（三）臺閣文風的反動：對楚辭詞章之重視

臺閣諸臣的忠清論，無疑會影響學者對楚辭詞章的看法。如楊士奇每每站在文學史的角度討論《楚辭》的文學性。〈題東里詩集序〉云：

> 〈國風〉、〈雅〉、〈頌〉，詩之源也。下此為《楚辭》，為漢、魏、晉，為盛唐，如李、杜及高、岑、孟、韋諸家，皆詩正派，可以泝流而探源焉。[105]

---

[105] 〔明〕楊士奇：〈題東里詩集序〉，同註6，續集卷十五，頁24b。

然而在臺閣諸臣眼中，《楚辭》始終是衰世之音，屈原則狂狷之士。楊士奇之所以將《楚辭》視為詩歌的正派，並非純然出於文學的考量，而是與道德教化關係甚大。所謂「言之無文，行而不遠」，《楚辭》華實兼備，有文采而多少仍保留了些和平微婉之詩教，不至於像漢賦一般耽於辭章，無益於義理。筆者曾就此而論道：楊士奇等人認為在詩歌史中，《楚辭》只是發展的一環；創作涵泳之際，《楚辭》也僅為眾多參考對象之一。因此，若要得「古意」，《詩三百》比《楚辭》更重要；若要作古詩，漢魏五言比《楚辭》更便於模仿。屈騷本身已經在義理上受到道學家的批評，而楊士奇等人之論更忽略了《楚辭》在文學上的重要性。由於臺閣諸臣對屈騷的偏見，明代前期對楚辭詞章之重視，更多的顯現在吳中士人之間。現縷析之。

1・題材運用與典故徵引

在吳中文士的文學作品中，經常出現與屈騷相關的題材和典故。其運用與徵引，往往表現出作者對屈騷的認知情況。成化年間，時任江西泰和教諭的桑悅（1447-1503）前往武昌典鄉試，在途中作〈吊屈原文〉，稱許屈原道：

> 餘此心之不朽兮，與元氣而頡頏。[106]

全篇表達出對屈原的深切同情，並於其人其文推崇備至。復如祝允明（1460-1526）作〈秋聽賦〉，其文云：

---

106 〔明〕桑悅：〈吊屈原文〉，《思玄集》（臺南：莊嚴文化事業有限公司影印萬曆二年〔1674〕桑大協活字刊本，1997年初版），頁33。

> 詹旻天之沈瀞兮，旋素皇之金騳。楚百生以入機兮，憯
> 慅慄而半愁。[107]

模仿〈九辯〉，甚得神髓，且透露出自己懷才不遇的怫鬱。桑、
祝皆高才不第，沉淪下僚，故作品或引屈宋為知己，這種情調
在安富尊榮的臺閣諸臣作品中自是少見。

再者，吳中文士與臺閣諸臣一樣，頗為推崇屈原之「清」。
不同的是，臺閣諸臣主要是肯定屈原不與奸佞同流合污的作
為，而一些吳中文士則用以強調全身避禍的取向。如文洪（1465
年中舉）〈對菊〉詩云：

> 醉誦〈離騷經〉，閒詠柴桑句。外慕苟不羈，蕭然有真
> 味。[108]

這首作品流露出江湖名士的超然自適。這兩類看似不同的態度
實際上只是一體兩面，本書第五章會詳細討論。

2・楚辭作品的收藏與抄寫

儘管明代前期的臺閣諸臣對屈原的態度頗有保留，但不難
發現，時人仍然喜愛《楚辭》的詞章。楊士奇追憶道：

> 余少貧無書，間從人假借，甚難得。既壯，頗置書，而
> 來借者輒不靳，而《楚辭》借而不歸者凡五矣。[109]

---

107 〔明〕祝允明：〈秋聽賦〉，《懷星堂集》（臺北：臺灣商務印書館影印
　　文淵閣四庫全書，1983 年初版）卷二，頁 6a。

108 〔明〕文洪：〈對菊〉，《文涞水集》（臺南：莊嚴文化事業有限公司影
　　印明刻本，1997 年初版），頁 198。

109 〔明〕楊士奇：〈楚辭二集〉，同註 6，續集卷十七，頁 11b。

「借而不歸者凡五」，自非尋常之事；而借書者多為居京官宦，《楚辭》受歡迎的程度可見而知。正統四年（1439），楊士奇等奉敕清點皇家藏書，編纂成《文淵閣書目》。目中僅收有《楚辭》、《楚辭注解》、《續楚辭》、《變離騷》、《古賦辨體》等幾種，[110] 為數並不算多。這些內府藏書大率為前朝古書，非明代自刊。洪武間，慶王朱㮵（1378-1438）刊《文章類選》四十卷，其後吳訥（1372-1457）《文章辨體》也錄有《楚辭》篇章，此皆集部之書。然《文章類選》流傳未廣，《文章辨體》卷帙甚繁，《楚辭》部分只佔全書很小篇幅。復考饒宗頤、姜亮夫、崔富章各家書錄，明代前期幾無一種楚辭學專著，且前代著作亦極少再版。由於朱熹的聲譽地位，這個時期流傳較廣的楚辭學著作大概只有《楚辭集註》。成化十一年（1475），吳原明重刊《楚辭集註》，何喬新序曰：「顧書坊舊本剜缺不可讀，嘗欲重刊以惠學者而未能也。」[111] 可知當時坊間流行的《集註》亦非佳本。正德十三年（1508），黃省曾重刊《楚辭章句》，嘗謂「悲其泯廢，幸其復傳」，[112] 足見《章句》於正德前根本若存若亡。

至於吳中士人對於《楚辭》的喜愛，更未因道學的獨尊、臺閣文風的盛行而受到太大影響。從楚辭學著作的收藏方面來

---

110 〔明〕楊士奇：《文淵閣書目》（北京：書目文獻出版社，1994 年影印初版），頁 79 至 80。

111 同註 94。

112 〔明〕黃省曾：〈漢校書郎王逸楚辭章句序〉，《五嶽山人集》（臺南：莊嚴文化事業有限公司據南京圖書館藏嘉靖刻本影印，1997 年初版），頁 733。

看，如崑山葉盛在《水東日記》中概述了自己收錄南宋高元之
（1142-1197）《變離騷》的情況；正德十三年刊《楚辭章句》
的底本，便是蘇州黃省曾所藏；常熟桑悅在弘治年間完成的《楚
辭評》稿本，也一直在吳中一帶流傳。另一方面，正統、成化
間書法家對《楚辭》的愛好似乎形成了一種風氣。根據葉盛〈寫
騷亭記〉、[113] 何喬新〈寫騷軒記〉、[114] 周瑛〈續騷亭記〉的
記載，當時的吳中士人如劉昌（1424-1480）、葉贄（？-1512）
等，暇日皆愛寫《騷》。劉昌的愛《騷》之心甚至感染了友人
周瑩。瑩弟周瑛記云：

> 每公暇，輒與寫《騷》為樂。劉君曰：「朝寫《騷》兮
> 亭中，暮寫《騷》兮亭中。《騷》兮寫兮，古人與同。
> 以日以月兮，以泄予衷。」兄和之曰：「朝寫《騷》兮
> 亭中，暮寫《騷》兮亭中。《騷》兮寫兮，伊誰與同？
> 攄賈之思兮，揆原之衷。」[115]

寫《騷》的目的，一為「以泄予衷」，一為「揆原之衷」，這
與桑悅、祝允明徵引屈騷典故的用意如出一轍。

3‧專論與評點著作的編纂

如前目所論，宣德、正統間吳訥《文章辨體‧楚辭》在考
據楚辭源流的同時也具備文學研究的性質。其序說曰：

---

113 〔明〕葉盛：〈寫騷亭記〉，載吳文治主編：《明詩話全編》（南京：江
　　蘇古籍出版社，1997 年初版），頁 1300 至 1301。

114 〔明〕何喬新：〈寫騷軒記〉，同註 94，卷十三，頁 20a 至 22a。

115 〔明〕周瑛：〈續騷亭記〉，《翠渠摘稿》（臺北：臺灣商務印書館影印
　　文淵閣四庫全書，1983 年初版）卷三，頁 17b 至 18a。

> 屈宋之辭，家藏人誦。兩漢以下，祖襲者多。晦翁編類
> 《楚辭後語》，一以時世為之先後。至其體製，則若詩、
> 若賦、若歌、若辭、若文、若操，與夫諸雜著之近乎楚
> 者，悉皆間見迭書，而不復為之分類也。迨元祝氏輯纂
> 《古賦辨體》，其曰〈後騷〉者，雖文辭增損不同，然
> 大意則本乎晦翁之書也。是編之賦，既以屈宋為首；其
> 兩漢以後，則尊祝氏，而以世代為之卷次。若當時諸人
> 雜作，有得古賦之體者，亦附於各卷之後，庶幾讀者有
> 以得夫旁通曲暢之助云。[116]

此書遠紹朱熹《楚辭後語》，近宗祝堯（1318 年進士）《古賦辨體》，成為楚辭文體研究史上的一個里程碑。有關《楚辭》對《詩》之六義的繼承，以及作品中特有的幽傷之情，此書都非常注意。吳訥作辨體之書，在明代前期可謂特例。弘治以後，辨體之風方才興起，徐師曾（1517-1580）本吳書而作《文體明辨》，此外又有黃佐《六藝流別》、胡應麟（1551-1602）《詩藪》、許學夷（1563-1633）《詩源辨體》等作並行於世，吳書實乃濫觴。

而弘治間桑悅所作《楚辭評》，更為明人第一部楚辭學專著。此書今已亡逸，賴晚明蔣之翹（1621？-1649）《七十二家評楚辭》收錄二十五條桑悅評語，尚可歸結出原書的五點特色：《楚辭》文本註釋，字、句、章法分析，文體研究，作者考辨，

---

116 〔明〕吳訥著、于北山校點：《文章辨體序說》（北京：人民文學出版社，1962 年初版），頁 21。

感悟式批評。舉例而言，桑悅對〈惜誓〉作者是否為賈誼（220-168B.C.）提出了質疑：

> 〈惜誓〉不知誰作，洪朱二家信以為賈誼，非也。誼死時僅年三十有三，何以此章起句遂曰「惜年老而日衰兮，歲忽忽而不反」？[117]

採取知人論世的方法，配合文本的內容，因而論述方式比朱熹更具說服力。又如桑氏賞析〈招魂〉「砥石翠翹」一章云：

> 爛若披錦，無處不善。[118]

這種充滿靈觸的會心之語，開啟了晚明人的評點風格。儘管桑悅不少的論點仍欠深入、有臆斷之嫌，尚待進一步的討論，但畢竟為當時沉寂的學術界注入了新血，體現出明代中葉學風轉變時期的楚辭學特色。

附帶一提的是，隨著前七子在弘治末年的興起，臺閣諸臣對屈騷態度冷淡也有所改變。如正、嘉間的周用（1476-1547），就留下了《楚詞註略》一書。此書不錄屈作原文，僅有十九頁，筆記四十一則，討論範圍有限，且缺乏完備的體例；但作者擺脫了臺閣先輩的成見，對屈原的人格和學問作出了高度的評價，委婉地否定了朱熹一些不合理的論說，討論屈作以詞章為主，打破朱熹以義理為主的傳統。《明史》稱其「端亮有節概」，於正德時不畏武宗、劉瑾之氣焰，抗顏而諫迎佛。[119] 四庫館臣

---

117 〔明〕蔣之翹：《七十二家評楚辭》（北京中國科學院藏忠雅堂天啟六年〔1626〕刊本），卷八，頁 1a。

118 同註 118，卷七，頁 5b。

119 同註 5，頁 5330 至 5331。

謂周用之詩「古體多嘽緩之音」，「文則平實坦易」，[120] 觀此
論可知周氏乃典型的臺閣作家。然而，他卻身處叔世，註《騷》
蓋有娛憂之意。兼以其原籍吳江，自幼受到吳中文化濡染，故
偏愛《楚辭》，甚或不以朱熹之是為是，這應是明代前期臺閣
文風與吳中文化長期撞擊影響的結果。

四、結語

邱永君云：唐宋時期翰林的文化功能主要是吟詩作賦，政
治功能為執掌內制；遼金元時期文化功能主要是交流與融合，
而政治功能主要是羈縻與籠絡；降至明代，文化方面是科舉之
極致與歸宿，政治上則為卿相之搖籃與階梯。[121] 明代前期，科
舉幾乎成為了天下士人唯一的晉身途經，而翰林院庶吉士制度
則是科舉制度的延續與補充。詩古文辭乃庶吉士在翰林院所學
習主要項目之一，因此無論與營役舉業的白衣士子還是案牘勞
形的朝廷命官相比，翰林中人與內閣成員等臺閣諸臣都更有資
格和優勢秉全國之文衡。明代前期的臺閣諸臣詩宗盛唐，文尚
歐曾，其文風瀋蒔於洪武、建文，發揚於永樂、洪熙、宣德、
正統，頹萎於景泰、天順、成化、弘治，從廟堂之上流佈全國。
不過，臺閣諸臣既是皇帝的文學侍從，又為程朱道學的遵行者，
官方色彩濃厚，因此其作品雍容典重，「言必有補於世」、「論
必有合於道」、「辭惟達意」、「意惟主理」，但也招致現代

120　同註 41，頁 1568。

121　同註 33，頁 26。

學者的批評，認為這些作品的內容不外乎歌功頌德，而少見作者的真性情。

比較之下，頌盛明而致中和的臺閣體與「顯暴君惡」、「狂狷景行」的屈騷作品，無論在內容或情感上都大相逕庭。自東漢班固以來，儒家一直認為屈原行徑有失中庸，《楚辭》文章華而少實。明代前期的臺閣諸臣受此影響，認為「仁」是儒家所追求之極致，而「忠」、「清」只是仁之一端；因此，儘管屈原忠君愛國、清白自守，但與仁之層次相比，猶有不及。如方孝孺、楊士奇、周敘、何喬新等人，有關屈騷的論述或只限於對屈原「忠」、「清」品格的強調，或批評其不合於儒家之處，而對《楚辭》文本的訓詁、詞章則鮮有論及。與此同時，由於吳中一帶特殊的歷史背景，明代初年的吳中文士一直遭受政治排擠，長期處於邊緣化地位，因而孕育出與臺閣習氣頗有差異的博學、尚趣的文化。宣德、正統以後，不少吳中文士擔任朝廷命官，有些甚至高居臺閣，吳中文化因而逐漸對臺閣文化的風貌有所改變。吳訥《文章辨體‧楚辭》論述了楚辭文體的源流，徐有貞對招魂與復禮間的關係提出了自己的看法，王鏊強調《楚辭章句》的訓詁價值，這些既加速了楚辭考據學的萌芽，也將博學的好尚引向非吳籍士大夫（如丘濬、程敏政等人）中間。至於吳寬，更將屈原與文天祥並提，肯定了屈原以死明志的舉動。

復次，《楚辭》本為詞章之祖，劉勰（456-522？）即以「驚才絕豔」稱頌之。然而自朱熹《集註》出後，學者所論大都關乎義理，而少及詞章。尤其是明代前期臺閣諸臣，深受道學思

想濡染，主張詩言志、文以載道，視詞章為小道，所作詩文皆「肆其餘力」而為，對於《楚辭》詞章的探討自然非常不足。如楊士奇〈題東里詩集序〉只把《楚辭》定位為詩歌史的一環，並未予以特別的注意。另一方面，楚辭研究在吳中文士之間，呈現出不同方向的發展。居於廟堂的吳訥、王鏊等人，強調《楚辭》繼承了《詩經》六義之旨，對楚辭詞章的價值給予了充分的肯定；再如身為朝廷官員的葉盛、劉昌、葉贄等人，或收藏相關著作，或抄寫書中篇章，促進了《楚辭》一書的傳播。至於桑悅、祝允明、沈周等人，由於沉淪下僚、僻處江湖，不時在詩文中流露出對屈騷的共鳴，聊以自澆懷才不遇的壘塊；桑悅更留下了《楚辭評》——明代最早的楚辭學專著。在臺閣文風不斷受到吳中文化的衝擊、影響的過程中，正、嘉之際終於出現了第一種由臺閣作家執筆的楚辭學專著——即周用《楚詞註略》。概而言之，明代前期的楚辭學，一直處於臺閣文風的籠罩之下，但楚辭學的內涵則是由臺閣諸臣與吳中文士共同建構的。

第三章

明初的文道合一論與楚辭論

一、引言

　　洪武元年（1368），明太祖即位應天，與民更始，多有善政。然其為加強皇權，遂獨尊道學以桎梏思想，定朱熹（1130-1200）《四書集註》為科舉考試的教本；朱熹的一切著作，都被奉為圭臬。太祖對於文人雖以極盡控制為能，但亦深知安邦治國必須仰仗此輩，故崛起之初即求賢納士不輟，如陶安、李善長、劉基等，皆入其彀。芸芸名臣之中，系出金華學派的宋濂（1310-1381）被尊為國師，對明初文化政策的制定起了決定性的作用。此外，王禕（1323-1374）、錢宰（1299-1394）、朱右（1214-1376）、唐桂芳等人，皆以道學文章名世，與宋濂甚有關係。嘉靖年間，黃佐（1490-1566）在《翰林記》中是如此概述這個時期的文壇的：

> 國初，劉基、宋濂在館閣，文字以韓柳歐蘇為宗，與方希直皆稱名家。[1]

宋人李塗說：「韓如海，柳如泉，歐如瀾，蘇如潮。」[2] 可見劉、宋諸人為文不拘一格，在創作時轉益多師。錢基博總結這個時期的文學特色道：

---

[1] 〔明〕黃佐：《翰林記》（臺北：臺灣商務印書館影印文淵閣四庫全書，1983年初版）卷十九，頁14a。

太祖之世，運當開國，多健峭雄博之文。[3]

錢氏將這個時期的文風主要歸結為「健峭雄博」四字，意見看
似與黃佐不同，實則說明當時為文雖不拘一格，卻依然有一主
流的好尚。不過，與其將這種好尚歸於「運當開國」，毋寧說
它是以楊維楨（1296-1370）為代表的元末文風的延續。

　　陳書祿認為，明初文壇作家輩出，往往呈現出各抒心得、
自在流出的多元化態勢；[4] 而他們之間又彼此呼應，往往在楊維
楨和宋濂等人的穿引、溝通、協調、乃至潛在的影響下，在正
宗文壇上匯成崇儒復雅的合奏曲。[5] 進而言之，無論楊維楨或宋
濂，都繼承了元代延祐以來的文風：宋濂的「崇儒復雅」接續
元代中葉的臺閣風格，楊維楨式的「各抒心得、自在流出」則
是元末亂世的產兒。楊維楨輩分較長，元順帝時即已蜚聲海內，
故明初諸人健峭雄博的文風，與楊氏淵源甚深。而入明後，楊
氏自居為遺民，以年老為由婉拒太祖官祿。加上天下復歸於治，
故楊維楨式的「健峭雄博」便逐漸讓位於宋濂式的「崇儒復雅」
了。

2　〔宋〕李塗：《文章精義》（北京：人民文學出版社，1960 年初版），頁
　　62。

3　錢基博：《中國文學史》（北京：中華書局，1993 年初版），頁 13。

4　陳書祿：《明代詩文的演變》（南京：江蘇教育出版社，1996 年初版），
　　頁 96。

5　同註 4，頁 112。

　　郭紹虞指出，宋濂的道學師承有自，是明初重要的文學家，也是時代思想的代表者。[6] 作為金華學派的嫡傳，他從未偏離過「文以明道」的主張。然試看其〈白牛生傳〉：

> 生好著文。或以文人稱之，則又艴然怒曰：「吾文人乎哉！天地之理欲窮而未盡也，聖賢之道欲凝而未成也，吾文人乎哉！」[7]

關於這番話，袁震宇、劉明今詮釋得好：在這裡宋濂急切地宣稱他不是一個專講音節氣脈的人，而要追究「天地之理、聖賢之道」。但這番話確恰恰表明了他正是一個文人，或確切地說，是一個慕道的文人。[8] 因此，宋濂並沒有如許多道學家一般簡單地認定文學是雕蟲小技、道之附庸，而是將文學創作視為道的自然流露。換言之，文章在宋濂看來不是道的輔佐工具，而是其結晶。由於宋濂的文學思想與道有密切的關係，而道學家大都主張復古，故郭紹虞將宋濂歸為師古說者。[9] 然而，宋濂之論畢竟與前後七子字模句擬的主張有很大的不同。

　　明代初年的文道合一論，正是由宋濂所倡導的。宋濂主修《元史》，將前代史書的儒林、文苑二傳合而為〈儒學傳〉。《元史・儒學傳》云：

6　郭紹虞：《中國文學批評史》（天津：百花文藝出版社，1999 年初版）下卷，頁 128 至 129。

7　〔明〕宋濂：〈白牛生傳〉，《文憲集》（臺北：臺灣商務印書館影印文淵閣四庫全書，1983 年初版）卷十一，頁 8a。

8　袁震宇、劉明今：《明代文學批評史》（上海：上海古籍出版社，1991 初版），頁 33 至 34。

9　同註 6，頁 128 至 129。

前代史傳，皆以儒學之士，分而為二，以經藝顯門者為
儒林，以文章名家者為文苑。然儒之學一也，六經者斯
道之所在，而文則所以載夫道者也。故經非文則無以發
明其旨趣，而文不本於六經，又烏足謂之文哉！由是而
言，經藝、文章，不可分為二，明矣。[10]

鄧紹基主編《元代文學史》道，元人批判、揚棄了宋代理學家
否定和輕視文辭的觀點，承繼了呂祖謙理學與文章「融會」的
觀點，進一步提出了理學、古文合一的主張。[11] 而查洪德則指
出：「元初，南北學者分別反思宋、金文弊。兩種反思，分別引
出了相同的結果：要求合文統與道統為一。這在元代可以說是主
導性的思想。」[12] 到了元代中葉，宋濂之師黃溍（1277-1357）、
柳貫（1270-1342）、吳萊（1297-1340）等，也是文道合一論的
支持者。可見宋濂之說其來有自。經歷元末的動亂後，文道合
一論至明初因時代的需要而再興。由於宋濂在洪武朝的地位，
使這種觀念得以廣為推行，不少由元入明的文人如錢宰、謝肅、
朱右、王褘等皆起而響應。宋濂晚年縱然因故獲罪，而其門人
方孝孺（1357-1402）又任建文帝師，於文學上繼續貫徹師說，
影響甚鉅。

不過，明太祖的極權、程朱道學的獨尊、科舉制度的改革，
給予文學極大的震撼。儘管宋濂等人的文道合一論賦予文學較

---

10 〔明〕宋濂主編：《元史》（北京：中華書局，1997 年版），頁 4313。
11 鄧紹基主編：《元代文學史》（北京：人民文學出版社，1991 年初版），
　　頁 387 至 388。
12 查洪德：《理學背景下的元代文論與詩文》（北京：中華書局，2005 年初
　　版），頁 11。

高的地位，但文、道之間一旦產生不可調和的矛盾，他們畢竟還是以道為先。從他們對於《楚辭》的態度，我們最能觀察到這種現象。本章中，筆者擬以元代的延祐復科作為論述的邏輯起點，探討明初文道合一論的淵源、背景與內容，繼而分析文道合一論者在楚辭論上呈現的矛盾，以見明初洪武、建文兩朝整體的文壇風氣。

二、元代後期的文風

（一）文道合一論的先驅

　　要了解明初文道合一論的來龍去脈，必須以當時整體的學術風氣為參照；而明初的學術風氣，又是從前朝逐漸形成的。兩宋以來，道學展現出活潑的生機。元代的統治雖帶有民族歧視的色彩，但文化政策比較寬鬆，使道學有了進一步的發展。仁宗皇慶二年（1313）議恢復科舉，延祐元年（1314）場屋重開，以朱熹《四書集註》為準。[13] 於是，道學從此成為中國的官方哲學。《元史・儒學傳》云：

> 元興百年，上自朝廷內外名宦之臣，下及山林布衣之士，以通經能文顯著當時者，彬彬焉眾矣。[14]

根據桂棲鵬的統計，《宋元學案》載元代進士黃溍、歐陽玄（1283-1357）、吳師道、程端學等共達二十二人，而未載入《宋元學案》的一些進士如劉彭壽、馮翼翁等，在經學上也很有修

養和成就。桂氏同時指出，元代進士對儒家經典與程朱道學大都具有比較深厚的修養，因此，經學研究也就成為了他們從事學術活動的首選領域。[15]

　　元仁宗延祐復科，不僅導致了學術大氣候的轉變；道學的獨尊，更直接影響了文風。黃寶華和文師華說：「元代詩學，以仁宗延祐元年（1314）恢復科舉為界，可分為前、後兩個時期。」[16] 整體而言，延祐以後於散文則唐宋並師，於詩則宗唐。仁宗雅好儒學，朝政也甚為清明。元代士人終於能由科舉而重登仕途，躋身臺閣，故文風以雍容和平為尚，虞集（1272-1348）、柳貫、黃溍等就是這種文風的代表。虞集官居臺閣，柳貫為著名金華派道學家，黃溍則身兼進士與道學家雙重身分。虞集論詩歌曰：

> 世道有升降，風氣有盛衰，而文采隨之。其辭平和而意深長者，大抵皆盛世之音。[17]

點出「盛世之音」的特徵是「辭平和而意深長」。而在散文方面，黃溍〈順齋文集序〉論蒲道源之文云：

> 粵自國家統一宇內，治化休明，士俗醇美，一時鴻生碩儒，為文皆雄深渾厚，而無靡麗之習。承平滋久，流風未墜。皇慶、延祐間，公（蒲道源）入通朝籍，以性理

---

15 桂棲鵬：《元代進士研究》（蘭州：蘭州大學出版社，1999 年初版），頁137 至 139。

16 黃寶華、文師華：《中國詩學史：宋金元卷》（廈門：鷺江出版社，2002年初版），頁 363。

17 〔元〕虞集：〈李仲淵詩稿序〉，《道園學古錄》（臺北：臺灣商務印書館影印文淵閣四庫全書，1983 年初版）卷六，頁 3b。

> 之學施於臺閣之文，而其文益粹如良金美玉，不俟鍛鍊
> 琱琢而光輝發越，自有不可掩者矣。[18]

由於這些士人通過道學而晉身朝堂，以鼓吹休明、贊化百姓為己任，因此「以性理之學施於臺閣之文」的創作方式和風格是可以預期的。這跟虞集的論詩旨意相同。無論虞集的「文隨於道」，還是黃溍的「以性理之學施於臺閣之文」，都可謂明初文道合一論的先驅。

明初文風，與宋濂所師承的金華學派有極大的關係。黃宗羲《宋元學案》論金華學派，以南宋何基（北山）為首。何基門人王柏（魯齋）、金履祥（仁山）。此外，金華學派又承南宋陳亮一脈。陳亮傳於吳瀺，吳瀺傳於方鳳，而方氏則為黃溍、柳貫、吳萊之師。黃宗羲論此派云：「金華之學自白雲一輩而下，多流而為文人。」黃百家則案道：

> 北山一派，魯齋、仁山、白雲（許謙），既純然得朱子
> 之學髓，而柳道傳（貫）、吳正學（師道）以逮戴叔能
> （良）、宋潛溪（濂）一輩，又得朱子之文瀾，蔚乎盛
> 哉！[19]

正由於金華學派不排斥為文，才會產生柳貫、黃溍、吳萊這樣的文章道學兼擅之士。因此，查洪德提出：從學術史衍變的情況看，元代中期所謂道統與文統的合一，是由學者「流而為文

---

18 〔元〕黃溍：〈順齋文集序〉，《文獻集》（臺北：臺灣商務印書館影印文淵閣四庫全書，1983 年初版），頁 401。

19 〔明〕黃宗羲：《宋元學案》（北京：中華書局，1986 年初版），頁 78。

人」實現的。[20] 柳、黃、吳三人皆為宋濂之師。《明史・文苑傳序》曰：

> 明初，文學之士承元季虞、柳、黃、吳之後，師友講貫，學有本原。宋濂、王禕、方孝孺以文雄；高（啟）、楊（基）、張（羽）、徐（賁）、劉基、袁凱以詩著。[21]

由此可見，明初的文學取向是直接承自元代後期的。鄧紹基《元代文學史》詳細分析了金華學派諸人的詩文特點：在散文方面，黃溍以流暢清峻見長；柳貫於平實中略求古奧，而不趨向華麗；吳萊則學韓愈而略呈古硬。[22] 在詩歌方面，黃溍以風格淡雅的五言古詩見稱，柳貫受江西詩派影響，詩風古硬奇逸，吳萊有「橫空盤硬」的特色。[23] 黃、柳之典雅，固然為宋濂、王禕所繼承；而吳萊的古硬，也開導明初諸人健峭雄博之風的先路。劉明今云，由吳萊以至宋濂，文學上的成就高於學術，故金華學派實已轉為金華文派。作為文章家而言，他們重視的不是一般的詞章之學，而是儒學或其他學術的根柢。[24] 然就宋濂個人來看，正如徐永明所說，其在入明前和入明後幾乎判若兩人。[25] 宋濂本有志於用世，在元順帝早年也寫作過臺閣氣息濃厚的作

---

20 同註 12，頁 24。

21 〔清〕張廷玉主編：《明史》（北京：中華書局，1997 年版），頁 7307。

22 同註 11，頁 461 至 468。

23 同註 11，頁 443。

24 見劉明今：《遼金元文學史案》（上海：上海古籍出版社，2004 年初版），頁 150 至 151。

25 徐永明：《元代至明初婺州作家群研究》（北京：中國社會科學出版社，2005 年初版），頁 147。

品如〈皇太子受玉冊頌〉、〈皇太子入學頌〉、〈國朝名臣頌〉等。而在元代末年，他目睹時亂，隱居山林，兼習釋道，遂不拘守於醇儒之正脈。入明以後，他身為文化政策的主要制定者，以純粹的道學家自居，故為文時刻意褪去元末的健峭恣肆之風，發揚其師黃溍、柳貫等人的文道合一論，並以此為作文、論文的依歸。

（二）師心與師古

黃寶華、文師華認為，元人在創作上一反宋詩因受道學影響而形成的「以文為詩」、「言理而不言情」的傾向，廣泛學習唐詩，重視抒情，講究詞采之美，這種現象無疑是與程朱道學的文學觀點背道而馳的。但在詩歌理論上，元人又不違反正統儒學重視教化、崇尚典雅的觀點。到了元末，楊維楨提出「人各有性情，則人各有詩」，強調詩人的個性，才使元代詩論真正出現了新鮮氣息。[26] 仁宗去世以後五十餘年間，社會矛盾、政權危機日益加劇，造成了道學對思想文化領域統治力量的削弱。就文學而言，動亂的社會現實，打破了道學支配下的文學所追求的溫厚和平的理想，促使文道合一觀念的轉換。歐陽玄論詩云：

> 詩得於性情者為上，得之於學問者次之，不期工者為工，求工而得工者次之。《離騷》不及《三百篇》，漢魏六

---

26 同註 16。

> 朝不及《離騷》，唐人不及漢魏六朝，宋人不及唐人，
> 皆此之矣，而習詩者不察也。[27]

非但將詩歌繫於世運，且將性情與學問並置。歐陽玄之說發展到元末，就成為楊維楨一面上追秦漢（師古），一面抒寫性情（師心）的文學主張。郭紹虞明確指出楊維楨論文是師心、師古並重，且謂前後七子和公安派都是楊氏「鐵崖體」的變相。[28]楊氏師心、師古並重的主張，得到不少文人的支持。師心方面，王冕（1287-1359）、薩都剌（1272-？）等人以詩文揭露、批判當時的社會現實。師古方面，則以高啟（1336-1374）為巨擘，四庫館臣稱讚他「天才高逸，實據明一代詩人之上。其詩擬漢魏似漢魏，擬六朝似六朝，擬唐似唐，擬宋似宋，凡古人之所長，無不兼之。振元末纖穠縟麗之習，而返之於古」。[29]

　　不過需要注意的是，楊維楨雖不以文道合一論見稱，但基本上也沒有違反正統儒學的觀點。鄧紹基《元代文學史》謂楊氏提出寫個人性情，只限於詩歌方面。[30] 至於其文，被譽為「上追秦漢」，[31] 但依然不脫端莊和順之風。如其〈楊文舉文集序〉云：

27　〔元〕歐陽玄：〈梅南詩序〉，《圭齋文集》（臺北：臺灣商務印書館影印文淵閣四庫全書，1983 年初版）卷八，頁 1b 至 2a。

28　同註 6，頁 124。

29　〔清〕永瑢主編：《四庫全書總目》（北京：中華書局，1965 年初版），頁 1471。

30　同註 11，頁 388。

31　〔明〕貝瓊：〈鐵崖先生傳〉，載〔明〕程敏政：《明文衡》（臺北：臺灣商務印書館影印文淵閣四庫全書，1983 年初版）卷六十，頁 13b。

> 文章非一人技也，大而緣乎世運之隆污，次而關於家德之
> 醇疵。當世運之隆，文從而隆；家德之醇，文從而醇。[32]

因此，師心、師古並重，與其說是對延祐以後數十年文風的逆
反，毋寧說是元末特定的社會環境下對文道合一論的一種補
充。而入明以後，隨著時局的穩定、皇權的膨脹、道學的復尊，
師心、師古等文學主張不得不從文壇上暫時謝幕，讓位給宋濂
諸人的文道合一論。

三、明初文道合一論的內容

（一）前提：文以明道

　　無論程朱道學還是陸王心學，或多或少都抱著「為文害道」
的思想。黃百家云：「夫文與道不相離，文顯而道薄耳。雖然，
道之不亡也，猶幸有斯。」[33] 縱然傳統儒教之存有賴於文章，
但二者之間有著不可調和的衝突，處於此消彼長的關係。金華
學派祖述朱熹，然多有精於文章者，故宋濂不僅以道學見稱，
文章亦於明初推為第一。郭紹虞認為，宋濂是明初重要的文學
家，以他學統的關係，加上元明易代，時勢造英雄，他便成為
了時代思想的代表者。他雖然與僅僅以文學為事的文人不同，
但終究只成為文人而不成為思想家。同時，正因他不是思想家，

---

32 〔元〕楊維楨：〈楊文舉文集序〉，《東維子文集》（臺北：臺灣商務印
　　書館影印文淵閣四庫全書，1983 年初版）卷六，頁 8b。

33 同註 19。

所以沒有道學家的偏執。[34] 徐永明也指出：宋濂是一個有高度歷史使命感和社會責任感的文人。他從拒絕仕元到元末大動亂中為拯救黎民百姓而出山，應該說是實現了「小我」到「大我」的轉變。[35] 宋濂承自師說，認為文生於道，而文本身需要具備教化功能：

> 明道之謂文，立教之謂文，可以輔俗化民之謂文。斯文也，果誰之文也？聖賢之文也。[36]

聖賢不刻意學文、為文，而所作可為萬世典範，是因其明道立教、輔俗化民的襟抱自然流露。這正是文之本。由於聖賢之文乃天然自出，所以其言藹如，成為道之所寓。

另一方面，宋濂認為道本身是變化不測的。如果體道者僅憑心口相傳，後世未必可能盡其妙：

> 為文者發造化之祕，貫古今之統。苟無以管攝而闔闢之，則何以盡其變化不測之妙？其不傳之於師，奚可哉！[37]

宋濂文以明道的思想雖然承自宋儒，但對待文學的態度更為正面。他以為，要發造化之祕、貫古今之統，必須通過文章。而文章之道，除了沉潛諷詠之外，還須要有師授以解惑。

---

34 同註6，頁128至129。

35 同註25，頁170。

36 〔明〕宋濂：〈文說〉，同註7，卷二十六，頁1a。

37 〔明〕宋濂：〈題永新縣令烏繼善文集後〉，同註7，卷十二，頁42a至42b。

　　宋濂所謂文是廣義的文，所謂道也是廣義的道。因此，文道合一論者對於儒家以外的文字也表現出一定的包容。宋濂的同門師弟王褘論先秦諸子之文云：

> 古者立言之君子，皆卓然有所自見。其學術不苟同於眾人，而惟道之是合，故其言足以成一家，有托以不朽。是故聖人沒，道術為天下裂，諸子者出，言人人殊，然要其指歸，未始不合乎道。夫苟合於道矣，而其言有不傳者，未之有也。[38]

雖然認為諸子學說多是在禮崩樂壞之後的偏隅之見，因未見全道而僅成一家之言，視《六經》為缺然，但卻肯定他們對道的追求，以及「不苟合於眾人」的執著精神。既然諸子文章有合於道，故有傳世的價值。

（二）誘因：不能不言

　　在文以明道的大前提下，宋濂於〈朱葵山文集序〉中提出，文學創作的誘因在於「不能不言」：

> 文不貴能言，而貴於不能不言。日月之昭然，星辰之煒然，非故為是明也，不能不明也。江河之流，草木之茂，非欲其流且茂也，不能不流且茂也。此天地之至文，所以不可及也。為聖賢亦然，三代之《書》《詩》，四聖人之《易》、孔子之《春秋》，曷求其為文哉？道充於

38　〔明〕王褘：〈鳴道集說序〉，《王忠文集》（臺北：臺灣商務印書館影印文淵閣四庫全書，1983 年初版）卷七，頁 11a 至 11b。

> 中，事觸於外而形乎言，不能不成文爾。故四經之文，
> 垂百世而無謬，天下則而準之。[39]

日月星辰是天文，江河草木是地文，《書》《詩》《易》《春秋》是人文，此即所謂廣義之文。該論明顯承自劉勰（456-522？）《文心雕龍・原道》。現代學者往往認為劉勰之說混淆了天地之文和人文的性質：天文、地文是天然而成的，而人文是人為的創造，二者有根本性的不同。然而，宋濂卻強調二者之間有著重要的共性：所謂「不能不」——亦即自然的流露。日月星辰的明，江河草木的流且茂，是因為它們的本體充盈著大道。而《書》、《詩》、《易》、《春秋》雖看似聖人主動「形乎言」，但肇因卻是「道充於中」，故爾「事觸於外」。文的產生，並非以天、地、人的主觀意志為依歸，而是大道運行的結果，文就是道的一種呈現方式，文為表、道為裡，二者兩位一體。

不過，宋濂此論也有另一番言下之意：假若道尚未「充於中」，那麼「形乎言」的條件也就不存在了。換言之，文雖然是道的結晶，卻不應率爾為之。文學創作始終是以道為依歸的，作品的面世仰賴於修道的臻進，如果修為不夠，文章不如不作。

（三）方法：師古人心

郭紹虞論明代文學與學術的關係，以為學術由道學而轉變為陽明心學，於是道學便成為復古，心學則成為趨新。受道學

---

39 〔明〕宋濂：〈朱葵山文集序〉，同註7，卷七，頁23a至23b。

影響的文人多主學古，宋濂便可為其代表。[40] 然而就創作方法來說，宋濂與楊維楨等人師古的內容是頗為不同的。楊維楨、高啟乃至前後七子的師古，都主張從字模句擬入手，由古人之文辭而探求古人之精神。而宋濂對於師古的看法是：

> 所謂古者何？古之書也，古之道也，古之心也。道存諸心，心之言形諸書。[41]

相比之下，宋濂對於字模句擬之道並不視為首要。他認為：求得古人之心，自然能作古人之文。一如趙景雲、何賢鋒所言，宋濂對於師古，只要求「師其意」而不必「師其辭」，文只是為了明聖賢之道，精神相同，而詞句不妨相異。[42]

那麼，哪些作品才符合文的標準呢？宋濂在〈徐教授文集序〉中有明確的論述。他以為孟子以後，世上不復有文；賈誼、董仲舒、司馬遷得其皮膚，韓愈、歐陽修得其骨骼，周敦頤、二程、張載、朱熹得其心髓。[43] 宋濂將五位道學家之作目為「《六經》之文」，稱讚其「妙斡造化而不違」，就是基於一個「心」字；至於賈誼、司馬遷、董仲舒、韓愈、歐陽修之文，都只能得古人之皮相，是不能與此五家比肩的。

---

40 同註6，頁9。

41 〔明〕宋濂：〈師古齋箴序〉，同註7，卷十五，頁3a。

42 見趙景雲、何賢鋒：《中國明代文學史》（北京：人民出版社，1994年初版），頁24。按：所謂「師其意，不師其辭」，最早由韓愈提出。見〔唐〕韓愈：〈答劉正夫書〉，《韓昌黎文集校註》（上海：上海古籍出版社，1986年初版），頁207。

43 〔明〕宋濂：〈徐教授文集序〉，同註7，卷七，頁18a至18b。

　　故此可知，宋濂揉合了楊維楨之論，將模範古人文辭、抒發一己心思的創作方式改造為「師法古人心思」。師古、師心的概念被宋濂暗中偷換，「古」與「心」都與道拉上了關係。

四、明初文道合一論者的楚辭論縱覽

　　郭紹虞謂宋濂集以前正統派的大成，使古文道學合而為一，確為的見。由於正統派文學向以道學為依歸，因此對《楚辭》的評價有不少保留之處。如朱熹《楚辭集註·目錄序》即批評屈原「志行或過於中庸，而不可以為法」，批評《楚辭》「辭旨或流於跌宕怪神、怨懟激發，而不可以為訓」，殆有甚者，朱熹認為屈原是重文輕道之人：

> 其不知學於北方，以求周公仲尼之道，而獨馳騁於變〈風〉變〈雅〉之末流，以故醇儒莊士，或羞稱之。[44]

如此一來，屈原「詞章之祖」的身分反成為他不合乎儒家的證據。另一方面，入明之後，屈原的地位也遭到官方的貶抑。現存史料雖未能昭示明太祖對屈原的態度，但明代前期學者論及《楚辭》，每多負面之詞。如宣德間閣臣周敘（1392-1450）云：「嘗誦屈賈文，悲其志，惜未達孔孟之道者。」[45] 由此可窺知朝廷對於《楚辭》的看法。政治、學術上的兩重批評，導致明

---

44 見〔宋〕朱熹：《楚辭集註》（臺北：文津出版社，1987年版），頁2。
45 〔明〕周敘：〈弔屈三閭賈長沙詞序〉，《石溪周先生文集》（臺南：莊嚴文化事業有限公司影印萬曆二十三年〔1595〕刻本，1997年初版），頁588。

代前期楚辭學的沉寂，洪武以後的一百四十年間，幾無《楚辭》新著問世。

　　然而，明初文壇風貌與元末的文學取向是息息相關的。即使如宋濂、王褘等人，本身參與了明代國策的制定，且刻意遵行，但他們在元代培養出來的習性卻並沒有徹底改變。這種習性反映在詞章上，就是健峭雄博的風格。永樂以後新一代的士人在成長中所接受的教育，方是本於明初的國策；因此他們沖融演迤的文風，才是明太祖所期待的。宋濂等人深受元末文風薰陶，在明初又作為文道合一論的推動者和遵從者，對於《楚辭》持有怎樣的觀點？本節將分目討論之。

（一）強調屈原之忠君

　　在道學家看來，《楚辭》驚采絕艷的文學特色根本不值得他們推崇，而屈原一腔忠君熱忱又有「顯暴君惡」的嫌疑，因此，文道合一論者現存關於《楚辭》的文字甚為有限。這些文字中，最顯著的主題依然是忠君，如宋濂〈樗散雜言序〉云：

> 夫《詩》一變而為《楚騷》，雖其為體有不同，至於緣情託物，以憂戀懇惻之意而寓尊君親上之情，猶夫《詩》也。[46]

〈詩大序〉的「詩言志說」與陸機的「詩緣情說」，向來代表著詩歌發生學的兩大方向。宋濂雖然提出《詩》《騷》乃緣情之作，但又指出這份情乃是「尊君親上之情」，言志與緣情的界線就因此泯滅了。宋濂看到《楚辭》以香草美人作喻的方法，

46　〔明〕宋濂：〈樗散雜言序〉，同註7，卷九，頁56b。

也察覺到字裡行間「憂戀懇惻」的情調，而他斷定：這一切都是出於屈原忠君之情。

文道合一論者眼中的「憂戀懇惻」是一種怎樣的情狀？王褘的〈江漢操〉有非常具體的描寫：

> 戰國時楚臣有忠其君而被竄逐者，作〈江漢操〉：江漢滔滔，注於東只。豈惟江漢，百川朝宗只。臣之事君，所盡者忠只。臣忠之藎見，謂為狂只。我君聖明，如日正只。豈弗臣察，其或未遑只。抑臣實有罪，盍有諸躬只。自今以往，矢益竭衷只。臣雖身遠，臣心上通只。臣心之通君，終臣容只。謂臣不信，江漢其同只。[47]

觀小序可知，此篇是代屈原立言。整篇作品極力描摹屈原見逐之後然疑並作、自怨自艾的心理情狀，但始終貫串著「臣罪當誅，天皇聖明」的思想，眷眷無窮，未有一句怨君之詞。所謂「臣忠之藎見，謂為狂只」，似乎是要告知讀者，屈原並非狂狷之徒。這無疑是站在儒家的立場，認為屈原可取之處，止在一個「忠」字。然而真實的屈原，又豈一個「忠」字了得！王褘此處片面推重屈原之忠厚，頗能代表當時文道合一論者對《楚辭》的詮釋方法。謝肅則云：

> 古之君子苟秉忠義之心，雖或不白於當時，而必顯暴於天下後世者，是固公議之定，亦其著述有所於考也。若楚三閭大夫屈子、漢丞相諸葛亮、晉處士陶潛者，非其

---

47 〔明〕王褘：〈江漢操〉，同註38，卷十四，頁38a至38b。

> 人乎？……《離騷》足以見其愛君憂國，雖九死而不悔
> 也。[48]

從忠君的角度，高度肯定了屈原的人格。但前提依然是：即使
屈原的忠心不白於當時，後世也自有公論。這無疑迴避了楚王
昏昧的事實。但無論如何，諸論者對於屈原，大抵還是抱持著
比較正面的態度，並未將對屈原的評價附麗於朱《註》，強調
「朱子之註《離騷》，可謂無遺憾」之類。這與永樂以後臺閣
作家如何喬新等人相比，還是比較客觀的。

（二）推崇屈原之懇貞

元順帝至正十八年（1358），正值朱元璋攻下金華的前夕。
面對不可知的前途，王褘感到無所適從，曾避兵山中。在多年
顛沛流離的過程中，王褘創作了九篇騷體詩，合為〈九誦〉。
其序云：

> 余癸卯之歲，荐嬰禍患，哀感並劇，情有所不任。撫事
> 觸物，輒形於聲，蓋彷彿乎《離騷》之作，而其情猶〈巷
> 伯〉、〈蓼莪〉之義焉爾。先是庚寅之春，去國而歸；
> 戊戌之冬，避兵以走中間。悲苦之詞，往往而在。合而
> 次第之，得九篇。取〈九章‧惜誦〉之語，題之曰〈九
> 誦〉。[49]

---

48 〔明〕謝肅：〈雲林方先生和陶詩集序〉，《密菴稿》（臺北：臺灣商務
   印書館影印四部善本叢刊，1971年初版）辛卷，頁8b至9a。
49 〔明〕王褘：〈九誦序〉，同註38，卷二十，頁1a至1b。

此作雖頗得楚騷丰韻，然據其序之所言，〈九誦〉同於《楚辭》者僅是「撫事觸物，輒形於聲」的創作歷程；至於箇中所陳大義，則依然以《詩三百》為宗。觀〈巷伯〉篇的怨刺之情，幾有甚於《楚辭》。王禕身處兵荒馬亂之時，思及父母，怨及朝政，其情自有與屈原相同處；但他卻聲稱「猶〈巷伯〉〈蓼莪〉之義」，大概是因其為儒者，為文雖可效《楚辭》之體，然為人則不宜引屈原為同類，故託言〈巷伯〉〈蓼莪〉，實乃掩飾之詞。

當然，《楚辭》之作乃發自真情，文道合一論者並不否定。錢宰說：

> 夫人心之感於中而發於外，必著見於顏色，充滿於神氣，簌揚於聲音，間不可得而過也。然而顏色之著，神氣之充，或不足以盡攄其所蘊蓄，惟聲之發於口也，抑揚宣暢慨歎而不能自已，故其心之所感，莫不消融蕩滌，神安氣平，顏色之和咸復其常焉。昔者舜歌〈南風〉，漢高歌〈大風〉，武帝歌〈秋風〉，與夫屈之〈騷〉，宋之賦，賈生、司馬相如、揚子雲之所述作，莫非有動於中而後發。[50]

這番見解源於〈詩大序〉，是文道合一論的重要內容。錢氏指出，只要人心有動於中，必發之於外，成為顏色、神氣、聲音，這是不能抑止和矯飾的。而三者之中，唯有聲音可以發為詩歌，將感情悉為宣洩，令人回復平靜。但朱右則從文體演變的角度，

---

50 〔明〕錢宰：〈長嘯軒記〉，《臨安集》（臺北：臺灣商務印書館影印文淵閣四庫全書，1983 年初版）卷五，頁 13a 至 13b。

指出《騷》不如《詩》的原因，正在於情理的不協調。〈諤軒
詩集序〉道：

> 《三百篇》自刪定以後，體裁屢變，而道揚規諷，猶有
> 三代遺意，俚諺誕謾之辭不與焉。是故屈、宋之貞，其
> 言也懇；李、蘇之別，其言也恨；揚、馬多才，其言也
> 雄；曹、劉多思，其言也麗，六朝志靡則言蕩，而去古
> 遠矣。[51]

〈羽庭稿序〉又道：

> 東周以還，郢騷之怨慕，揚馬之浸衍，晉宋之蕩靡，古
> 意彌失，而音節、體製亦與時下焉。[52]

而〈西齋和陶詩序〉則稱：

> 自夫王澤既息，〈大雅〉不作，郢騷之怨慕，長門之幽
> 思，李陵、蘇子卿之離別，曹劉鮑謝之風諭，亦足以傳，
> 誦者各適其情而已。[53]

歸結這幾段文字可以得知，在朱氏看來，《詩三百》以後的傑
出作品，都是遵循著「道揚規諷」的傳統，但總體的創作狀態
則是每下愈況，去古日遠。朱右以「懇」、「貞」二字形容屈
原其人其文，可見對於其人格還是抱著肯定態度的。他雖贊成
屈原的「怨慕」之情係發於中，認為是「適其情」、出於自然，
但對這種情卻不太認同，因為此情並不合於聖人之道。

---

51 〔明〕朱右：〈諤軒詩集序〉，《白雲稿》（臺北：臺灣商務印書館影印
　　文淵閣四庫全書，1983 年初版）卷五，頁 13b 至 14a。
52 〔明〕朱右：〈羽庭稿序〉，同註 51，卷四，頁 3a。
53 〔明〕朱右：〈西齋和陶詩序〉，同註 51，卷四，頁 12a。

（三）批評楚騷之泆蕩

錢宰認為六經自孔子刪定後，惟孟子得其宗，荀子、董仲舒、揚雄、王通、韓愈數子升堂，又云：

> 彼《楚騷》泆蕩怪神過於中，《蒙莊》繆悠荒唐戾於道，固未暇論。若漢賈生、司馬相如、遷、固之於史，劉更生父子之於經，唐柳河東、宋歐陽廬陵、王臨川、曾南豐、蘇文安、東坡、穎濱皆以文章大家名世，而舂陵、河南、橫渠、新安五先生又深造於道焉。[54]

以為孟、荀、董、揚、王、韓六人兼備於道德文章，餘賈誼、司馬相如、司馬遷、劉向父子、唐宋七大家以文、史見稱，周敦頤、二程、張載、朱熹以道學名世。其「過於中」之論，正是承繼朱熹而來，以為屈原乃不合中庸的狂狷之徒，不知學於周公仲尼之道，故其辭荒淫詭異；而莊子為文橫恣，詆毀聖人，故二者皆不足為訓。錢宰這番議論，實用主義的色彩很濃，只要是不合或無益於聖人之道，僅僅淫於文辭，錢氏都「雖好不取」。而王褘〈招遊子辭·序〉則云：

> 昔者屈原放逐之餘，眇觀宇宙，欲制煉形魂，排風御氣，浮游八極，後天而終，以盡反復無窮之世變。故〈遠遊〉之歌所為而作。今存誠之有取於〈遠遊〉也，豈猶原之志歟！予因反其意為辭以招之，庶幾其不騖於虛遠，而

為吾聖人之歸。然宋玉、景差大小〈招〉，務為譎怪之
談，荒淫誇艷之語，今亦無取焉。[55]

「浮游八極，後天而終」近乎神仙家說，他對於這種情調並不
嚮往。招辭寫道：「天君泰然，靜以舒只。聖賢與處，天為徒
只。洞視八荒，眇一區只。坐閱千古，猶斯須只。」[56] 認為只
要讀聖賢之書，便可不窺牖而知天道，不必上下流觀。對於「譎
怪之談，荒淫誇艷之語」，更是不值一提。可知文道合一論者
於《楚辭》僅認同其合乎儒家之處，對那些「過於中」的思想、
「浮游八極，後天而終」的情調則不以為然，至於詞藻方面，
大都更採取不聞不問的態度。

五、明初文道合一論的矛盾：
以方孝孺及其楚辭論為例

方孝孺，字希直，學者稱正學先生，寧海人。洪武中除漢
中府教授，建文時為侍講學士。燕王兵變，不屈被殺。[57] 洪武
年間，太祖大興黨案，株連文士：宋濂因長孫獲罪死於流放途
中，高啟因蘇州知府魏觀案連坐而被腰斬，楊基被讒而罰作苦
役，殞命輸所，方孝孺之父方克勤因空印案株連被殺。這一連
串的血腥鎮壓令到文壇上眾星殞落，唯有留下「讀書種子」方
孝孺。陳書祿以為，方孝孺目睹一幕幕文人慘死的悲劇，自是

---

55 〔明〕王褘：〈招遊子辭·序〉，同註38，卷十七，頁31a至31b。
56 同註38，卷十七，頁31b。
57 同註21，頁4017至4020。

要以當仁不讓的姿態復興儒學。而惠帝即位，召其為侍講學士，國家大政事輒咨之。君臣的遇合激發了方孝孺明王道、致太平的政治熱情。[58] 故此，方孝孺論文主張宗經明道，和他本人的際遇有很大關係。

（一）方孝孺的文道合一論

方孝孺文道合一的思想，同樣源於師承。他是宋濂門人，受知甚深，曾感慨道：「某之獲見知於公者又何幸哉！」[59] 明初，宋濂於學養、才情都稱上乘，故受到方孝孺的極度崇敬。其〈張彥輝文集序〉云：「潛溪先生……以誠篤和毅之質，宏奧玄深之識，發而為文，原功稱其如淮陰將兵百萬，百戰百勝，志不少懾，如列子御風，翩然褰舉，不沾塵土，用鳴一代之盛，追古作者與之齊，近代不足儗也。」[60] 可見他對宋濂的推尊。宋氏標舉的文道合一論，方孝孺是有所發揮的：「學術視教化為盛衰，文章與學術相表裡。」[61] 在他看來，道（義理）文（詞章）互相倚重，而道的盛衰，又要視乎世運、在上位者的政策（教化）。

進而言之，方氏也以為文是本於道的。他對文與道之間的關係作出了更深入的闡發：

---

58 同註4，頁72至73。

59 〔明〕方孝孺：〈與舒君〉，《遜志齋集》（臺北：臺灣商務印書館影印文淵閣四庫全書，1983年初版）卷十一，頁72a。

60 〔明〕方孝孺：〈張彥輝文集序〉，同註59，卷十二，頁36b。

61 〔明〕方孝孺：〈劉樗園先生文集序〉，同註59，卷十二，頁24b。

> 道者，氣之君；氣者，文之帥也。道明則氣昌，氣昌則
> 辭達。文者，辭達而已矣。[62]

道明、氣昌、辭達，這是為文的三個必然步驟。不過道並不易明：「文至者，道未必至也，此文之所以為難也。嗚呼，道與文俱至者，其惟聖賢乎！聖人之文著於諸經，道之所由傳也。」[63] 則六經載道之文，是作者的典範。六經以下的文章又如何？方孝孺說：「漢之司馬遷、賈誼，其辭可謂之達矣，若揚雄則未也；唐之韓愈、柳子厚，宋之歐陽修、蘇軾、曾鞏，其辭似可謂達矣，若李觀、樊宗師、黃庭堅之徒則未也，於道則又難言也。」[64] 又謂：「立言者必如經而後可，而秦漢以下無有焉。然而猶足名世者，其道雖未至，而其言文，人好其文，故傳；其言雖不文而於道有明焉，人以其明道，故亦傳。」[65] 顧宋濂認為賈誼、董仲舒、司馬遷得六經之皮膚，韓愈、歐陽修得其骨骼，周敦頤、二程、張載、朱熹得其心髓。方孝孺之論，正好為宋氏之言作出詮釋；而其論更為嚴苛。

如前所言，方孝孺提出道明、氣昌、辭達這三個步驟。既然辭只能本原於道，則道不明，辭亦不達。然而，他又認為文至者道未必至，那麼文之佳者，也可能未必有明於道。這兩個觀點之間就有矛盾存在了。他為蘇伯衡的文集作序時寫道：

62　〔明〕方孝孺：〈與舒君〉，同註59，卷十一，頁70b。

63　〔明〕方孝孺：〈張彥輝文集序〉，同註59，卷十二，頁37a。

64　〔明〕方孝孺：〈與舒君〉，同註59，卷十一，頁71a。

65　〔明〕方孝孺：〈與郭士淵論文〉，同註59，卷十一，頁69a至69b。

> 莊周之著書、李白之長詩，放蕩縱恣，惟其所欲，而無
> 不如意。彼其學而為之哉！其心默會於神，故無所用其
> 智巧，而舉天下之智巧莫能加焉……莊周歿殆二千年，
> 得其意以為文者，宋之蘇子而已。蘇子之文猶李白之詩
> 也，皆至於神者也。[66]

莊、李、蘇皆未刻意於為文，而心通於神，故其文放蕩縱恣，
無不如意。方氏對三人的推崇，於其文道合一論未必鑿枘相契。
三人之「默會於神」，固非能為儒理所囿。不過，如果方氏一
味以儒理為準繩，是不可能對三人作出如此高的評價的。陳書
祿認為，方孝孺的文論有時偏向道統文學觀，有時偏向於審美
特徵，是因為他在推尊儒道之外，也會注意閱讀過程中的感性
體驗、以及創作過程中的生活體驗和感性體驗。[67] 袁震宇、劉
明今也指出方孝孺的文學批評有靈活之處，當他不作道學語
時，便能說出一些頗有價值的議論來。[68]

（二）方孝孺的楚辭論

　　方孝孺對於屈原、《楚辭》的評價，同樣也存在著扞格。
通過楚辭論來觀照其整體的文學主張，這種矛盾更是昭然無遺
地呈露出來。方氏〈畸亭記〉曰：

66　〔明〕方孝孺：〈蘇太史文集序〉，同註59，卷十二，頁30b。
67　同註4，頁74至76。
68　同註8，頁50。

> 自古昔以來，惟聖人不常困於勢，自聖人以下多不免為勢
> 所屈。《詩》之亡，屈子之詞為最雄，原不為當時所知為
> 最甚。莊周、荀卿皆以文學高天下，故二子皆不遇。[69]

在方氏看來，屈原遭放，行吟澤畔；莊周辭聘，曳尾泥中；荀
況閒居，著書終老。三人皆不知與世推移，屈於形勢，僅算得
上賢者，視聖人自有所不及。然而，方孝孺非常讚賞這三人的
文章。尤其是屈原，方氏於其憂國憂民之心，流露出理解和同
情。宋濂、王禕等人稱揚屈原，多止於忠君而已；而方孝孺提
出屈原「不為當時所知為最甚」，這種見解無疑比眾人更為深
切。其〈成都杜先生草堂碑〉則謂：

> 士之立言為天下後世所慕者，恆以蓄濟世之道、絕倫之
> 才，困不獲施，而於此焉寓之。故其氣之所至，志之所
> 發，浩乎可以充宇宙，卓乎可以質鬼神，非若專事一藝
> 之陋狹也。荀卿寓於著書，屈子寓於《離騷》，司馬子
> 長寓於《史記》。當其抑鬱感慨，無以洩其中，各託於
> 言而寓焉。……少陵杜先生……蓋有得乎《史記》之敘
> 事、《離騷》之愛君；而憂民閔世之心，又若有合乎〈成
> 相〉之所陳者。[70]

從這一段話裡，我們可以歸結幾點：

　　一、屈原有濟世之道、絕倫之才、愛君而憂民憫世之心。

　　二、屈原之文，實乃窮而後工。

69　〔明〕方孝孺：〈畸亭記〉，同註59，卷十五，頁8b。

70　〔明〕方孝孺：〈成都杜先生草堂碑〉，同註59，卷二十二，頁7a。

三、屈原之氣之志，可以充宇宙而質鬼神。故發而為文，頓挫揮霍、沉醇宏偉，足以震耀千古，並非汲汲於文辭一藝之小道者。

在此，方孝孺可謂給予了屈原僅次於儒家聖人的評價。

然而，當方孝孺板起道學家的面孔時，對於屈原的批評也不那麼客氣了。這種批評在他的〈艾庵記〉中便有所流露：

> 春官員外郎閩潘侯某，清慎有文，以艾庵自號。或見而疑之曰：「楚三閭大夫賦〈離騷〉，以春秋褒貶之法施諸草木禽獸，而寓意乎君子小人，於蘭芷荃桂蓋亟與之，而於艾獨未嘗少貸焉。歎芳草之變為艾，傷賢者之隨俗以化也。戶服艾之盈要，以斯人之莫好修也。今侯之賢，不取其所與者以自儗，而以所賤者自名，何其異歟！」或從而解之曰：「非是之謂也。侯殆取夫創艾自新之意乎！夫人品之不齊，惟聖人無所艾，下愚不能自艾，有所警乎中而輒自悔艾者，君子之事也。絕舊愆之萌芽，培天德而日滋，俾旦之所存超乎昨，而暮之所得過乎晝，則於道也，其進可量乎！艾之名庵，其不在是乎？」予至京師，侯以二人之言告，且曰：「子以為何居乎？」予曰：「二說皆是也。前之言，疑侯之廉於取名；後之言，知侯之篤於進學。雖然，謂創艾自新，美矣；謂三閭褒貶為當，其實則未可也。三閭，狷者也。其取物也，恆遍於名而不切於用，故艾在所貶。繇聖賢之道觀，艾何負於蘭芷荃桂哉！生民之疾無窮，而藥石之品，人人不能蓄，能蓄者惟艾爾，病者咸仰賴焉。使天下而無艾，

吾懼夫死者不勝其眾也，較功蓋亞於菽粟。猶未遑取，
則無取於艾也固宜。然神農氏，帝之聖者也，而紀其名；
孟軻，賢之大者也，而稱其功。雖見賤三閭，烏能損其
美哉！潘侯以名庵，必有取之矣。舍聖賢之不信而信三
閭，知侯不為也。或者疑侯取名之廉，夫亦焉知其取類
之遠乎！且先治己而後功利可及於人。創艾，所以治己
也；起疾之功，所以利人也。亦在侯用之何如爾。若夫
取諸保艾以安其躬，取諸未艾以慎其終，亦未為無所用
也。善用言者，雖恆言可以成德，不善用言者，雖美言
不免致惑。則人謂艾為蕭可也，謂為創艾可也，三閭賤
之可也，聖賢貴之亦可也。予從而言之，亦未為不可也。」
於是潘侯歎曰：「博哉，子之言！非惟得我之心，抑可
正三閭之陋。使艾有知，死且不朽。」[71]

潘侯名庵號曰「艾」的本意，或許真是「蕭艾」、「創艾」二
義兼有，原非定要替「廉於取名」、「篤於進學」二義分出高
下；他以此請教方氏，無非佐談資而已。而方氏卻引經據典，
申辯艾非惡物，力斥屈原之非，以明聖人之道。他指出艾是良
藥，既然連神農氏、孟子都有所記載、稱許，那麼屈原見不見
惡也就微不足道了。又說：「三閭，狷者也。其取物也，恆遍
於名而不切於用。」將屈原稱作「狷者」，固然是指出其取物
有特定的角度，藉以肯定潘氏「艾庵」之命意，主旨十分明晰。
然而「狷者」之論定，依舊承襲班固〈離騷序〉之論而來。以
「不切於用」來解釋狷者的有所不為，似乎有嫌牽強。故此，

---

71 〔明〕方孝孺：〈艾庵記〉，同註59，卷十五，頁1a至3a。

屈原在該文中雖是配角,但方孝孺對屈原的評價卻也一目了然。抑有進者,作者將「蕭艾」、「創艾」二義置於對立面,以「正三閭之陋」,更有膠柱鼓瑟之虞。程頤以杜詩「穿花蛺蝶深深見,點水蜻蜓款款飛」無益於道而否定之。方氏此論,大概與程氏出於同一門徑,認為屈作專攻文辭而害道,故力排之。然而,方孝孺文學造詣高深,不可能不明白比興之義;他自己的作品也有得於屈辭之處。這篇〈艾庵記〉的出現,唯一可能的解釋就是,方氏念念不忘道統,而一旦當他以道學家自居時,「為文害道」的思想就不期然浮現。他與潘侯大概是泛泛之交,非常著緊自己金華學派殿軍的身分,因此文中對於屈原的貶斥就更為強烈了。

六、結語

明太祖在位時,宋濂作為金華學派嫡傳、文化政策的主要制定者,極力推尊文道合一論,文人學者如錢宰、朱右、王禕等遂雲集而響應。此論之內容,乃是以「文以明道」為創作前提,「不能不言」為創作誘因,「師古人心」為創作方法。此論自古已有,而可近徵於元代延祐復科之際。當時海內無事,程朱道學開始獨尊,虞集、柳貫、黃溍、吳萊等作者乃「以性理之學施於臺閣之文」,三十年間,風氣蔚盛。元末的戰亂中,文道合一論暫時讓位於楊維楨等人的率性綺艷、奇詭空寂的文風,師心、師古之說興起。不過,道學的光環雖蒙上了陰霾,

但其地位卻並沒有動搖。[72] 由於道學正處於發展期，廣大的士子或多或少都會有崇儒師古的傾向。即使楊維楨等人，同時也認許道學為宗的主張。明太祖得國後，皇權膨脹，道學復興，於是文道合一論又為朝廷所推尚。郭紹虞謂宋濂集以前正統派的大成，使古文道學合而為一，確為的見。但總體而言，文道合一論者是以「道」為主，至於「師古」，往往只是師其意而不師其辭，並非楊維楨、高啟乃至前後七子的字模句擬。道學對文學的強大影響力，加上明代立國後對「盛世之音」的需要，導致師古、師心之說無可避免地淡出文壇。而明初諸人在元末所醞釀「健峭雄博」的文風，也就式微了。永樂以後，文道合一論被奉為臺閣文派的指歸，沖融演迤的文風於是百年不衰。

---

72 按：任何思想，一旦定為官學，就一定難逃流俗僵化的命運。有人認為，元代覆亡的原因之一，便是道學的僵化。此言看似有理，實則尚可斟酌。假如這套學說在前朝業已腐壞、明太祖建國後依然將之列為官方哲學，不可能沒有一絲來自士人階層的反對聲音。其次，自洪武至弘治一百四十年間，依然出現了吳與弼、薛瑄、莊昶等著名的道學家，他們的學說雖然惆悵無華，但主敬力行，仍有可取。實際上，兩宋以來，道學一直處於發展的狀態；元代後期雖被立為官學，但時日尚淺，流弊少見，具有甚強的生命力。且如查洪德所論，元代的朱學定於一尊只是一種形式，一種招牌，一個標籤，就元代學術史的實際看，朱學自始至終都沒有真正取得一尊的地位。元代學術承自金源，金代學術就以兼取各家為特色。因此，元代學術兼取融通，不僅包括儒學內部的理學、心學、氣學、事功之學，有的學者更兼取釋、道。（同註12，頁229。）因此元末之際，廣大士人縱然遭逢戰亂，對道學卻依然懷有信念和期盼。明太祖底定天下後，道學遂能在宋濂等人的支持下繼續其統治地位。直到弘治、正德間，程朱道學被列為官方哲學近兩百年，方才真正僵化，受到陽明心學的挑戰。當臺閣諸臣的師古說隨著道學一起流俗僵化時，前後七子遂相應提出了更為絕對的師古說──文必秦漢，詩必盛唐。因此，宋濂／臺閣諸臣和前後七子的師古說，必須區分開來。

　　洪武、建文之際，持文道合一論者頗有人在。宋濂、王褘、林弼、錢宰、朱右、蘇伯衡、謝肅、唐桂芳、方孝孺等，各有師承，以道學家自居。然而他們現存著作中，論及《楚辭》之處甚少。究其原委，蓋以屈原不合於儒家之道，故而發論頗有去取。整體來說，他們對屈騷所強調的有三端：忠君、懇貞、尚實。有關忠君、懇貞，文道合一論者只推重屈原「憂戀懇惻」、為文「寓尊君親」的特色，對於「露才揚己」、「顯暴君惡」則避而不談。有關尚實，則更表現出文道合一論對《楚辭》文辭的不滿：例如錢宰稱「《楚騷》洗蕩怪神過於中」，王褘無取於二〈招〉的「譎怪之談」、「荒淫誇艷之語」，皆是此類。他們作出如此論斷，是希望這些批評形成一種閱讀《楚辭》時的定見，避免後學淫於詞章，流邁不返。這種承自朱熹的態度，影響明代前期文學思想甚鉅。

　　宋濂去世後，弟子方孝孺為惠帝師，繼續推崇文道合一論，於仕進、學術、文學三方面都可謂克紹箕裘。方氏本身善於為文，他將宋濂「文貴於不能不言」之說闡發為道明、氣昌、辭達三個為文步驟，允為深至之見。但是，方孝孺又自居為道學家，文學思想更受道學左右，因此道學與文學的扞格在其論文時就益加明顯了。比如說，他對莊子、荀子、司馬遷、李白、蘇軾作品的稱許，不因五人非醇儒而廢其言。進而言之，若以文道合一論來衡量，此五人文雖佳，道未至，實不合宋濂「文貴於不能不言」的主張。方孝孺的楚辭論，矛盾同樣時時可見。他認為屈原有濟世之道、絕倫之才、愛君而憂民憫世之心，卻「不為當時所知為最甚」；屈原之文，窮而後工，震耀千古，非

汲汲於文辭小道者。這些見解比宋濂、王禕等人所言更為真確。然而,他在〈艾庵記〉中又勉強把「艾」分為「蕭艾」、「創艾」二義,認為艾是良藥,〈離騷〉貶為惡草實不相宜,更指責屈原為狷者,「恆遍於名而不切於用」。前者為切中肯綮之論,後者則頗嫌牽強,見解判若兩人。

方孝孺的楚辭論並非獨立、獨特的個案。這種情況在宋濂等人的楚辭論中也可尋到端倪。方氏雖為宋濂嫡傳,但洪武建國時年方十二,成長於天下一統、道學一尊的環境,學問遂無宋濂之博雜。他繼承宋濂的文道合一論,於文有深一層的闡發,於道也有進一步的體認,因此文學與道學之間的矛盾日漸暴露。這種矛盾是不可調和的。精工詞章必然妨礙道德修業,文字尚實無華又難以動人。宋濂謂文乃道之自然流露,貴於不能不言。但若以驚才絕艷的《楚辭》來考量,宋氏之言顯然只是一種理想性的折衷之說,難以付諸實驗。宋濂諸人及方孝孺提出文、道互為表裡,固然是希望道學成為文學創作和評論的主導思想,卻未必欲將文學置於道學附庸的地位。不過隨著道學和皇權的發展,這種情況在所難免。因此洪武、建文時期,文道合一論看似文、道並重,二者的主從關係實際上一直經歷著此消彼長的過程──即由元末的文重於道,演化為永樂以後的道重於文。永樂、宣德之際,三楊詩文已惟道學馬首是瞻,沖融演迤的臺閣文風正是道學在文學上的體現。文學發展至此,已經受到了道學和皇權的雙重掌控。

第四章

永樂至弘治間臺閣諸臣的楚辭論

一、引言

錢基博論道：「成祖而後，太平日久，為臺閣雍容之作。作者遞興，皆沖融演迤，不矜才氣。」[1] 沖融的氣度展現了儒者的襟抱，演迤的韻律應和著朝政的熙洽。如此文風，方被目為盛世之音，才為統治者所喜好、鼓勵。反觀元末明初，楊維楨、高啟、袁凱、劉基等人的詩文，莫不才氣橫溢。而楊士奇（1365-1444）等人不矜才氣，蓋非不能，實不為也：過於倚重才氣，營營於字斟句酌，難免有捨實逐華、流遁忘返之嫌，與文以載道的思想相衝突。正如許總所言：「如果說，入明之初的宋濂、劉基等人的文學生涯尚帶有元、明之際那種『各抒心得』的表現特點，那麼，真正體現出具有明代自身特色的明前期文學則應當以所謂的『臺閣體』與『性理詩』為代表。」[2] 臺閣諸臣提倡典雅平正之風，性理派追求鳶飛魚躍之機，這兩派的興盛顯示出當時政治的高壓和道學的流行。

---

1 錢基博：《明代文學》（臺灣：臺灣商務印書館，1973 年初版），頁 13。
2 許總：《宋明理學與中國文學》（南昌：百花洲出版社，1999 年初版），頁 355。按：由於性理詩人如莊昶等在作品中全無言及屈騷，故本章不擬討論。

　　自班固（32-92）以後，屈原其人其文往往受到儒家的非議。朱熹（1130-1200）〈楚辭目錄序〉批評屈原道：

> 其不知學於北方，以求周公仲尼之道，而獨馳騁於變〈風〉變〈雅〉之末流，以故醇儒莊士，或羞稱之。[3]

無論在政治上、學術上，楊士奇等人都將這番言論奉為圭臬，因此，永樂至弘治間，臺閣諸臣有關《楚辭》的論述非常有限。影響所及，唯一流行於世的《楚辭》版本只剩朱熹《楚辭集註》，百年之間幾乎沒有新的楚辭學專著付梓。丁冰〈明代楚辭學概觀〉所論僅及註本而已。廖棟樑《古代楚辭學史論》將楚辭學史分為三個時期，將明代歸為宋學時期。[4] 易重廉《中國楚辭學史》謂明代前期的楚辭學顯得比較沉寂。[5] 由此而見，現、當代楚辭學史論者對於永樂至弘治時期，往往是一筆帶過。

　　這一百年間，關於《楚辭》的論述零碎而不成體系，未必足以「楚辭學」之名概之。然而臺閣諸臣對《楚辭》的輕描淡寫、避重就輕，卻從反面顯現出道學對當時文壇的影響。由於時間跨度大，永樂至弘治間臺閣諸臣的文學特色並非渾然如一。楊士奇等人在詩文創作上提倡沖融演迤的文風，但與其同朝的胡儼（1361-1443）、陳敬宗（1377-1459）等卻有所異同。宣德以後，臺閣後進如周敘（1392-1450）、何喬新（1427-1502）

---

3 〔宋〕朱熹：《楚辭集註》（臺北：文津出版社，1987年版），頁2。

4 廖棟樑：《古代楚辭學史論》（臺北：輔仁大學中國文學系博士論文，1997年），頁9至10。

5 易重廉：《中國楚辭學史》（長沙：湖南出版社，1991年初版），頁367。按：易氏將明代分為前後兩期，從開國到世宗嘉靖二百來年是前期，萬曆以後七十來年是後期。

等論文，也視三楊有所改變。不惟如此，即便是影響甚鉅的道學家如薛瑄（1389-1464），也就文學提出了新的論調。這些情況，都可以從他們有關《楚辭》的言論中得到印證。因此，本章爬梳了永樂至弘治年間各部著作中的相關資料，以探析臺閣諸臣楚辭論的內容和背景，進而嘗試考索明代前期文學發展的軌跡。[6]

二、臺閣文風倡導者：楊士奇等人的楚辭論

永樂朝始，臺閣文風漸次形成，倡導者乃受成祖委任入值文淵閣的楊士奇、楊榮（1371-1440）、胡廣（1370-1418）、王直（1379-1462）、黃淮（1367-1449）、金幼孜（1368-1431），還有稍後入閣的楊溥（1372-1446）等。錢基博云：

> 泰和楊士奇名寓（以字行），建安楊榮字勉仁，石首楊溥字弘濟，並世當國，歷相仁宗宣宗英宗三朝，黼黻承平；中外翕然稱三楊；推士奇文章特優，一時制誥碑版，出其手者為多！仁宗雅好歐陽修文。士奇文平正紆徐，

---

6 按：永樂至弘治間，臺閣諸臣有關《楚辭》的論述頗為稀少。本章所選擇的討論對象，有三項標準。其一，曾於臺閣機構任職。如楊士奇、楊榮、王直、胡儼、周敘等人為內閣大學士；陳敬宗由翰林遷南京國子監祭酒；夏原吉官至戶部尚書；何喬新曾任南京禮部主事、刑部尚書等職；薛瑄嘗除御史，歷任禮部右侍郎、翰林學士，入閣預機務；王越官至兵部尚書；岳正由編修改修撰，後入閣預機事；錢福官翰林院修撰，不一而足。其二，其文學思想（包括楚辭論）在當時具有代表性和影響力，如楊士奇、楊榮、王直等。其三，其文學思想（包括楚辭論）在當時未必具有代表性和影響力，但卻能體現臺閣文風的別相，如胡儼、陳敬宗、薛瑄、王越、倪岳等。

時論稱其彷彿。後來館閣著作，沿為流派，所謂臺閣體是也。[7]

歐陽修（1007-1072）為文典雅婉徐，雖自幼學韓愈文，卻無險奇之態。明代永樂、洪熙、宣德之際，歐文不止受三楊推尊，更得仁宗的喜好。三楊在位日久，除個人創作外，又負責制誥碑版等公文，使臺閣文風影響更廣。三楊以外，黃淮文章「春容安雅」、「和平溫厚」，王直「所作貌似平易，而溫厚和平，實非後來所及」，[8] 不一而足。詩歌方面，臺閣諸臣推舉唐音，《明史‧文苑傳》謂高棅的《唐詩品彙》終明之世而館閣宗之。[9] 然如袁震宇、劉明今所言，臺閣諸臣宗歐宗唐，僅是為了推崇和平典雅、清新富麗一類的風格，對於追蹤風雅的現實主義精神，則完全背棄了。[10]

（一）《楚辭》與「古詩人之意」

成祖、仁、宣之際，臺閣諸臣每有談及詩歌的源流。閣臣胡廣主修的《性理大全》論詩歌之演變道：

> 詩亡而楚《騷》作，《騷》亡而漢五言作，迄於魏晉顏謝之下，雖曰五言，而魏晉之體已變，變而極於陳隋，

---

7 同註1。

8 同註1。

9 〔明〕張廷玉主編：《明史》（北京：中華書局，1997年版），頁7336。

10 袁震宇、劉明今：《明代文學批評史》（上海：上海古籍出版社，1996初版），頁73。

> 漢五言至是幾亡。……《詩‧雅》〈頌〉〈風〉《騷》
> 尚矣，漢魏晉五言迄於陶，其適也。顏謝而下弗論。[11]

將唐代以前的詩歌，列出《詩三百》、《楚辭》、漢五言、六朝五言的一條脈絡。從這條脈絡中，我們可以看出《性理大全》的褒貶大義。對於顏延之、謝靈運以下的南朝詩歌，《性理大全》採取「弗論」的態度，貶損之意昭然。[12]《性理大全》之說，既代表了明代前期官方的文學觀。也顯露出臺閣諸臣個人的意見。如楊士奇〈題東里詩集序〉，跟《性理大全》一樣承認《楚辭》源於《詩三百》、下接魏晉古詩的地位：

> 〈國風〉、〈雅〉、〈頌〉，詩之源也。下此為《楚辭》，
> 為漢魏晉，為盛唐，如李杜及高岑孟韋諸家，皆詩正派，
> 可以泝流而探源焉。[13]

楊士奇將這條脈絡推展至盛唐李白、杜甫、高適、岑參、孟浩然、韋應物諸家，並將之定為詩歌發展史上的「正派」；但對於晉、唐之間的南朝詩歌，卻未有詳言。實際上，古今詩作都是「志之所之」，楊士奇並不否認：

---

11 〔明〕胡廣主編：《性理大全》（臺北：臺灣商務印書館影印文淵閣四庫全書，1983 年初版）卷十六，頁 13a。

12 按：南朝是文學繁榮的時代，詩人們在創作上致力於變易求新。《性理大全》以一「變」字概括這個時期的詩風，自也切中肯綮。然而，求變的嘗試意味著「為文害道」，這是官方和道學家們極力反對的。因此，《性理大全》雖將魏晉和南朝之詩都歸為「變」體，卻揚此抑彼，自可理解。

13 〔明〕楊士奇：〈題東里詩集序〉，《東里集》（臺北：臺灣商務印書館影印文淵閣四庫全書，1983 年初版）續集卷十五，頁 24b。

> 漢以來代各有詩，嗟嘆詠歌之間，而安樂哀思之音，各
> 因其時。蓋古今無異焉。若天下無事，生民乂安，以其
> 和平易直之心，發而為治世之音，則未有加於唐貞觀、
> 開元之際也。[14]

論文者貴古賤今，從來多有。但楊士奇身為閣臣，肩負著政治
教化的任務，他必須強調「治世之音」。以漢代以後的詩歌而
言，他不太推重南朝，是可以理解的。

　　進而言之，《楚辭》本衰世之音，屈原係狂狷之士，閣臣
們竟然將之躋於僅次《詩三百》的地位，這是否與鼓吹休明的
論文宗旨有矛盾？關於這一點，楊士奇在〈杜律虞註序〉裡作
出了解釋：

> 古《詩》三百篇皆出乎情，而和平微婉，可歌可詠，以
> 感發人心，何有所謂律法哉！自屈、宋以下至漢、魏及
> 郭景純、陶淵明，尚有古詩人之意。顏、謝以後稍尚新
> 奇，古意雖衰，而詩未變也。至沈、宋而律詩出，號「近
> 體」，於是詩法變矣。[15]

所謂「古意」，就是「古詩人之意」。楊氏以《詩三百》為典
範，從創作動機、型態和功能三方面指出「古詩人之意」是怎
樣的。創作動機方面，作者必須「出乎情」，而非為文造情。
只有如此，作品才會真切而有感染力。而這份情必須「和平微
婉」，合於儒家之旨。型態方面，作品要具備「可歌可詠」的

14　〔明〕楊士奇〈玉雪齋詩集序〉，同註13，卷五，頁2b。
15　〔明〕楊士奇〈杜律虞註序〉，同註13，續集卷十四，頁2b。

體式。由於作品便於歌詠，才會廣為流傳。功能方面，作品之於讀者，非但要激發其感觸之心，更須使之得到啟發。動機、型態和功能，可說是三位一體，生於自然，水到渠成。不難發現，楊士奇提倡的「古詩人意」與洪武時期宋濂「師古人心」的主張是一脈相承的。（參本書第三章第三節第三目。）在楊士奇看來，楚漢魏晉六朝之間，「古意」正隨著文學的流變而遞減。屈原非純儒，所作漸失和平微婉之旨，尚有怨誹不亂、好色不淫之譽，不失為《詩三百》的孑遺，有承上繼下的地位。我們至此可以明白，永樂、宣德之際的閣臣將《楚辭》保留於詩歌「正派」，是受到儒家思想引導，而非純粹從文學的角度來考量。至於在創作涵泳之時，《楚辭》仍是不可缺少的參考對象。正如楊榮指出，古之有德有言者，作品都應該出於自然，平淡不華，明潔而歸諸理，追趨〈風〉〈雅〉，浸淫《騷》《選》。[16]

不過，我們從以上論述中可以了解，楊士奇等人認為在詩歌史中，《楚辭》只是發展的一環；創作涵泳之際，《楚辭》也僅為眾多參考對象之一。因此，若要得「古意」，《詩三百》比《楚辭》更重要；若要作古詩，漢魏五言比《楚辭》更便於模仿。屈騷本身已經在義理上受到道學家的批評，而楊士奇等人對《楚辭》的如此定位，更於詞章研究上令《楚辭》的重要性有所降低，妨礙了楚辭學的發展。

---

16 〔明〕楊榮〈逸世遺音集序〉，《文敏集》（臺北：臺灣商務印書館影印文淵閣四庫全書，1983 年初版）卷十一，頁 30b。

（二）對於芳草的推崇

前文已從詞章研究的角度論述了永樂、宣德之際臺閣諸臣楚辭論罕見的原因。本綱則擬從義理的角度，審視時政和道學如何影響到此時臺閣諸臣對《楚辭》的態度。

以楊士奇《東里集》為例，全書所收作品中騷體極少，吟詠屈原的詩文也十分不足。他曾為羅先生手鈔《楚辭》一書作跋，跋中講到羅氏身處元末兵燹之困，猶好學不已。楊氏十分稱許這種精神，因此題詞以鞭策後進，促其力學。[17] 可是，羅氏為甚麼在顛沛之時對《楚辭》情有獨鍾，楊士奇卻無一字提及。不難想見，《楚辭》既為衰世之音，其哀憤激越的情調無疑能令元末士人有所共鳴。然而，楊士奇身為盛世首輔，要推行平正紆徐的文風，自然不願進一步談到《楚辭》。

另一方面，《楚辭》作品本身的內容繁富，臺閣諸臣雖無取於哀憤激越的情調，卻不時對另外某些特色有所稱道。楊士奇〈題蘭〉云：

> 懿此芳蘭，在彼巖阿。為佩為帶，懷哉〈九歌〉。[18]

雖然只限於輕描淡寫，卻也讚許了《楚辭》中為「蘭」營造的意象。《楚辭》往往稱蘭為「幽蘭」，洪興祖《補註》：「蘭喻君子，言其處於深林幽澗之中，而芬芳郁烈之不可掩，故《楚

---

17 〔明〕楊士奇〈錄楚辭跋〉：「右《楚辭》一冊，德安貳守羅先生手筆。先生學於元季兵亂之際，不得書，雖崎嶇奔竄，常晝夜鈔錄以讀。今之學者幸遇太平無事之日，得書甚易，而往往不務力學，此何怪乎後之人不及前輩也。」同註13，卷十，頁20b至21a。

18 〔明〕楊士奇：〈題蘭〉，同註13，續集卷五十四，頁17a。

辭》云云。」[19] 楊氏所謂「在彼巖阿」，正是「處於深林幽澗」
之意。〈離騷〉：「紉秋蘭以為佩。」王逸（89-158）《章句》：
行清潔者佩芳，己修身清潔，紉索秋蘭以為佩飾。[20] 〈少司命〉：
「荷衣兮蕙帶。」《章句》：「言司命被服香淨。」[21] 《楚辭》
視蘭為君子，遺世獨立，不以躁進為務，這點得到了楊士奇的
應同。與楊氏同朝的閣臣王直，也有相近的看法。其〈蘭所記〉
云：

> 屈原之賦，曰「紉秋蘭以為佩」，曰「滋蘭之九畹」，
> 曰「馳馬於蘭皋」，曰「飲木蘭之墜露」，皆言其以善
> 自修也。嗟夫，世之人有以善為不足為者矣，有棄其善
> 而入於不善者矣。此原所以嘆「幽蘭其不可佩」，與夫
> 「蘭芷變而不芳」者。[22]

列舉〈離騷〉中的相關文字，指出蘭草象徵美善，佩帶蘭草則
象徵著以善自修。實際上，蘭的形象在先秦時代不僅出現於《楚
辭》中。如著名的〈猗蘭操〉，相傳為孔子所作，時代較《楚
辭》更早。然而，永樂、宣德之際的臺閣作品中，往往把蘭草
與屈騷相聯繫。除蘭草外，閣臣言及其他的芳草時，也復如是。
譬如王直〈雙桂堂記〉、[23]〈菊莊記〉、[24]〈菊窗十景詩序〉[25] 等，

---

19 〔漢〕王逸章句、〔宋〕洪興祖補註：《楚辭補註》（北京：中華書局，
　　2002 年重印修訂本），頁 30。

20 同註 19，頁 5。

21 同註 19，頁 72。

22 〔明〕王直：〈蘭所記〉，《抑菴文集》（臺北：臺灣商務印書館影印文
　　淵閣四庫全書，1983 年初版）卷二，頁 13b。

23 〔明〕王直〈雙桂堂記〉：「抑嘗考之：桂者，芳烈恆久之物也。古之君
　　子有屈原者，嘗取以喻德焉。首之以三后，而曰『雜申椒與菌桂』者，言

對於桂、椒、菊以及百草在《楚辭》中的意義,皆一一分析之。
這不是一個偶然的現象。陳書錄指出,臺閣諸臣一方面出於自
安自得的心態和虔誠的藝術追求,另一方面又懾於君主專制和
道學獨尊的淫威,因此憧憬著由仕而隱,由臺閣而走向江湖和
山林。他們的文學思想中因而時有由臺閣走向山水田園、由雍
容典雅轉向天趣自然的苗頭。[26] 因此,臺閣諸臣推崇「在彼巖
阿」的幽蘭,以及於其他的芳草,於《楚辭》獨念念不忘於幽
貞芳潔、以眾善自修,這顯示出他們創作心理的一個側面。

三、永樂、宣德間臺閣諸臣的異動: 以胡儼、陳敬宗的楚辭論為例

成祖靖難之後,命楊士奇等人並直文淵閣,但這批閣臣並
不可全部率爾劃入臺閣作家之列。如四庫館臣稱解縉「才氣放

禹湯文武得眾賢以自輔也。首之以余,而曰『矯菌桂以紉蘭』者,言其以
眾善自修也。」同註 22,後集卷二,頁 45b 至 46a。

24 〔明〕王直〈菊莊記〉:「予謂菊者,幽貞芳潔之物,故君子好之,而其
堅久之性,又足以資人壽者,是以南陽甘谷人飲菊潭之水,皆百數十載而
康生者。又以服菊仙去,是豈尋常卉木可比哉!然君子所以好之者,不在
此也。蓋於是而比德焉。夫善之在人而日彰,猶菊之芳香襲人而遠聞也。
故屈原之賦以『飲木蘭之墜露,餐秋菊之落英』自比焉。原豈慕仙道之人
哉!蓋以忠信樂善者而不見知於人,故言其自修者如此。」同註 22,後集
卷三,頁 23b。

25 〔明〕王直〈菊窗十景詩序〉:「古之君子有屈原者,以眾善治其身,而
每託喻於芳草。其詞有曰:『合百草兮實庭,建芳馨兮廡門。』言眾善積
於中而美見於外也。」同註 22,後集卷十七,頁 27b 至 28a。

26 見陳書錄:《明代詩文的演變》(南京:江蘇教育出版社,1996 年初版),
頁 123 至 125。

逸，下筆不能自休，當時有才子之目」，[27] 宋佩韋《明文學史》也不將解氏歸為臺閣作家。[28] 可是，永樂、宣德間，沖融之風的走勢已凌厲難擋，作者紛紛望風披靡。解縉於永樂中葉下獄早逝，姑且不論。臺閣諸臣為文、論文，亦有異於三楊者。從楚辭學的角度而言，當時對屈原作出較高評價的並非全然無人。如夏原吉（1366-1430）在〈謁三閭祠〉中寫道：

> 先生見放是何如，薪視椅桐梁棟樗。忍使清心蒙濁垢，寧將忠骨葬江魚。西風楚國情無限，落日滄浪恨有餘。我拜遺祠千古下，摩挲石刻倍歆歔。[29]

不僅認為屈原沉江是出於忠心，而且自己的情緒也在謁祠時受到感染。四庫館臣謂夏氏之文「肩隨楊士奇、黃淮諸人，固亦無愧」，可見他是典型的臺閣作家。[30] 這首詩作與《忠靖集》中其他作品的情調不類，大概是因為夏氏原籍湖南，與屈原有鄉邦之誼。除夏原吉外，與三楊同時的臺閣文人中，對屈騷顯示出不同觀點的還有胡儼和陳敬宗。本節會分別探析胡、陳二人的楚辭論，以見其異動的原因。

---

27 〔清〕永瑢主編：《四庫全書總目》（北京：中華書局，1965 年影印初版），頁 1482。

28 宋佩韋：《明文學史》（上海：商務印書館，民國二十三年〔1934〕初版），頁 64 至 65。

29 〔明〕夏原吉：〈謁三閭祠〉，《忠靖集》（臺北：臺灣商務印書館影印文淵閣四庫全書，1983 年初版）卷四，頁 2b 至 3a。

30 同註 27，頁 1484。

（一）胡儼論《楚辭》

胡儼為臺閣宿儒，朝廷大著作多出其手，編修《太祖實錄》、《永樂大典》、《天下圖誌》，皆充總裁官。為湖廣考官，得楊溥，世以為知人。少嗜學，於象緯占候律算醫卜之術無不通曉。[31] 可見其學博雜，仍有劉基、宋濂之遺風。胡廣謂胡儼之作「溫厚雅贍，而有疏宕之氣」。[32] 疏宕之氣，上承洪武，自抒胸臆；溫厚雅贍，下應永樂，典重平正。四庫館臣謂胡儼的詩作詞旨高邁，寄託深遠，與三楊和平安雅之氣象稍殊。[33] 胡儼處於臺閣文學興起之時，文學取向呈現出一種過渡性。以其《頤菴文選》的詩作論之，〈春興〉[34] 與〈二月一日早朝〉[35] 二詩差可代表胡氏這兩種不同的特色。前者幽趣盎然，有元人清麗之風；後者則顯然模仿了唐代賈至諸人的〈早朝大明宮〉，雖未及唐人雄渾磅礡，卻仍具泱泱大度，與三楊之作也頗為相近。兩詩的不同氣格，是洪武至永樂間文風嬗變的實例。胡儼作品的疏宕之氣，體現出他的文學追求、創作本色，而溫厚贍雅之風，則是當時的極權政治、道學思想使然。三楊的文學創

---

31 同註 9，頁 4127 至 4129。

32 〔明〕胡廣：〈頤菴文選序〉，〔明〕胡儼：《頤菴文選》（臺北：臺灣商務印書館影印文淵閣四庫全書，1983 年初版），序頁 6a。

33 同註 27，頁 1484 至 1485。

34 〔明〕胡儼〈春興四首〉其一：「門外草萋萋，東西路欲迷。鶯捎穿樹蝶，燕拾落花泥。深翠籠長薄，流雲渡碧溪。獨攜筇竹杖，不覺過橋西。」同註 32，卷下，頁 40b。

35 〔明〕胡儼〈二月一日早朝〉：「曈曨初日曙光遙，鐘鼓聲傳下九霄。萬國衣冠趨象魏，兩階干戚奏簫韶。天清華蓋雲中見，風細鑪煙杖外飄。朝出金門還北望，鍾山蒼翠正岩嶢。」同註 32，卷下，頁 45b。

作不同於胡儼者，在於他們力圖將作品都調整為「和平安雅」
的風格，以配合君主的政治措施，明哲保身；而胡儼的作品往
往卻依然帶有不拘一格的色彩。

　　由於胡儼為文論文仍有元末明初的習氣，他對屈騷的評價
比楊士奇等人更為積極，其〈述古〉詩云：

　　　屈子變〈風〉〈雅〉，〈騷經〉寓孤忠。光華並日月，
　　　耿耿垂無窮。[36]

這首詩代表了胡儼對於《楚辭》的基本態度。朱熹《楚辭集註》
責屈原馳騁於變風變雅之末流，而胡儼之論則從另一個方向切
入，將「末流」的案語置之不論，而強調《楚辭》作品為變風
變雅，直承於《詩三百》，其偉大足與日月齊光，垂於無窮。
《楚辭》之偉大，是因為字裡行間滲透著屈原的一片孤忠。對
屈原「忠」的推重，類近國初宋濂等人，[37] 卻罕見於三楊的論
述。「忠」固然是儒家推舉的為臣之道，然而胡儼稱揚屈原「舉
世皆濁我獨清，眾人皆醉我獨醒」的「孤忠」，和班固「責數
懷王，怨惡椒蘭」、朱熹「忠而過，過於忠」的指責相比，自
有逕庭。這是胡儼和其他臺閣作家楚辭論的顯著不同。

　　其次，胡儼雖也與楊士奇等人類似，好言《楚辭》中的芳
草，但其論又不似楊士奇之避重就輕。他在〈叢菊賦〉中寫道：

36　〔明〕胡儼：〈述古〉，同註32，卷下，頁1b。

37　如〔明〕宋濂〈樗散雜言序〉云：「夫《詩》一變而為《楚騷》，雖其為
　　體有不同，至於緣情託物，以憂戀懇惻之意而寓尊君親上之情，猶夫《詩》
　　也。」《文憲集》（臺北：臺灣商務印書館影印文淵閣四庫全書，1983年
　　初版）卷九，頁56b。

> 靈均亦既餐英兮，何自苦而沉湘？惟老圃之秋容兮，抱
> 晚節而自芳。[38]

對於屈原自沉，胡儼似乎有所保留：屈原既有高潔之志，窮困
時便該獨善其身，不應有赴淵而死之舉。其實，胡儼既然了解
屈原的孤忠，便不會不知其死之必然。觀賦所言「何自苦而沉
湘」，語帶憐惜，與其視為理性的貶抑指斥，毋寧說是感性的
同情嗟嘆。

　　無庸置疑，胡儼對於屈原和《楚辭》都抱持著比較同情和
讚賞的態度。然而其現存的作品中，幾乎沒有正面談及《楚辭》
的文學價值。這大概是因為隨著政治的極權和道學的獨大，「為
文害道」成為了當時的主流觀點，故胡儼不願從詞章的角度來
詳細分析《楚辭》。這在其〈述志賦〉中可以得到印證：

> 予既望洋而趑趄兮，退卻步而返顧。恐佳期之遲暮兮，
> 羌回車以復路。恥沒世而名不稱兮，漫馳騁於空言。苟
> 余情其信美兮，何雕蟲之刻鐫？[39]

此賦大旨，大率是揚雄「雕蟲小技，壯夫不為」的舊調。胡儼
認為，創作的目的是立言以顯名；如果可以立德立功，文學的
追求就不足掛齒了。同樣道理，胡儼對《楚辭》所推崇的是「孤
忠」，而非區區文辭。

　　政治和學術環境的變化，必然會波及文學思想。胡儼學殖
博雜，他對《楚辭》的態度遂較其他臺閣作家為寬鬆。然而他

---

38 〔明〕胡儼：〈叢菊賦〉，同註 32，卷上，頁 12b。

39 〔明〕胡儼：〈述志賦〉，同註 32，卷上，頁 1b。

稱許《楚辭》，只不過是因人及文。他不從文學的角度來論析《楚辭》，正顯示出道學影響的日益強大。

（二）陳敬宗論《楚辭》

陳敬宗與三楊同朝，由翰林遷南京國子監祭酒，曾與修《四書大全》、《五經大全》。四庫館臣稱陳氏立身端正，待諸生甚嚴，以德望為士林師範，而文章質樸太甚。[40] 四庫關於陳氏文章的論述，與前人甚不相同。明末陳子龍為陳敬宗《澹然先生文集》作後序道：

> 其應制諸作，詩則贍藻溫厚、頌不忘規，有曲終奏雅之風；文則敦重春容，文質並茂，出言有章。即未知與相如、孟堅何如，而以視沈宋燕許，斯無媿矣。[41]

清初朱彝尊也以陳敬宗詩「雍容溫粹，洵稱盛世之音」。[42] 觀其〈北京〉、〈龍馬〉、〈麒麟〉、〈瑞象〉、〈獅子〉諸賦，雖非極盡縟麗，卻也未能以質樸二字狀之。至於序跋、贊銘諸文，則平實少華，幾近四庫之評；陳子龍「文質並茂」之論，蓋有推尊本朝先賢的意思。陳敬宗作品中，其贍藻符合臺閣大臣的身分，而質樸則屬本性的流露。

---

40 同註27，頁1553。

41 〔明〕陳子龍：〈澹然先生文集後序〉，〔明〕陳敬宗《澹然先生文集》（臺南：莊嚴文化事業有限公司據浙江圖書館藏清鈔本影印，1997年初版），頁259。

42 〔清〕朱彝尊：《明詩綜》（臺北：臺灣商務印書館影印文淵閣四庫全書，1983年初版）卷二十，頁7b。

　　陳敬宗曾為元人張渥《九歌圖》題跋。[43] 張渥之畫、俞紫芝之書，世人皆重。而陳敬宗卻言「畫之精妙，固無益於世道」，強調二人書畫之能傳，實有賴於〈九歌〉的內涵。忠君愛國之心，才是圖卷的主題。關於〈九歌〉寫作背景、思想主題，則一仍朱熹《楚辭集註》之見，無所更易。陳氏身為國子監祭酒，以德操自勵，奉道學為圭臬，有這種言論是不難理解的。總而觀之，陳氏雖天性耿直，但深於道學，故作品極少流露怨怒之情。其〈種蘭記〉即以屈原與孔子並稱：

> 援琴而操之，則傷孔子之不遇；紉其花而佩之，則悲屈原之孤忠。……予雖傷孔子之列聘、與屈子之放逐，然亦足勵吾自守，不為窮困而改節也。其有益於吾者多矣。[44]

和胡儼一樣，陳敬宗也強調屈原的「孤忠」。不過，他將屈孔並稱，聲稱要置以為像，目的則是砥礪自己「不為窮困而改節」。可見陳敬宗雖也「傷屈子之放逐」，最終卻折衷於儒家思想，蘄達溫厚和平的中庸之道。

---

43 〔明〕陳敬宗〈題九歌圖〉：「〈離騷九歌〉，楚屈原之作也。昔沅湘之俗，信鬼而好祀，祀之必使巫覡作樂歌以娛神。其詞鄙俚不足觀。屈原以放逐至此，因為更定，且自寓其忠愛之心焉。唐人好事者繪為九神，以傳於世。宋龍眠李伯時臨之，元張渥叔厚又臨之。此叔厚之所臨者，其精妙猶如是也。畫之精妙，固無益於世道；而俞紫芝所書小楷，足為後學師法。紫芝之書，冀託是圖以永其傳。予則以為是圖託紫芝而有傳也，可謂兩得其助矣。而二者均得其足傳，豈非尤有賴於〈九歌〉之辭，有忠君愛國之心哉！以彼方此，其輕重較然矣。夏官主事沈公持是圖徵予題，公其珍藏之勿失。」同註41，頁408至409。

44 〔明〕陳敬宗：〈種蘭記〉，同註41，頁338。

　　然而，如此一位醇儒，在論《騷》時竟也有借題發揮處。其〈題九歌東皇太乙以下諸神卷〉云：

> 〈九歌〉，楚三閭大夫屈平所作。今太常丞戴公裝潢成卷，徵予識之。夫平之盡忠於楚也，其志可與日月爭光。懷王信上官靳尚之讒而見疏，襄王又聽子蘭之譖而見逐。平至沅湘之間，因更定巫覡祀神之樂歌，以寓其忠君愛國不忘之本意，冀一感悟，有旋軹之望焉。而一斥不復，遂至懷忿投汨而死，悲夫！三閭以被讒放逐，不以怨悱，而惘惘戀慕之誠，至死而益切。嗟夫！世之載高位、食厚祿、諛佞固寵而終身不知圖報者，觀是圖也，能不顏厚而忸怩哉！圖之妙，世固無與比者；而戴公珍藏之，其所重又不專在妙不妙也。知是說者，可以見戴公之心矣。[45]

屈原被讒放逐後是否毫無怨悱之心，到底是否可用「惘惘戀慕」四字來概括，是歷來儒者爭論不休的話題。朱熹以來的道學家多對屈原常持較負面的意見，而楊士奇等臺閣作家多對其過於中庸的行徑採取沉默的方式。因此，陳敬宗這段評論可謂耐人尋味。實際上，文中斥責的「載高位、食厚祿、諛佞固寵而終身不知圖報者」，蓋非無的放矢。對遷南京國子監祭酒一事的始末，陳敬宗有如此的記述：

> 兩入翰林，預修三朝國史，雖乏遷固之良才，豈效公孫之曲學？於是楊建安疾余之蹇蹇，而與蹇西川快余之斥

45　〔明〕陳敬宗：〈題九歌東皇太乙以下諸神卷〉，同註41，頁410。

逐，尚畏朝紳議其不公，乃調南京國子監，蓋陽尊而陰
擠之也。[46]

此事於史未詳，雖為陳敬宗一面之詞，仍可知其調任南京國子
監祭酒，是因為與楊榮、蹇義不和，遭受排擠。陳氏題〈九歌〉，
稱述屈原遭讒放逐、怨而不亂的精神，除了自勵自辯，大概主
要是為了諷刺楊、蹇二人。《澹然先生文集》中，又收有〈自
贊〉一文。[47] 文中表達的憤然之情，與其餘作品頗為不類，若
與〈題九歌東皇太乙以下諸神卷〉合而觀之，當可引以互證。

陳敬宗〈種蘭記〉中關於《楚辭》的論述，與楊士奇等人
的差別並不大。〈題九歌圖〉中跡近迂腐之語，更展示了道學
的深刻影響。可是，儘管陳氏以孔子列聘、屈原放逐砥礪自守，
但由於遷官南京一事的衝擊甚大，故〈題九歌東皇太乙以下諸
神卷〉的內容與前兩篇大不相同。由此可見，非僅政治及學術
環境，論者的個人遭際同樣會動搖到他對《楚辭》的認知與評
價。

---

46 〔明〕陳敬宗：〈澹然居士自贊〉，同註 41，頁 270。

47 〔明〕陳敬宗〈澹然居士自贊〉：「凡人不可以太廉，廉則貪污者忌；亦
不可以太公，公則欺罔者嫉；不可以太正，正則邪媚者怨；不可以太直，
直則阿曲者毀，……自古大賢君子阨於權臣、屢遭斥逐、流離轉徙、以至
死於貶所者何限！況區區之微眇者哉！嗟夫，權臣之勢，其可畏也夫！其
可懼也夫！」同註 41，頁 270。

四、臺閣後進對《楚辭》的矛盾態度

永樂以後，隨著明代皇帝權力的發展、道學地位的鞏固、科舉制度的貫徹，道學也較前更能左右臺閣諸臣的文學好尚。以《楚辭》觀之，一些後起的臺閣作家便一改三楊等比較委婉的態度。宣德間周敘直言屈原不合於孔孟之道，成化間何喬新甚至認為屈原視朱熹也復缺然。由於明代前期多數道學家恪守師承，對於《楚辭》自然少有創見。加上他們的著作是以有益於世道為依歸，固亦不屑論及《楚辭》。因此，道學家們對於《楚辭》的批評，可以從周敘、何喬新等人的言論中窺見端倪。

在明代科舉考試中，《四書》《五經》盡廢漢魏古註，唯以朱熹及其門人的註釋為主。《明史·儒林傳》謂：

> 原夫明初諸儒，皆朱子門人之支流餘裔，師承有自，矩矱秩然，……篤踐履，謹繩墨，守儒先之正傳，無敢改錯。[48]

在這種情況下，明代前期的學術趨向非常單一。永樂以後的著名道學家中，薛瑄「悃愊無華，恪守宋人矩矱」，[49]吳與弼（1391-1469）「一稟宋人成說」；[50]胡居仁一生得力於敬，止因「程、朱開聖學門庭，只主敬窮理」；[51]與《明史》所言足相照應。以吳與弼為例，其作品「純實近理，無後來滉漾恣肆

---

48 同註9，頁7222。
49 〔明〕黃宗羲：《明儒學案》（北京：中華書局，1985年初版），頁109。
50 同註49，頁14。
51 同註49，頁31。

之談」，[52] 蓋只以載道為鵠的。縱覽《康齋集》，無一處關涉《楚辭》。[53] 此外，吳氏又「嘗歎箋註之繁，無益有害，故不輕著述」，[54] 認為註疏之學徒令學者眩惑，不如不註。這種意見在當時大抵有一定數量的信奉者，《楚辭》在弘治以前幾乎沒有新註問世，也許正與這種意見有關。

　　道學家對於屈騷的批評，可以一直追溯到朱熹《楚辭集註》。朱熹註《騷》的事實，卻也引起學者們的議論。有趣的是，正統、成化間的葉盛、何喬新，分別留下了〈寫騷亭記〉[55]和〈寫騷軒記〉。[56] 兩篇文章的內容都是關於時人對《楚辭》的論爭。如葉盛引劉昌之語云：

---

52 同註 27，頁 1491。

53 〔明〕吳與弼：〈蘭軒記〉：「蘭之產恆在幽遠，而花葉淨素，類君子聞然自修；天香暗襲，清人肺腑，類君子德之及人，心醉而誠服。是以古今尚焉。淮王殿下，軒以蘭名，厥指微哉！教帖遠臨，高辭典雅，傑筆清嚴，使者誦之曰：『乾乾朝夕，群經是耽。』其得與日俱新，學與年俱積，可不叩而知，得於蘭也，不亦深乎！周惇頤曰：『道充為貴，身安為富。』賢王之謂矣。蘭哉蘭哉，二而一者也。」見《康齋集》（臺北：臺灣商務印書館影印文淵閣四庫全書，1983 年初版）卷十，頁 21b。按：古人以蘭為君子，前引楊士奇、王直、乃至陳敬宗等人有關蘭草的文字，皆有談及屈騷。而吳氏〈蘭軒記〉倡言儒道，對於《楚辭》避而不談。當時道學家對《楚辭》的態度，自此可見一斑。

54 同註 49，頁 15。

55 見〔明〕葉盛：〈寫騷亭記〉，吳文治主編：《明詩話全編》（南京：江蘇古籍出版社，1997 年初版），頁 1300 至 1301。

56 見〔明〕何喬新：《椒邱文集》（臺北：臺灣商務印書館影印文淵閣四庫全書，1983 年初版）卷十三，頁 20b 至 22a。

> 《六經》出於群聖人，成於孔子，而明於朱子。朱子於
> 經書未輯也，禮樂未備也，吾孔子之《春秋》未有所屬
> 也，而汲汲於《離騷》，是箋是正者。[57]

朱熹生前尚未遍註《五經》，卻先完成了《楚辭集註》。這在
道學家看來，是不可思議的。因此，有人認為朱熹急於註《騷》，
是為了避免讀書人耽於《楚辭》的文辭，怠慢了求道之心。無
論如何，明代前期的道學家們雖然遵循《楚辭集註》對屈騷的
論斷，但《楚辭集註》本身卻也引起了他們對《楚辭》不同的
見解。隨著時局的發展、學術的變化，這種分歧日漸顯著。如
薛瑄為著名道學家，又在正統間任職臺閣，身兼兩重身分。但
他對《楚辭》的評價之高，連一般臺閣中人都難以相比。因此，
本節擬探討周敘、何喬新、薛瑄三人不同的楚辭論，以及土木
之變後一些臺閣作家對於《楚辭》的解會，以見宣德以後臺閣
文學的演變。

（一）周敘

周敘得進士於永樂末，曾與三楊同事，而年輩較低，正統
間方致仕。四庫館臣道：「所作雖有舂容宏敞之氣，而不免失
之膚廓。」[58] 蕭鎡〈石溪周先生文集序〉云：「永樂以前諸先
輩以古文名家者不啻千數，而自宣德以來，所以繼起而和應者，

---

57 〔明〕葉盛：〈寫騷亭記〉，同註 55，頁 1300 至 1301。按：由於該三文
中所記的劉昌（欽謨）、葉贄（崇禮）等論爭者難以歸入道學家或臺閣作
家的行列，相關討論請參閱第四章。

58 同註 27，頁 1554。

先生其傑然者也。」[59] 以其〈聖駕幸大學〉詩[60] 及〈盤谷〉詩為例，[61] 無論描寫臺閣、山林，所營造的歌舞昇平之象與三楊等人之作鮮有二致，卻略嫌平冗。

就《楚辭》而言，周敘的評論比臺閣前輩更為具體詳細。他不像楊士奇、楊榮、王直等人僅著眼於「古詩人之意」和「香草以譬君子」，也不像陳敬宗借題發揮。他對於屈騷的見解有兩個層面：一是文學方面，一是德化方面。對於《楚辭》的文學價值，周敘是十分推崇的。其《詩學梯航》論作五言古詩，認為要多閱經史，以為帑藏；深明義理，以為見識；務須以漢、魏為法。漢、魏之詩，最近風雅，語意圓渾，理趣深長，動出天然，不假人力。而「《毛詩》、《離騷》，尤不可不熟，務在求其意趣，曲折盡在是矣」。[62] 可知周敘顯然承襲了《性理大全》對《楚辭》的見解。

周敘頗為同情屈原的遭遇，其〈湘川雜詠〉其五云：「汨羅近與湘川接，日暮停舟弔楚魂。遺恨萬年流不盡，至今光價

---

59 〔明〕蕭鎡：〈石溪周先生文集序〉，見〔明〕周敘：《石溪周先生文集》（臺南：莊嚴文化事業有限公司影印萬曆二十三年〔1595〕刻本，1997 年初版），頁 522。

60 〔明〕周敘〈聖駕幸大學〉：「聖主崇儒幸辟雍，群仙鵠立候飛龍。冕旒祇肅祠先聖，環珮從容導秩宗。講罷諸生聆戒諭，禮成千載慶遭逢。日高輦路迴鑾馭，萬歲聲中祝華封。」同註 59，頁 562。

61 〔明〕周敘〈盤谷〉：「青山盤盤遶幽谷，碧樹陰陰覆華屋。屋外林花錦作圍，門前溪水清如玉。盤中之人隱者流，讀書閉戶忘春秋。祇憂姓字動明主，徵書早赴銅龍樓。」同註 59，頁 560。

62 〔明〕周敘：《詩學梯航》，載吳文治主編：《明詩話全編》（南京：江蘇教育出版社輯天一閣藏明抄本，1997 年初版），頁 968 至 989。

照乾坤。」[63] 然而，這並不意味著無條件的讚美。他在〈弔屈三閭賈長沙詞序〉中寫道：

> 嗟夫！自古有志之士，忠君愛國，不遇以死者多矣。未有若楚三閭大夫屈原、漢長沙太守賈誼之死之有深足悲者。原遭值懷王暗弱，固為可憫；誼生逢漢文，又逢知遇，可謂千載一時矣，而亦憂憤不壽以死，豈不尤可憫哉！余嘗論之：士，窮而在下者也，人君而達而在上者也。古之聖賢窮而在下，莫逾孔孟，汲汲焉思濟世行道。道之不行，則委命於天，著書立言，以嘉惠天下後世，固不戚戚於得喪、沉憤以自斃也。達而在上，莫過堯舜。當時詢於芻蕘，野無遺賢。使有若原與誼者輩，則置諸左右不暇矣，況孔孟哉！余故謂為士者當法孔孟，為人君者當法堯舜而已矣。否焉，其不失中道耶！嘗誦屈賈文，悲其志，惜未達孔孟之道者。[64]

以為屈原雖是忠臣志士，卻不善處窮，未達於中庸之道。孔孟為聖賢，思拯蒼生，不遇明主，也沒有怨天尤人，患得患失，而是著書立言，放眼於千秋萬世。這正是屈原、賈生所不及處。這依然是沿襲著朱熹《楚辭集註》的老觀點，純粹站在儒家的立場來評論屈原。此外，周敘認為賈誼（220-168B.C.）遭逢賢君而夭折於長沙，較屈原更為可憫。賈誼之不遇，蘇軾已經論述得十分透闢。[65] 其遭際坎坷的原由，要為年少氣盛、恃才傲

---

63 〔明〕周敘：〈湘川雜詠八首・其五〉，同註59，頁581。

64 〔明〕周敘：〈弔屈三閭賈長沙詞序〉，同註59，頁588。

65 〔宋〕蘇軾〈賈誼論〉：「若賈生者，非漢文之不能用生，生之不能用漢文也。夫絳侯親握天子璽而授之文帝，灌嬰連兵數十萬，以決劉呂之雌雄，

物，此理周敍不會不明。大概因為周氏身處盛明，即便山林之士，也「祇憂姓字動明主，徵書早赴銅龍樓」，故弔詞中強調賈誼「生逢漢文，又逢知遇」，或語帶勸諫，提醒當宁「無使蓬蓽有遺才」。

（二）何喬新

何喬新為成化、弘治間名宦，著述甚富。不以文章名，而所作詳明剴切，直抒胸臆，學問經濟，具見於斯。[66] 對於《楚辭》，何喬新有不少評析。他論詩道：「自詩變為《離騷》之後，賈誼之〈弔湘賦〉，揚雄之〈畔牢愁〉，即或哀或愁之詩。」[67] 指出《楚辭》的風貌，就是以哀愁為主，而非溫柔敦厚一類。對於屈原的人格，何喬新帶有敬意。他在〈策府十科摘要〉中論及諸史的體例，責《資治通鑑》史材編纂、芟剪之不當，「屈平之不見取、揚雄之反見稱」，並將之與「帝曹魏而寇蜀漢，帝朱梁而寇河東，紀武后之年、黜中宗之號」並舉。[68] 他也曾作詩吟詠屈原：「欲弔靈均何處是？江頭蘭芷正淒淒。」[69] 然而，何喬新對於屈原的讚美也是有限度的。

成化十一年（1475），吳原明重刊《楚辭集註》，請何喬新作序。其言云：

又皆高帝之舊將。此其君臣相得之分，豈特父子骨肉手足哉！賈生洛陽之少年，欲使其一朝之間，盡棄其舊而謀其新，亦已難矣。」《蘇軾文集》（北京：中華書局，1986 年初版），頁 106。

66 同註 27，頁 1489。

67 〔明〕何喬新：〈論詩〉，同註 56，卷一，頁 27a。

68 〔明〕何喬新：〈策府十科摘要·諸史〉，同註 56，卷二，頁 9a。

69 〔明〕何喬新：〈沅州〉，同註 56，卷二十四，頁 17b。

《楚辭》八卷，紫陽朱夫子之所校定；《後語》六卷，則朱子以晁氏所集錄而刊定補著者也。蓋《三百篇》之後，惟屈子之辭最為近古。屈子為人，其志潔，其行廉，其姱辭逸調，若乘鸞駕虯而浮游乎埃溘之表，自宋玉景差以至漢唐宋，作者繼起，皆宗其矩矱而莫能尚之，真〈風〉〈雅〉之流，而辭賦之祖也。漢王逸嘗為之《章句》，宋洪興祖又為之《補註》，而晁無咎又取古今詞賦之近《騷》者以續之。然王洪之註，隨文生義，未有能白作者之心；而晁氏之書，辨說紛挈，亦無所發於義理。朱子以豪傑之才、聖賢之學，當宋中葉，阨於權奸，迄不得施，不啻屈子之在楚也。而當時士大夫希世媚進者，從而沮之排之，目為偽學，視子蘭上官之徒，殆有甚焉。然朱子方且與二三門弟子講道武夷，容與乎溪雲山月之間，所以自處者，蓋非屈子所能及。間嘗讀屈子之辭，至於所謂「往者余弗及，來者余弗聞」而深悲之，乃取王氏、晁氏之書刪定以為此書，又為之註釋，辨其賦比興之體，而發其悲憂感悼之情，繇是作者之心事昭然於天下後世矣。予少時得此書而讀之，愛其詞調鏗鏘，氣格高古，徐察其憂愁鬱邑、繾綣惻怛之情，則又悵然興悲，三復其辭，不能自已。顧書坊舊本刊缺不可讀，嘗欲重刊以惠學者而未能也。及承乏汳臺，公暇與吳君源〔原〕明論朱子著述，偶及此書，因道予所欲為者。吳君欣然出家藏善本，正其訛，補其缺，命工鋟梓以傳，既而以書屬予曰：「書成矣。子其序之，使讀者知朱子

所以訓釋此書之意，而不敢以詞人之賦視之也。」嗟夫，大儒著述之旨，豈末學所能窺哉！然嘗聞之，孔子之刪《詩》，朱子之定《騷》，其意一也。《詩》之為言，可以感發善心，懲創逸志，其有裨於風化也大矣。《騷》之為辭，皆出於忠愛之誠心，而所謂「善不由外來、名不可以虛作」者，又皆聖賢之格言。使放臣屏子，呻吟詠嘆於寂寞之濱，則所以自處者，必有其道矣。而所天者幸而聽之，寧不淒然興感，而迪其倫紀之常哉！此聖賢刪定之大意也。讀此書者因其辭以求其義，得其義而反諸身焉，庶幾乎朱子之意也，而不流於雕蟲篆刻之末矣。[70]

何氏在序中言及，屈原志節行廉，《楚辭》鏗鏘高古，自己少時甚愛閱讀，以至於「悵然興悲，三復其辭，不能自已」。（按：其文集名為「椒邱」，實亦取自《楚辭》。）既然何氏少時即能誦讀《楚辭》，足知此書在當時十分流行。何氏自己也提到，「書坊舊本刓缺不可讀」，而書商仍然梓以行世。[71] 由此可見，儘管明代前期道學獨尊，但《楚辭》依然流行於坊間，甚為莘莘學子所愛。何喬新行文至此，又談及《楚辭》與道學的關係，其內容可以歸納為三點：

一、 《楚辭》舊註汲汲於章句訓詁，此漢學也。朱熹以宋學定《騷》，闡發大義，屈原之志遂彰明於世。

---

70 〔明〕何喬新：〈楚辭序〉，同註56，卷九，頁4b至5a。
71 同註70。

二、《詩》可以感發善心，懲創逸志，有裨於風化。而《騷》
　　則出於忠愛之誠心。孔子刪《詩》，朱熹定《騷》，
　　其意一也。

三、朱熹有豪傑之才、聖賢之學，固勝於屈原；而當宋中
　　葉，士大夫希世媚進，從而沮排朱熹，目朱學為偽，
　　又有甚於子蘭上官之徒。朱熹遭厄與屈原相同，而能
　　灑脫自足，與門人講道武夷，容與溪雲山月之間，蓋
　　非屈原所能及。故屈原得遇朱熹，可以無憾。

屈原忠君愛國之心，何喬新並沒有否認。不過，他將孔子刪
《詩》、朱熹定《騷》並稱，說明他認為《楚辭》中不合儒家
禮法之處，堪與《詩三百》中的鄭衛之風相比擬。朱熹編定《楚
辭》，表揚了屈原「忠君愛國之誠心」，又批評了他「忠而過、
過於忠」的狂狷行徑，「增夫三綱五常之重」。只有通過如此
的處理，《楚辭》才適合廣大士人閱讀。何氏所言，是否得朱
熹註《騷》的初心，現在不得而知。但從朱熹對屈原有褒有貶
的事實來看，何喬新的解釋有一定的合理性。

　　屈原、朱熹，一為文學家，一為道學家。何喬新把他們的
經歷強加牽合、比較，甚至喧賓奪主，得出「朱子非屈子所能
及」的結論，自然不會令人信服。但這種看法，無疑是當時不
少道學家的意見。平心而論，朱熹《楚辭集註》於大義多有發
揮，且於舊註未熨貼處每有糾正，誠三閭之功臣。加上道學盛
行，為《楚辭集註》的流傳提供了有利條件。可是，《楚辭》
並非如《四書》《五經》般能致功名，而世人依然喜好。這到

底是因為朱熹註解的詳實精審，還是由於屈原文字本身的感染力，答案其實是非常明顯的。

（三）薛瑄

明代前期的道學家如吳與弼、曹端、胡居仁等，習性大抵與宋儒程頤相似，於詞章無所用心，故現存作品大都樸實無華。相形之下，薛瑄可謂一個異數。薛瑄於永樂十九年（1421）成進士，除御史。英宗朝，拜禮部右侍郎，兼翰林學士，入閣預機務。四庫評其「文章雅正，具有典型」、詩亦「間涉理路」、「沖淡高秀」。[72] 可見就文學而言，薛瑄具備了甚高的創作和鑑賞能力。他稱讚「莊子好文法，學古文者多觀之」，[73] 又喜讀《楚辭》。其《讀書錄》云：

> 余往年讀《楚辭》喜其華，今讀《楚辭》喜其實，蓋其警戒之言亦皆切己之事也。[74]

一般道學家論《楚辭》，或僅讚許屈原之忠，或僅貶斥其溺於詞章。而薛瑄聲言《楚辭》華實兼備，除了文辭華美外，其警戒之言也足記取。此論可謂是兩種意見的結合，而以褒揚之意總之。

抑有進者，薛瑄認為凡作文皆應以真情為主。只要詩文出於肺腑、發自真情，便能不求而自工。如《三百篇》、《楚辭》、

---

72 同註 27，頁 1486。

73 〔明〕薛瑄：《薛瑄全集・讀書錄》（太原：山西人民出版社，1993 年初版），頁 1027。

74 同註 73，頁 1229。

〈出師表〉、〈陳情表〉、陶詩、韓愈〈祭十二郎文〉、歐陽公〈瀧岡阡表〉皆是其例。[75] 前文已言，楊士奇認為《詩三百》「皆出乎情，而和平微婉」。薛瑄則強調真情的重要性，對於作品是否「和平微婉」都不放在首要位置了。儒家總將詩文賦以教化的功能，希望讀者藉此滌蕩心靈，回復中庸。而〈離騷〉的輾轉反側，〈九歌〉的喜樂哀愁、〈九章〉的怨忿沉鬱，都為道學家所不取。薛瑄卻和胡儼一樣，對於這些「變風變雅」作出了肯定：「讀正〈風〉正〈雅〉則心樂，讀變〈風〉變〈雅〉則心不樂者，好善惡惡之真情也。」[76] 樂與好善，其心必不靜，不樂與惡惡，其心必不平，兩種心態皆非中庸。而薛瑄緊扣「真情」二字，持為文學鑑賞批評的根本，不憚「好善惡惡」有失中庸。作為一個道學家而能提出如此論調，非但吳與弼、胡居仁等不能同日而語，甚至後來王陽明也有所不及。

薛瑄的真情說，很快就得到了繼承。性理派創始人陳獻章即標榜「辭雖工，不害於道」，[77] 其詩論可概括為「詩言情」的創作論和「雅健而平易」的審美論，[78] 與薛瑄于喁相隨。陳獻章嘗論《楚辭》：

---

75 同註73，頁1190。

76 同註73，頁1207。

77 〔明〕陳獻章：《陳獻章集・詩文續補遺》（北京：中華書局，1987年初版），頁973。

78 黃明同：《陳獻章評傳》（南京：南京大學出版社，1999年初版），頁215。

「樂莫樂兮新相知，悲莫悲兮生別離」，騷人真得，此
心所同然耳。[79]

不僅如此，陳氏又稱此篇「情竭辭盡」，辭已終篇，而意猶鬱
塞。他將〈少司命〉哀婉纏綿的特色視為「騷人真得」，所言
可謂中的。

（四）其他

晚明黃姬水論永樂至弘治間的文章道：「竊曾恨我明立國，
於時輔臣如宋學士諸公，皆沿襲宋儒程朱之學，盡廢辭賦，專
以經義取士。由是濫觴，百年間文體委靡卑弱甚矣。」[80] 指出
文體萎靡卑弱的原因就是道學的獨尊。清人沈德潛（1673-1769）
則論這個時期的詩歌：「三楊以後詩卑靡。」[81] 四庫館臣解釋
了「卑靡」之故：「成化以後，安享太平，多臺閣雍容之作。
愈久愈弊，陳陳相因，遂至嘽緩冗沓，千篇一律。」[82] 隨著朝
政敗壞、道學僵化，三楊所倡沖融演迤的風格內容已經不符合
嚴峻的現實。

正統末年的土木之變就令臺閣文風受到一次考驗：英宗北
狩，國運懸於一絲；而當時臺閣之臣如于謙等，所作遂轉為慷

---

79 〔明〕陳獻章：〈與張廷實主事〉，《陳白沙集》（臺北：臺灣商務印書
館影印文淵閣四庫全書，1983 年初版），頁 66。

80 〔明〕黃姬水：〈答沈閒之〉，《黃淳父先生全集》（臺南：莊嚴文化事
業有限公司據中山圖書館藏萬曆十三年〔1585〕顧九思刻本影印，1997 年
初版），頁 447。

81 〔清〕沈德潛：《歸愚詩鈔餘集》（上海：上海古籍出版社據乾隆刻本影
印，1995 年初版），頁 427。

82 同註 27，頁 1497。

慨激昂之聲。《楚辭》又成為臺閣諸臣喜好徵引的題材。如王越（1423-1498）詩中，經常借吟詠楚事來表達內心的憂忿和對先賢的懷念。懷、襄不用屈原，王越感到非常激憤：

> 君過寧鄉是便途，一杯曾弔汨羅無？江魚寬似懷王腹，
> 容得三閭一大夫。[83]

宋玉不能繼承屈原的事業，徒以文辭為能，他也十分歎惋：

> 雄風原是大王風，獻賦誰如宋玉工？莫倚高臺窮望眼，
> 愁雲飛過武關東。[84]

從此詩中，可見他甚至把矛頭直指楚襄王，斥責他耽於逸樂，忘卻了楚懷王客死於秦的恥辱。與王越同時的岳正（1418-1472），肯定了屈原發憤抒情的創作方式：

> 儒者如屈平、柳子厚、劉夢得之徒，咸有〈天問〉、〈天
> 說〉、〈天論〉之辭。子厚、夢得不足道也，如屈子之
> 忠憤，亦假天而洩之。[85]

不僅同情屈原，甚至視其為儒者。這種言論與臺閣諸臣的基調非常不合。

不過，王越、岳正之論只是曇花一現，它們主要源於土木之變帶來的衝擊。天順以後，國勢漸次穩定，三楊的雍容平暢重新成為了臺閣諸臣的追求。在天順、成化、弘治間的臺閣諸

---

83 〔明〕王越：〈客因長沙回談屈賈古蹟〉，《黎陽王太傅詩文集》（臺南：莊嚴文化事業有限公司影印嘉靖九年〔1530〕刻本，1997年初版），頁447。

84 〔明〕王越：〈蘭臺〉，同註83。

85 〔明〕岳正：〈送邱仲興歸嶺南序〉，《類博稿》（臺北：臺灣商務印書館影印文淵閣四庫全書，1983年初版）卷四，頁13b。

臣如商輅、彭韶、魯鐸、章懋、謝遷等人的著作中，幾乎難以
找到與屈騷相關之語。或如倪岳（1464 年進士）〈題蘭四首寄
浦城故人潘醫學廷瑞・其二〉，[86] 竟以屈原為例，告誡友儕要
韜光遠禍。再如錢福（1461-1503）的〈蘭庭〉詩，[87] 全然一派
富貴悠閒之態，與屈騷了無交涉。臺閣文風日趨膚濫冗沓，不
得不變，於是弘治間李東陽的茶陵派起而振之，「如老鶴一鳴，
喧啾俱廢」。[88] 從此，臺閣文風才正式失去文壇的主導地位，
而楚辭論則在師古說者如桑悅（1447-1503）、王鏊（1450-1524）
等人手中得到了新的發揮。

五、結語

　　明代臺閣文風的興起，與皇權膨脹、道學獨尊有直接的關
係。洪武年間，宋濂稟承太祖之意，規定科舉考試以朱熹註解
為本，在文學創作方面則倡導文道合一論。這樣的政策影響了
永樂以後一百多年的學術和文學思想。臺閣文風由楊士奇等閣
臣在成祖時肇端，於仁、宣、英、憲諸朝文壇獨領風騷，至弘
治間才告衰微。由於屈原被認為有失中庸，明初的統治者和道

86　〔明〕倪岳〈題蘭四首寄浦城故人潘醫學廷瑞・其二〉：「猗蘭在空谷，
　　幽人時採之。采之結為佩，將以遺所思。楚水有餘波，湘纍有深辭。孤貞
　　諒自保，白首以為期。」《青谿漫稿》（臺北：臺灣商務印書館影印文淵
　　閣四庫全書，1983 年初版）卷一，頁 16a。

87　〔明〕錢福〈蘭庭〉：「楚畹移來一種芳，清風香雨洗高堂。主人氣味渾
　　相似，坐客形神兩欲忘。屈佩餘馨猶馥郁，孔琴遺響互悠揚。更看玉樹森
　　階綠，才覺天生世澤長。」見《鶴灘稿》（臺南：莊嚴文化事業有限公司
　　影印明刻本，1997 年初版），頁 111。

88　〔清〕沈德潛編：《明詩別裁》（香港：中華書局，1977 年初版），頁 34。

學家們皆羞言之。這種認知成為當時楚辭論的依歸，因此在臺閣諸臣著作中，極少涉及《楚辭》；即使略有論述，大抵只是對《楚辭集註》的闡發，未能深入。如此的學術環境，導致了楚辭學的衰落。永樂至弘治一百年中，幾乎沒有新的楚辭學專書出版面世。

成祖仁宣之際，國家太平無事，三楊等閣臣乃以詩文鼓吹休明。三楊雖是臺閣文學的倡導者，他們早年卻生活在元末明初，親身經歷過文風那雄博峭健的年代，極有可能受到感染。他們同儕解縉、胡儼的文章仍存留著恣肆疏宕之氣，可為佐證。不過，臺閣諸臣首先是官員，其次才是文學家；而身為官員，他們又必須接受道學思想。在政治和道學的雙重掣肘下，三楊不得不另倡沖融演迤的文風。根據《性理大全》、楊士奇、楊榮之言，不難推斷臺閣文臣對於《楚辭》是相當熟悉的。然而作為盛世的大吏，他們要為芸芸讀書人樹立榜樣，當然不宜在筆墨間時時觸及《楚辭》這樣的衰世之音。如第二章第三節所論，忠與清是傳統儒家義理對屈原的定位。三楊等人對於屈騷，稱道的大概只有三點：三楊注重古詩人之意和芳草之潔，文風稍異的胡儼則強調屈原之忠。這三點都是從義理的角度出發的，雖然大致符合屈騷的實際，但是卻有避重就輕、以偏概全之嫌。班固而後，儒者常以顯暴君惡、怨惡椒蘭等事例指斥屈原，雖因自身的立場而不夠客觀，但指斥的內容卻近實。相比之下，三楊等人一直對這些舉動避而不談，可以解釋的只有兩個原因：一則出於愛惜之心而迴護之，一則出於不屑之意而諱言之。觀三楊等人的論《騷》多稱頌之語，第一個原因的可能

性更大。此外，歷來不遇者往往視屈原為知音，以至道學背景深厚的陳敬宗也受到這種文化影響，在作品中借屈騷發揮遭受排斥之怨忿。而鄉邦情誼也會影響到臺閣作家楚辭論的內容。如湖南人夏原吉，在〈謁三閭祠〉中就表達出自己對屈原的追慕之情。

相對三楊，臺閣後進周敘、何喬新等人的教育，是完全以明太祖和宋濂制定的方式完成的。他們早年耳濡目染的，只有臺閣文風。故此，周敘、何喬新等人對道學的接受程度，應更甚於三楊。他們雖仍推崇屈原之忠、讚賞《楚辭》之文，但卻已經站在儒家的立場，以孔孟、乃至朱熹為準繩，直接批評其離經叛道之處。次者，由於《楚辭集註》具有強大的權威，何喬新把朱熹註《騷》之功等同於孔子刪《詩》；聲稱朱熹用儒家思想淨化、刪汰《楚辭》，才令此書可傳可讀。周敘、何喬新等人的言論，可以代表當時不少道學家對《楚辭》的態度。事實上，周敘、何喬新等作為文學家，也承認《楚辭》作品有意趣、有曲折，堪為後世師法。可是他們卻忘記了，作者與作品之間的關係是不可割裂的。如果屈原沒有那份狂狷、執著，《楚辭》也不會感人至深，流傳千古。劉勰（456-522？）所謂「不有屈原，豈見《離騷》」，正是此意。

在眾多道學家中，薛瑄是一個例外。在道學上，他恪守朱熹舊說，主敬力行；而在文學上，他擁有很多道學家所未具備的詩才和鑑賞力。就論詞章之時，他不拘成說，認為真情是文學作品的首要因素，形成了一些新的文學觀點。因此，薛瑄對於《楚辭》的態度頗為正面，推揚的程度不僅其他道學家望塵

莫及，甚至超過了周敘、何喬新等臺閣文人。性理派創始人陳獻章繼承了薛瑄的真情說，提出「詩言情」，更標榜「辭雖工，不害於道」。陳氏現存著作中論及《楚辭》的文字雖亦罕見，但他在〈與張廷實主事〉中卻對〈少司命〉作出了高度的評價。明代科舉制度逐漸穩固後，程朱道學無可避免地隨之僵化。《明史》云當時的道學家「守儒先之正傳，無敢改錯」，除了師承的原因，也顯示出道學定於一尊後日益教條化的實況。而薛瑄、陳獻章對於文學、以至《楚辭》的包容態度，則意味著一些有遠見的道學家為改變這種現狀而作出的新嘗試。

　　回顧永樂、宣德盛世裡，臺閣作家比較容易在文學、政治與道學間取得平衡，在一己的空間裡熙然自得，同時成為廣大士子的典範。正統以後朝政的腐壞打破了這種脆弱的平衡。土木兵敗，君俘國辱；汪直專權，股肱叢挫。臺閣作家假如繼續以其沖融演迤之筆來歌頌這樣的「治世」，實在虛假之極。王越、岳正等人的詩作在土木之變後轉趨激越，屈騷的評價也相應提高，良有以也。不過，土木之變為臺閣文學帶來的衝擊不久就因英宗的復辟而告一段落。臺閣作家的創作重返鼓吹休明、雍熙自得的主題，臺閣文學隨著國勢的逐漸衰落而江河日下，有關《楚辭》的論述日益減少，內容也更加膚泛。

　　由是而觀之，我們不能因風氣不盛、資料罕見，驟然斷言永樂至弘治間的楚辭學毫無可取，進而在楚辭學史中將之一筆帶過。相反，如前章所云，楚辭學是學術的風向儀。因為屈原思想不盡合於儒家，其書於目錄自為一類，其文於詞章自成一體，且騷體多與載道之文學主張絕緣，所以在儒學主導的傳統

社會，學術環境一旦有變，新的學術特色很快就會呈現在楚辭學上。本章之論述，不僅是用《楚辭》印驗學者對明代文學既有的認知，更要透過這一百年間臺閣作家的楚辭論來證明，他們各人的文學思想並非悉皆雷同，而是因政治措施、學術流波、個人遭遇、時間推移而互有異同。

第五章

永樂至弘治間吳中文士的楚辭論

一、引言

　　明代永樂朝後，文風一變，文崇歐曾、詩尚盛唐的臺閣諸臣被視為文學之正宗，領導文壇一百多年。孔達生先生論此派的提倡者、代表作家楊士奇（1365-1444）云：「作品紆徐閒雅，極與歐陽修相似，其甚者膚闊空洞，缺乏生氣，視明初宋（濂）、劉（基）、方（孝孺）、諸家之聲情煊赫，氣象闊大，迥不相侔矣。」[1] 許總論述這百年間的文學發展狀況，指出盛行於仁宗、宣宗兩朝的臺閣文風，一直延續到英宗、景帝時還有相當大的影響。但英宗、景帝時期，明代經過一系列政治事件和學術積纍，文風、學風已出現變化，以于謙（1398-1457）、王越（1423-1498）、郭登（？-1472）等人為代表，開始屏棄雍容華貴的臺閣體，面對實際的社會問題寫出慷慨悲涼的詩篇。[2] 奪門之變，英宗復辟；其後憲宗即位，國勢雖已不及國初，而海內富庶，敗相未露，於是臺閣文風又得復起。不過，仁宣盛世一去不返，國事漸非，士大夫改革弊政的訴求日益強烈。在這種情況下，臺閣文學的領導地位進一步動搖，到了正德間，終於

---

1 孔德成：《明清散文選注》（臺北：正中書局，1974 年初版），頁 52。
2 許總：《宋明理學與中國文學》（南昌：百花洲出版社，1999 年初版），頁 357 至 358。

被標榜「文必秦漢，詩必盛唐」的師古說所取代。[3] 進而言之，早在臺閣文風興盛的宣德、正統之時，就有師法秦漢者出現了。其後近百年間，主此說者雖為數戔戔，卻不絕如縷。而考其籍貫，又以吳中文士為主。

明代所謂吳中，主要指蘇州府所領的一州七縣——即太倉州和長洲、吳縣、崑山、吳江、常熟、嘉定、崇明。而廣義的吳中，更可涵蓋整個江南地區。[4] 晉室、宋室兩次東渡，江南成為全國的經濟、文化中心。元末群雄蜂起，泰州張士誠割據姑蘇，蘇南一帶遂能享有比較安寧的局面。然入明伊始，吳中地區遭遇到重大的變故。《明史·食貨志》稱太祖定天下官、民田賦時：

> 惟蘇、松、嘉、湖，怒其為張士誠守，乃籍諸豪族及富民田以為官田，按私租簿為稅額。……時蘇州一府，……官糧歲額與浙江通省相埒，其重猶此。[5]

---

3 按：明代文學的師古說有廣狹兩義。廣義的師古可以涵蓋明初主張文道合一的宋濂、標舉唐音的閩中十子、文主歐曾詩尊王孟的臺閣諸臣、以及李東陽（1447-1516）的茶陵派、李何王李等前後七子、王唐歸茅的唐宋派，以至明末陳子龍諸人的主張。而狹義的師古派，大抵只限於明代中葉以降，前、後七子的文學主張。所謂「明代前期」，上及洪武開國，下以弘治、正德間為限。由於本章所討論以吳中文士為代表的師古說先驅者是站在臺閣作家的對立面、補充面而出現的，而臺閣文風獨盛的時代又是在永樂至弘治間的一百年，故本章所探析的師古說先驅者並不包括洪武、建文時代的宋濂（1310-1381）、方孝孺（1357-1402）等文道合一論者。

4 按：如范宜如論云：「……楊維楨，自稱『會稽楊維楨』，會稽不屬於蘇州，但若以『吳中』為範疇則又可納入討論。」見范宜如：《明代中期吳中文壇研究——一個地域文學的考察》（臺北：國立臺灣師範大學國文研究所博士論文，2001 年），頁 17 至 18。

5 〔清〕張廷玉主編：《明史》（北京：中華書局，1997 年版），頁 1896。

王衛平就此而論道，處於政治高壓下的文人們，內心充滿了壓抑和痛苦。這種心理特徵在吳中詩壇表現得尤為顯著。[6] 明太祖出於私憤，同時為了摧抑文人的氣焰，對於這些吳中文士進行了殘酷的打擊：高啟（1336-1374）腰斬於市，楊基（1334？-1383？）讁輸作而卒於工所，張羽（1333-1385）投江以死，徐賁（？-1379）下獄瘐死，王行坐藍玉獄死，袁凱佯狂免歸，遭遇之悲慘，史無前例。但自洪武朝開始，會試報捷者即以吳人為多；而永樂以降，徐有貞（1407-1472）、吳寬（1435-1504）、王鏊（1450-1524）等，都身居廟堂之高，與臺閣文風關係密切。至於未獲功名而以詩鳴世者也為數不少，像沈周（1427-1509）、祝允明（1460-1526）、唐寅（1470-1524）等皆是。而顧璘、徐禎卿等，更列名前七子之間，成為明代中葉師古說的主將。

　　陳書祿將吳中文士視為由元末楊維楨向李贄、袁宏道等過渡的橋樑，[7] 從師心說內涵與發展的角度論及楊維楨與吳中文士的傳承關係。實際上，楊氏既倡師心，又尚師古，[8] 兩種主張早在明代中葉以前都已得到了吳中文士的繼承。簡錦松認為，吳中文士偏重鄉土，易於排拒外來思想，[9] 且形成了「博學」和「尚

6　王衛平、王建華：《蘇州史紀（古代）》（蘇州：蘇州大學出版社，1999年初版），頁 167。

7　陳書祿：《明代詩文的演變》（南京：江蘇教育出版社，1996 初版），頁166。

8　郭紹虞：《中國文學批評史》（天津：百花文藝出版社，1999 年初版），下卷，頁 124。

9　簡錦松：《明代文學批評研究》（臺北：學生書局，1989 年初版），頁 90。

趣」的傳統。[10] 尚趣近乎師心：如沈周、唐寅等人都以其清雅脫俗的生活方式見稱於世。博學主於師古：徐有貞學問博雜；吳寬詩文雖「未脫館閣之習」，[11] 而「深厚穠郁，脫去凡近而古意獨存」；[12] 王鏊則好韓愈之文，[13] 與臺閣先輩宗歐之習大為不同；祝允明「所尊而援引者《五經》、孔氏；所喜者左氏、莊生、班、馬數子而已。下視歐、曾諸公，蔑然也」。[14] 隨著時間的推移，博學、尚趣的文學取向遂自吳中而波及全國。如此看來，吳中文士也可視為楊維楨向前後七子過渡的橋樑。

范宜如據《明史·文苑傳》、錢謙益《列朝詩集小傳》及〈袁永之文集序〉歸納，明代吳中文壇初盛期為元末明初，極

---

10 同註 9，頁 88。按：如四庫館臣稱徐有貞「究心經濟，於天文地理兵法水利陰陽方術之書無不博覽……幹略本長，見聞亦博，故其文奇氣坌涌，而學問復足以濟其辨。集中篇什多雜縱橫之說，學術不醇，於是可見；才氣之不可及，亦於是可見」。（〔清〕永瑢主編：《四庫全書總目》〔北京：中華書局，1965 年影印初版〕，頁 1487。）此博學之例。沈周「以畫名一代，詩非其所留意，晚年畫境彌高，頹然天放，方圓自造，惟意所如。詩亦揮灑淋漓，自寫天趣，蓋不以字句取工，徒以棲心邱壑，名利兩忘，風月兩還，煙雲供養，其胸次本無塵累，故所作亦不琱不琢，自然拔俗，寄興於町畦之外，可以意會而不可加以繩削」。（同前，頁 1489。）此尚趣之例。

11 袁震宇、劉明今：《明代楚辭學批評史》（上海：上海古籍出版社，1991 年初版），頁 81。

12 〔明〕李東陽：〈匏翁家藏集序〉，《懷麓堂集》（臺北：臺灣商務印書館影印文淵閣四庫全書，1983 年初版）卷六十四，頁 20b。

13 如其言云：「《六經》之外，昌黎公其不可及乎！後世有作，其無以加矣。〈原道〉等篇，固為醇正……其他若〈曹成王南海廟〉、〈徐偃王廟〉等碑，奇怪百出，何此老之多變化也！」見〔明〕王鏊：《震澤長語》（臺北：臺灣商務印書館影印文淵閣四庫全書，1983 年初版），頁 213。

14 〔明〕王錡：《寓圃雜記》（北京：中華書局，1984 年初版），頁 37。

盛期在成化、弘治年間，衰退期在隆慶、萬曆年間。[15] 可見吳中文壇的活躍年代，大率與臺閣文風的興盛期平行。出於對時文的不滿，吳中文士間出現過以古文辭創作為主的文學群體，一直保持著與臺閣諸臣相異的文學風氣。明代前期臺閣文風的興起與道學獨尊關係極大，詩崇王孟、文尚歐曾、追求雍雅平緩情調的臺閣體可說就是道學在文學上的體現。蒙文通云：「明正德、嘉靖間所謂『七子』者，他們在文學上的口號是：『文必西漢，詩必盛唐』，換句話說，就是不要宋代的文和詩。在學術方面，由於明代統治者最尊『朱學』，因而不敢正面的提出反對『理學』，卻提出『不讀唐以後書』的主張，這自然也就是不要宋的理學了。」[16] 儘管吳中文士的師古說以博學尚趣為主要內容，與前後七子的宗旨不盡相同，但他們反對臺閣文風的主張、以至對《楚辭》異於臺閣文臣的詮釋，卻是一致的。

　　進而言之，不同於主流的楚辭論，是永樂至弘治間吳中文士師古風氣的一項重要特徵。由於屈原思想與儒家不盡相同，《楚辭》受到了道學家和臺閣官員的抨擊。如成化間，何喬新（1427-1502）重刊朱註作序，認為《楚辭》作為辭賦之祖，導致後世文人捨質逐華、為文害道。只有經朱熹（1130-1200）刪註，《楚辭》方才大義昭然，讀者可以放心閱讀了。[17] 這樣的

---

15 同註4，頁39。

16 蒙文通：〈中國歷代農產量的擴大和賦役制度及學術思想的演變〉，《古史甄微》（成都：巴蜀書社，1999 年初版），頁 373。

17 〔明〕何喬新〈楚辭序〉：「孔子之刪《詩》，朱子之定《騷》，其意一也。詩之為言，可以感發善心，懲創逸志，其有裨於風化也大矣。《騷》之為辭，皆出於忠愛之誠心，而所謂『善不由外來、名不可以虛作』者，又皆聖賢之格言。使放臣屏子，呻吟詠嘆於寂寞之濱，則所以自處者，必

主流意見在明代前期的影響是很大的。然而，吳中文士卻並非
如此。生活於永樂至正統間的吳訥（1372-1457），追摹古風而
作《文章辨體》，有專卷論述《楚辭》，引起可觀的反響。其
後，上至臺閣中人徐有貞、吳寬、王鏊等，下至沉淪下僚的桑
悅（1447-1513）、祝允明等，都頗為鮮明地表露出師古說的取
向，這種取向在他們的楚辭論中尤能體現。[18] 此外值得注意的
是，一些吳中籍的官員如劉昌（1424-1480）、葉贄（？-1512）
等，已逐漸走出道學的陰影，醞釀出新的文學見解，對《楚辭》
推崇不已。筆者曾嘗試窮蒐永樂至弘治間吳中文士著作，發現
就論《楚辭》的文字實屬稀見。但總而觀之，吳中文士楚辭論
的內容雖然有限，卻可較完整地反映出這個時期師古說的面
貌。當學者逐漸就《楚辭》醞釀出新的見解，便意味著臺閣體
權威的日益消減。正德、嘉靖以還，前後七子作文論文，提倡
超越唐宋而直法秦漢，明代前期的吳中文士實為其前鋒。故此，
本章擬探討永樂至弘治間吳中文士的楚辭論，以見臺閣文風與
師古說此消彼長的過程。[19]

有其道矣。而所天者幸而聽之，寧不淒然興感，而迪其倫紀之常哉！此聖
賢刪定之大意也。讀此書者因其辭以求其義，得其義而反諸身焉，庶幾乎
朱子之意也，而不流於雕蟲篆刻之末也。」見《椒邱文集》（臺北：臺灣
商務印書館影印文淵閣四庫全書，1983 年初版）卷九，頁 6a。

18 按：明代前期的吳中文士對於《楚辭》的論述頗具價值，但除吳訥外，所
言大多未形成體系，不足以稱為「楚辭研究」，故本章亦只以「楚辭論」
名之。

19 按：本章所選取的討論對象如徐有貞、劉昌、沈周、吳寬、桑悅、王鏊、
祝允明、唐寅等人，係據錢謙益《列朝詩集小傳》（臺北：明文書局，1991
年版）。此外，如吳訥、葉贄等之名，雖不見錄於錢書，然其文學思想實
亦淵源於吳中，故本章有專節探析。此外，如註 15 范宜如所言，明代吳中

二、《楚辭》與明代前期吳中文士的心態

(一) 失志文士

不論在地理環境、政治氣候還是文化心態上，吳中與北京都比較疏離。故此，當臺閣體、性理詩流行天下時，吳中文風沒有受到大的影響。陳書祿說：「在吳中地區熱衷科舉的氛圍中，才華出眾的祝允明、唐寅等人也素有『繼起高科，傳掌帝制』的強烈願望。」「如果他們不是中途迭遭挫折，而是順其發展，也很有可能走上科舉入仕、奉儒守官的道路。」[20] 范宜如則指出，祝穆、祝允明、唐寅、錢孔周、顧春潛等均有志於古文辭之創作。[21] 可見他們的放蕩不羈、率性自然，主要緣於個人的得失。這些失志吳中文士承襲了楊維楨師古、師心並存的文學主張，而他們在師古上的差異可以從其對於《楚辭》的態度上呈現出來。

第一類態度是引屈原為知己，或藉《楚辭》抒發內心的不平，如桑悅、祝允明等。桑氏於成化元年（1465）中舉，但三次會試皆遭罷黜。[22] 因個人遭遇之故，桑悅對《楚辭》的十分

文壇的活躍期在弘治以前；林賢得則將明代中葉吳中文壇分為弘治正德及嘉靖隆慶兩期。（見林賢得：《明代吳中詩派研究》〔臺北：國立臺灣師範大學國文研究所碩士論文，1987 年〕，頁 1。）總而觀之，吳中文壇的衰落，大抵與臺閣文風的衰落、前七子的興起同時。本章所論某些吳中文士如祝允明、唐寅等人的生活年代已經下達嘉靖之世，然其主要活動年代仍在弘治朝及以前，且保存了彼時的文學特色，故一併論之。

20 同註 7，頁 169。

21 同註 4，頁 52。

22 見〔明〕廖道南：《殿閣詞林記》（臺北：臺灣商務印書館影印文淵閣四庫全書，1983 年初版）卷十四，頁 10a。

推崇。在往赴長沙任通判的途中，桑悅曾作〈吊屈原文〉， 氣格高婉，有楚騷遺意。桑悅有《楚辭評》，是現時可考明代第一部楚辭學專著。[23] 此書未曾付印，今已不傳，然片段猶存於蔣之翹（1621？-1649）《七十二家評楚辭》。如其評〈惜誦〉道：「『迷不知寵之門』句，竟寫出一個桑判官。」[24] 以《騷》註我的心態非常強烈。而祝允明〈九歌圖記〉則云：

> 以詞賦不遇者靈均，以詞賦遇者長卿。長卿視屈猶子視父也。蓋才為時低昂如此。今士生盛世，苟抱一藝必庸焉，至有獵極華要者，尚何云遇不遇哉！[25]

《明史·祝允明傳》云：「允明以弘治五年舉於鄉，久之不第，授廣東興寧知縣。捕戮盜魁三十餘，邑以無警。稍遷應天通判，謝病歸。」[26] 祝氏高才而久不第，其後雖短期擔任興寧知縣而有政聲，於仕途卻早已心灰意冷，故不受應天通判之聘，甘願逍遙江湖。〈九歌圖記〉所謂「以詞賦不遇」，僅將屈原以文人視之。這無疑是祝氏個人心理的投射。至於「苟抱一藝必庸」，更是因自己鬱鬱不得志而抒發的牢騷。

　　第二類態度是：固然予屈原以同情，卻刻意保持著一段心理距離。如沈周題屈原像道：

---

23 有關桑悅《楚辭評》，詳見本書第六章。

24 〔明〕蔣之翹：《七十二家評楚辭》卷四，頁 2b。

25 〔明〕祝允明：〈九歌圖記〉，《懷星堂集》（臺北：臺灣商務印書館影印文淵閣四庫全書，1983 年初版），卷二十四，頁 17b 至 18a。

26 同註 5，頁 7352。

> 逐迹惶惶楚水長，重華雖遠未能忘。魯無君子斯當取，
> 殷有仁人莫救亡。魚腹何勝載憂怨，鳳蕤終不蔽文章。
> 忠貞那得消磨盡，蘭芷千年只自芳。[27]

此詩肯定了屈原的道德和文章，全篇縱使帶有些激越的情調，
卻不失清雅。《四庫總目提要》云：「郡守欲以賢良薦，周筮
得〈遯〉之九五，遂決意不出。」[28] 參《周易‧遯‧九五》曰：
「九五，嘉遯，貞吉。〈象〉曰：嘉遯貞吉，以正志也。」[29] 沈
周僅靠卜筮來決定自己的前程，似乎有些可笑。實際上，他本
身的志向就不在官場，卜筮的結果只是加強他的信念罷了。這
個故事顯示沈周對功名的淡薄態度與屈騷的進取精神甚為不
同，亦可再次反映出吳中文士博雜喜奇之風。抑有進者，正由
於「尚趣」傳統的影響，失志的吳中文士在放任個性之外，也
追求閒適自足，這就與屈騷的內涵、情調更相逕庭了。試看文
洪（1465 年中舉）的〈對菊〉詩：

> 蓐收肅霜威，草木咸凋瘁。睠茲東籬叢，孤芳可人意。
> 迎風散奇芬，浥露含幽思。吾生抱孤僻，茲焉獨云契。
> 醉誦〈離騷經〉，閒詠柴桑句。外慕苟不羈，蕭然有真
> 味。[30]

---

27 〔明〕沈周：〈屈原像〉，《石田詩稿》（臺北：臺灣商務印書館影印文
　　淵閣四庫全書，1983 年初版）卷八，頁 1a。

28 〔清〕永瑢主編：《四庫全書總目》，頁 1219。

29 〔魏〕王弼、〔晉〕韓康伯註、〔唐〕孔穎達疏：《周易正義》（臺北：
　　藝文印書館據阮元嘉慶二十年〔1815〕江西南昌學堂刊本影印，1985 年版），
　　頁 85。

30 〔明〕文洪：〈對菊〉，《文淶水集》（臺南：莊嚴文化事業有限公司影
　　印明刻本，1997 年初版），頁 198。

驟眼看來，文洪似乎沿襲了魏晉名士飲酒讀《騷》的意趣。但仔細玩味全詩，「柴桑句」的情調遠遠濃厚於〈離騷經〉。竹林七賢也好、陶潛也好，他們內心深處都積鬱著對現世的不滿，所謂逍遙物外只是一種掩飾。文洪對於竹林七賢和陶潛的追慕，或許同樣是對於仕途不遇的掩飾，但詩中所流露對生活的怡然自得，卻與陶潛等人大為不同。至於唐寅等人，則全集中罕有論及《楚辭》之語。

吳中失志文士對於《楚辭》看似有兩類態度，實際上只是同一種心態的兩面。一樣是仕途不順，對臺閣文風有逆反心態，他們激憤時就推舉《楚辭》及其他秦漢文字，文章就化為牢騷；而心情平伏時，他們就轉求意趣，進行逃避。由於各人性格的差異，顯現在文字上的內容便有不同了。

（二）臺閣文人

失志的吳中文士對於《楚辭》的態度的差異，主要緣於其個人遭遇和文學主張。而身居臺閣的吳中文士對於《楚辭》的評價就更為謹慎。如正統、天順間的徐有貞，四庫館臣稱其「究心經濟，於天官、地理、兵法、水利、陰陽、方術之書，無不博覽」，「幹略本長，見聞亦博，故其文奇氣坌涌，而學問復足以濟其辨」，並批評他「學術之不醇，於是可見」。[31] 徐氏博覽群書，很能代表吳中文士的學術取向。如此的學術內涵致使其文章有「奇氣」，這與楊士奇等人雍容平整的風格也大不

---

31 同註 28，頁 1486。

相同。縱然如此，徐有貞對《楚辭》的考證尚不太敢標新立異。
以其論〈招魂〉為例：

> 禮於始喪有復，復之流為招魂，其來尚矣。楚人乃以施
> 之生者。而推其緣起，則行乎死者之事焉。夫惟行乎死
> 者，故其為辭涉於神怪。自宋玉景差之作，猶不免乎鄙
> 野之譏，況其後者歟！然則後之作者，蓋必微其辭而約
> 之禮可也。[32]

徐有貞所言「復之流為招魂」、「招魂之禮不專為死人者」、
二〈招〉作者分別為宋玉、景差，這幾點都是遵從朱熹的。至
於二〈招〉涉於神怪，他認為受招者既為死人，所以無可厚非；
然而其中娛酒不廢、士女雜坐的「荒淫之志」，還是聲言要「務
必去之」。徐氏雖然學術雜博，但對《楚辭》的評價還是合乎
臺閣重臣的分寸。再如吳寬〈題九歌圖後〉，[33] 借題跋的機會
對〈九歌〉十一篇的現象提出了疑問。然而他始終相信《楚辭》
大義已盡發於朱熹，因此沒有在這個問題上深究。從徐有貞、
吳寬對〈招魂〉、〈九歌〉的論述中，我們雖看到明代考據學
之萌芽，也從字裡行間感受到政治、道學的雙重壓力。

---

32 〔明〕徐有貞：〈招拙逸詞序〉，《武功集》（臺北：臺灣商務印書館影
印文淵閣四庫全書，1983 年初版）卷四，頁 29b 至 30a。

33 〔明〕吳寬〈題九歌圖後〉：「朱子之註《離騷》，可謂無遺憾矣。後人
既無容贅詞，則有為九歌圖者。其初蓋出於李龍眠，人從作之。此本則崑
山許君鴻高所藏也。圖後各繫其歌。許君謂為其鄉先輩朱季寧中樞之筆。
予觀之，信其書之妙，猶有晉唐人遺意也。歌名九，其為章實十有一，《楚
詞辨證》亦以為不可曉，至於〈禮魂〉則畫家所不能及者，故其圖缺云。」
見《家藏集》（臺北：臺灣商務印書館影印文淵閣四庫全書，1983 年初版）
卷五十，頁 17b 至 18a。

這種情況直到正德間才有了根本改變。正德十三年（1518），蘇州人黃省曾（1490-1540）重梓王逸（89-158）《楚辭章句》，王鏊作為文壇耆宿，欣然為此書命序。王鏊為成化十一年（1475）狀元，時年二十五歲。然高中後卻「杜門讀書，避遠權勢」，至弘治初年方遷侍講學士，充講官。[34] 四庫館臣一方面稱其「文詞醇正」，[35] 一方面又指他「困頓名場，老乃得遇，其澤於古者已深，故時文工而古文亦工也」。[36] 可知王鏊獨特的經歷導致他的文學取向雖亦師古，同時兼擅臺閣文章。故此，王鏊〈重刊王逸註楚辭序〉的言論就遠較其臺閣先輩中肯客觀了。其言云：

> 《楚辭》十七卷，漢中壘校尉劉向編集，校書郎王逸章句。其書本吳郡文學黃勉之所蓄，長洲尹左綿高君公次見而異之，相與校正梓刻以傳。自考亭之註行世，不復知有是書矣。余間於《文選》窺見一二，思睹其全，未得也。何幸一旦而讀之！人或曰：「六經之學，至朱子而大明，漢唐註疏為之盡廢，復何以是編為哉？」余嘗即二書而參閱之。逸之註，訓詁為詳；朱子始疏以《詩》之六義。援據博，義理精，誠有非逸之所及者。然予之憒也，若〈天問〉、〈招魂〉譎怪奇澀，讀之多所未解。及得是編，恍然若有開於余心。則逸也豈可謂無一日之長哉！章決句斷，事事可曉，亦逸之所自許也。余因思

---

34 同註5，頁4824至4825。
35 同註28，頁1053。
36 同註28，頁1493。

之：朱子之註《楚辭》，豈盡朱子說哉！無亦因逸之註，
參訂而折衷之？逸之註，亦豈盡逸之說哉！無亦因諸家
之說，會粹而成之？蓋自淮南王安、班固、賈逵之屬，
轉相傳授，其來遠矣。則註疏之學，亦何可廢哉！若乃
隨世所尚，猥以不誦絕之，此自拘儒曲士之所為，非所
望於博雅君子也。其〈七諫〉〈九懷〉〈九歎〉〈九思〉，
雖詞有高下，以其古也，因亦不廢。古道之湮沒于今，
獨是編也手哉！孰能追而存之？[37]

此序的內容可以歸結為三端：

> 一、王逸重訓詁，朱熹重義理，因此《章句》文義較破碎，
> 不及《集註》脈絡清晰。

> 二、〈天問〉、〈招魂〉等篇，引用了大量典故。如果不
> 一一註明，文理根本讀不通。故在註解這些篇章上，
> 王逸有一日之長。

> 三、《集註》雖然闡明了《楚辭》大義，但不少舊說都是
> 因《章句》而參訂折衷的；而《章句》本身，也一定
> 保留了不少劉安、班固、賈逵的舊說，具有不可取代
> 的價值。

王鏊從文學和文獻學的角度審視、比較《章句》和《集註》，
追溯了二者之間的關係，肯定了前者的優點，也對後者神化了
的地位提出了質疑。王逸《章句》的復出標誌著明代楚辭學走

---

37 見〔明〕王鏊：〈重刊王逸註楚詞序〉，《震澤集》（臺北：臺灣商務印
書館影印文淵閣四庫全書，1983年初版）卷十四，頁5a至6b。

出了朱註獨尊的時代，進入了一個嶄新的階段，同時也反映出
臺閣文風漸趨沒落的實況。到嘉靖間，明代第一本由臺閣文人
所作的楚辭學著作——《楚詞註略》終於面世了。此書作者周
用官至吏部尚書，加太子少保，而其原籍實為吳江。[38] 以此可
見，由於臺閣中的吳籍大臣漸多，臺閣文人對於《楚辭》所抱
持的態度也比以往為正面。

三、楚辭學專論：吳訥《文章辨體》

如前文所言，在臺閣文風興盛的宣德、正統時期，常熟人
吳訥就採輯先秦至明初的詩文而編錄《文章辨體》五十卷、外
集五卷。此書仿宋真德秀（1178-1235）《文章正宗》、元祝堯
（1318 年進士）《古賦辨體》之例，正如彭時（1406-1475）〈文
章辨體序〉所云，「蓋有以備《正宗》之未備而益加精焉者」。
而從近處觀之，此書未必不受楊維楨、高啟等人師古主張的影
響。彭時解「辨體」之義云：

> 辨體云者，每體自為一類，每類各序題，原制作之意而
> 辨析精確，一本於先儒成說，使數千載文體之正變高下，
> 一覽可以具見。[39]

就形式和內容來說，是在正文前面以序說的方法逐一辨析各種
文體的制作之意。因此《文章辨體》一書卷帙雖富，所收錄的

---

38 按：周用年輩較晚，且《楚詞註略》作於嘉靖間，故其人其書不在本章討
論範圍。

39 〔明〕彭時：〈文章辨體序〉，〔明〕吳訥著、于北山校點：《文章辨體
序說》（北京：人民文學出版社，1962 年初版），頁 7。

作品也有簡註，但學者稱道的則在其序說部分。茶陵派程敏政（1444-1499）所編《明文衡》即收有《文章辨體・序說》，[40] 臺閣作家陸深（1477-1544）《谿山餘話》以此書號為精博，自真德秀以下未有能過之者。[41] 甚至晚明主張師心自用的公安派領袖袁宗道（1560-1600），對《文章辨體》亦多有稱譽。[42]

　　吳訥為吳中士人，永樂中以醫薦至京，並非從科舉途徑出仕，論文較少受道學桎梏；加上博覽群書，故能在沖融演迤的文學風氣下獨鳴師古。其論文之旨，悉在《文章辨體・序說》：

　　　　文辭以體製為先，作文以關世教為主，命辭固以明理為本。[43]

「作文關世教」是切合當時的科舉政策，「命辭以明理」是投合當時獨尊的道學，但這兩點都是次要的。只有「文辭以體製為先」才是《文章辨體》的主旨與吳氏師古說的核心。《文章辨體》分文體為五十九類，第二類即古賦。此類主要參考了朱熹和祝堯的研究成果，加以融會貫通，出以己意，以時代為序，

40　見〔明〕程敏政：《明文衡》（臺北：世界書局據明刊本影印，1967年初版）。

41　〔明〕陸深：《谿山餘話》（上海：商務印書館，1936年影印初版），頁22。按：或有學者將陸深歸為前七子的羽翼。然四庫館臣論其「當正、嘉之間，七子之派盛行，而獨以和平典雅為宗，毅然不失其故步」（同註28，頁1500。），可見陸深創作仍是臺閣風格。

42　〔明〕袁宗道：〈刻文章辨體序〉，《白蘇齋類集》（上海：上海古籍出版社，1989年初版），頁81。

43　同註39，頁9。

分為楚、兩漢、三國六朝、唐、宋、元、明等卷，[44] 而以《楚辭》居首。不過，荀子〈成相〉、〈佹詩〉等作品，吳訥沒有如朱熹、祝堯那樣列入賦類，而是附於〈古歌謠〉之後。[45]

（一）《楚辭》的本源

對於《楚辭》的體製，吳訥作了詳盡的論說。有關其本源，吳訥引祝堯《古賦辨體》道：

> 按屈原為〈騷〉詩，江漢皆楚地。蓋自王化行乎南國，〈漢廣〉、〈江有汜〉諸詩已列於〈二南〉、十五國風之先。風雅既變：而楚狂〈鳳兮〉、〈滄浪〉孺子之歌，莫不發乎情，止乎禮義，猶有詩人六義。但稍變詩之本體，以「兮」字為讀，遂為楚聲之萌蘗也。原最後出，本《詩》之義以為〈騷〉，但世號《楚辭》，不正名曰賦。然自漢以來，賦家體製，大抵皆祖於是焉。[46]

---

44 吳訥云：「屈宋之辭，家藏人誦。兩漢以下，祖襲者多。晦翁編類《楚辭後語》，一以時世為之先後。至其體製，則若詩、若賦、若歌、若辭、若文、若操，與夫諸雜著之近乎楚者，悉皆間見迭書，而不復為之分類也。迨元祝氏輯纂《古賦辨體》，其曰〈後騷〉者，雖文辭增損不同，然大意則本乎晦翁之書也。是編之賦，既以屈宋為首；其兩漢以後，則尊祝氏，而以世代為之卷次。若當時諸人雜作，有得古賦之體者，亦附於各卷之後，庶幾讀者有以得夫大旁通曲暢之助云。」同註39，頁21。

45 吳訥云：「迨近世祝氏著《古賦辨體》，因本其言（按：即《漢書・藝文志》之言）而斷之曰：『屈子〈離騷〉，即古賦也。古詩之義，若荀卿〈成相〉〈佹詩〉是也。』然其所載，則以〈離騷〉為首，而〈成相〉等弗錄。尚論世次，屈在荀後，而〈成相〉〈佹詩〉，亦非賦體。故今特附古歌謠後，而仍載《楚辭》于古賦之首。蓋欲學賦者必以是為先也。宋景文公有云：『〈離騷〉為辭賦祖，後人為之，如至方不能加矩，至圓不能加規。』信哉！」同註39，頁19至20。

46 同註39，頁20。

他認為楚聲如〈漢廣〉、〈江有汜〉，在《詩三百》中已冠於〈國風〉之首。其後風雅雖變，楚聲之體稍易，卻仍能保存古詩的溫柔敦厚之義。屈原繼承這個傳統，發憤抒情，其作雖不以賦名之，實際上卻是賦家之祖。由此可知，吳氏相信《楚辭》不僅稍變《詩三百》之文體，且繼承了詩人「發乎情，止乎禮義」的六義。

但是，吳訥也清楚意識到《詩三百》與《楚辭》的不同之處。他通過對風、賦、雅、頌、騷、辭諸先秦兩漢文體的界定而表達出這一點來：

> 夫刺美風化、緩而不迫謂之「風」；采摭事物、摘華布體謂之「賦」；推明政治、正言得失謂之「雅」；形容盛德、揚厲休功謂之「頌」；幽憂憤悱、寓之比興謂之「騷」；傷感事物、托於文章謂之「辭」。[47]

若從「正變」的角度來看，吳訥有關風、賦、雅、頌的描述非常傾向於「正」的一端：風有「刺」，卻說是「緩而不迫」；雅能言政治之「失」，卻稱為「正言」。然而，此論與其說是淡化了風雅正變的區別，毋寧說是要強調《詩三百》與《楚辭》間的異同。風有「刺」，也「寓之比興」，但不像騷之「幽憂憤悱」；雅言得失，也「托於文章」，但不像辭之「傷感事物」。[48] 可見吳訥雖不否認《楚辭》源於《詩三百》，卻認識到二者不同之處就在於《楚辭》有幽憤感傷的情調。這種情調不合乎

---

47 同註 39，頁 12。

48 按：吳訥將《楚辭》的作品分為「騷」、「辭」兩類，蓋承自《文選》的分類法。然觀其對「騷」、「辭」的界定非常接近，分為兩類，實屬不必。

中庸之道,為朱熹等宿儒所詬病。吳訥雖也強調「教化」、「明理」,但此處只是就文論文,並沒有無限上綱地責難屈原之狂狷。這在明代前期是難能可貴的。

(二) 《楚辭》的流裔

吳訥相信《楚辭》為古賦之祖,律賦為古賦之變。《詩三百》只有風、雅、頌三體,賦在當時只是一種寫作手法,但回觀前引《文章辨體》對各種文體的定義,竟將賦躋於其間,可見班固「賦者古詩之流」的說法,吳訥是贊成的。不過,他並未因此遽言賦直承於《詩》,而是確認二者之間還有《楚辭》這一環。吳訥引《漢書‧藝文志》曰:

> 古者諸侯卿大夫交接鄰國,必稱詩以喻意。春秋以後,聘問歌詠,不行於列國,而賢人失志之賦作矣。大儒荀卿及楚臣屈子,離讒憂國,皆作賦以風。其後宋玉、唐勒、枚乘、司馬相如,下及揚子雲,競為侈麗閎衍之辭,而風諭之義沒矣。[49]

申明了詩—騷—賦的演變途徑,也提到賦與騷最不同之處,在於「風諭之義」的淹滅。換言之,屈騷尚能得《詩》之精神,而宋玉等人的賦徒具《詩》的寫作手法而已。持此而觀,吳訥對於前人的編選體例有不滿之處:

> 《文選》編次無序,如第一卷古賦以〈兩都〉為首,而〈離騷〉反置於後,……不足為法。[50]

---

49 同註 39,頁 19 至 20。
50 同註 39,頁 9。

他認為《文選》置古賦於前、列騷於後，昧於二者之間的源流關係，甚不可取。因此《文章辨體》中，吳訥將三類文體一概劃入古賦類。

由前處引文可見，吳訥不僅注重文體的源流，同時也認為文體的特色直接影響到其功能。就《楚辭》而言，他還有進一步的發揮：

> 夫騷人之賦與詩人之賦雖異，然猶有古詩之義，辭雖麗而義可則；至詞人之賦，則辭極麗而過於淫蕩矣。蓋詩人之賦，以其吟詠性情也；騷人所賦，有古詩之義者，亦以其發於情也。其情不自知而發於情，其辭不自知而合於理。情形於辭，故麗而可觀；辭合於理，故則而可法。……二十五篇之〈騷〉，無非發於情者，故其辭也麗，其理也則，而有賦、比、興、風、雅、頌諸義。[51]

早在西漢末年，揚雄就指出：詩人之賦麗以則，辭人之賦麗以淫。在二者之外，吳訥又益以騷人之賦。比對可知，吳訥的騷人之賦，其實相當於揚雄所謂詩人之賦。這樣一來，吳訥的詩人之賦，所指只可能是《詩三百》中的運用「賦」這種手法的段落；他將賦與風、雅、頌並列，自有其因。吳訥認為，詩、騷、詞人之賦的演化在於文辭與義理此消彼長。古詩質樸，有美刺諷諫之意；漢賦華贍，勸百而諷一；而《楚辭》則辭義兼具。其情不自知而發於情，其辭不自知而合於理，正是因為有得於「在心言志、發而為詩」之義，而不像後世賦家刻意為文，

---

51 同註 39，頁 20 至 21。

斲喪天真。再者,雖然《詩》、《騷》同秉六義,但因時代的變化,六義在作品中體現的面貌又有所不同。朱熹對這一點可謂剖析毫芒,[52] 吳訥則全盤接受了朱熹的意見。

四、《楚辭》在吳中文士間的傳播與接受

如第二章所言,洪武間,慶王朱㮵刊《文章類選》四十卷,其後吳訥《文章辨體》也錄有《楚辭》篇章。由於朱熹的聲譽地位,《楚辭集註》在明代前期流傳較廣。這些書籍的刊行,必然豐富了吳中文士楚辭論的內涵。相形之下,吳中收藏的楚辭學著作,頗為引人注目。本節中,筆者會先從南宋高元之〈變離騷序〉的流傳情況觀照明代前期楚辭論的變化,復以葉盛(1420-1474)〈寫騷亭記〉、何喬新〈寫騷軒記〉二文為例,分析正統、成化時吳中文士對《楚辭》的態度,以見臺閣文風逐漸衰落後,文學師古思想在明代前期的萌蘗。

(一)南宋高元之〈變離騷序〉的流傳

正統、成化間館臣葉盛,是當時臺閣作家的代表人物。《明詩話全編》稱葉氏論詩本乎儒家詩教,但同時也強調藝術上蘊

---

52 朱熹云:「凡其寓情草木、託意男女、以極遊觀之適者,變風之流也;敘事陳情、感今懷古、不忘君臣之義者,變雅之類也;其語祀神歌舞之盛,則幾乎〈頌〉矣。至其為賦,則如〈騷經〉首章之云;比,則如香草惡物之類;興,則托物興詞,初不取義。如〈九歌〉沅芷澧蘭以興思公子未敢言之屬也。但《詩》之興多而比賦少,〈騷〉則興少而比賦多。賦者要當辨此,而後辭義不失古詩之六義矣。」見〔宋〕朱熹《楚辭集註》(臺北:文津出版社,1987年版),頁10至11。

籍含蓄、有餘味可詠。[53] 明代中葉以後，馮紹祖《觀妙齋楚辭章句》、陸時雍（1633 年貢生）《楚辭疏》等著作的集評部分皆錄有葉盛有關《楚辭》的一篇文字。此文筆觸犀利，詞鋒激切，殊不類臺閣文風。究其大旨，有三點值得我們注意：

一、戰國之世，變風已亡。屈原處昏君亂臣之間，古道獨存，竭忠盡智，信而見疑，忠而被謗。而屈作二十五篇，都是源流於六義，出於不能自已、睠睠無窮的思治、愛上之心。故其憤悱愁痛之餘，卻並沒有彰顯君惡、另適他國。

二、屈原之作，以忠君愛國、殺身成仁為主旨。且追琢其辭，申重其意。後世不明白辭以意為依歸，僅以模仿其麗語華藻為能事，可謂本末倒置。

三、歷來評論《楚辭》者，如揚雄、班固、王逸、劉勰等人，揚之者或過其實，抑之者多損其真。而創作者自宋玉以下，都只是紬繹緒言，相與嗟詠，於屈原的微言匿旨卻不能有所建明。[54]

南宋時，洪興祖、朱熹都曾對前人的意見作出審視。洪興祖以揚雄的襟抱不及屈原，班固、顏之推所言乃妾婦兒童之見，對屈原作出了無條件的讚美。[55] 朱熹雖然大致贊成洪興祖的說

---

53 吳文治主編：《明詩話全編》（南京：江蘇古籍出版社，1997 年初版），頁 1287。

54 見〔漢〕王逸：《楚辭章句》（臺北：藝文印書館影印明馮紹祖萬曆丙戌刊本，1974 年再版），頁 547 至 551。

55 〔漢〕王逸章句、〔宋〕洪興祖補註：《楚辭補註》（北京：中華書局，2002 年重印修訂本），頁 51。

法，但因屈原的行為不合於中庸之道而始終有微辭，又目屈原為忠而過、過於忠，以屈辭馳騁於變風變雅之末流。而此文則予屈原人格以至高無上的評價，認為正是屈原之作扭轉了戰國風雅寖聲的局面。這些議論都與朱熹的看法頗有扞格。

然而查葉盛《水東日記》，方知馮紹祖、陸時雍之書大有問題。據《水東日記》之言，葉盛得到一套南宋高元之所著《變離騷》殘本，遂將此書的序言收入《水東日記》之中。[56] 查南宋樓鑰《攻愧集》卷一百三收有〈高端叔墓誌銘〉，其中關於高元之作《變離騷》之言與《水東日記》所收〈變離騷序〉非常相近，當係由〈變離騷序〉轉錄檃括。則馮、陸等人收錄的所謂葉盛之語，實為高元之的自序。《變離騷》今不復見，殆已亡佚。因此，《水東日記》所錄〈變離騷序〉非常珍貴。

葉盛藏書在當時甚為知名，有《菉竹堂書目》。葉氏所藏楚辭學著作的整體面貌雖已不得而知，不過仍可據《水東日記》之言窺見一斑。在南宋尊崇道學的環境下，高元之不以道學家之是為是，將《楚辭》放在獨立的位置進行評價，實屬鳳毛麟角。而在道學獨大、楚辭學沉寂的明代前期，身居臺閣的葉盛竟在自己的著述中毅然錄入這篇與道學思想頗為牴觸的文字，也可謂一大異數。因此，儘管〈變離騷序〉是南宋的作品，但在明代一直被視為望重士林的葉盛之作，它對於楚辭學者的影響，可以想見。

---

56 見〔明〕葉盛：〈高元之變離騷〉，《水東日記》（北京：中華書局，1980年初版），頁 239 至 241。按：有關高元之及《變離騷》的相關問題，筆者另撰有〈高元之及其《變離騷》考述〉一文，載《成大中文學報》第 15 期（2006 年 12 月），頁 27 至 56。

（二）從葉盛〈寫騷亭記〉看劉昌的楚辭論

葉盛除收藏《變離騷》外，還曾作〈寫騷亭記〉一文。從這篇論難文字中，我們不但可以看到正統間的吳中文士劉昌、葉盛對於《楚辭》的推重，還可以了解當時貶斥《楚辭》的原因何在。篇中主角工部郎中劉昌（欽謨）乃蘇州人，酷愛《楚辭》，在金陵建了一座寫騷亭，請葉盛作記。[57] 這時有人詰問劉氏道：

> 《離騷》者，楚狂不得於君之說耳。非聖君賢相之所幸聞，純儒莊士之所樂道。今皇明開天，累洽重熙，上焉有堯舜之君，下焉有皋陶伊傅周召之臣，朝無闕政，野無困窮，何事乎《騷》？且子東南一夫，明聖人之經，學聖賢之學，策名賢科，發身郎署，由郎而遷大夫，縮銅章，坐公府，志之所向，職之所及，可以畢答而無滯，好爵在前，彼時子取。而子又嘗納文於館閣，執筆涖史官，定千載之是非，擅天下之才譽，又何事乎《騷》？不觀於子乎？著書滿家，亦為文章，上窮乎未始有形之

---

57 按：〈寫騷亭記〉僅以欽謨之字稱劉氏，並未紀錄其本名。《明人傳記資料索引》據焦竑《國朝獻徵錄》等云：「劉昌，字欽謨，號椶園，長洲人。正統十年進士，為文贍麗，詩宗盛唐。官至廣東參政，卒年五十七。有《中州名賢文表》、《河南志》、《姑蘇志》、文集等。」見臺灣中央圖書館編：《明人傳記資料索引》（臺北：文史哲出版社，1978 年再版），頁 835。參〔明〕焦竑：《國朝獻徵錄》（臺南：莊嚴文化事業有限公司據明刊本影印，1997 年初版），頁 608。又《蘇州府志》則謂劉昌有《骨臺稿》、《鳳臺稿》、《金臺稿》、《嵩臺稿》、《越臺稿》、《中州文表》、《懸筒瑣探》等書；又有《姑蘇志》，且嘗類明朝文章如《文選》《文鑑》，皆未脫稿。見〔清〕李銘皖編：《蘇州府志》（臺北：成文出版社影印光緒九年〔1883〕刊本），頁 1946。

> 前，旁搜乎八極茫茫之外，廓皇王之詞賦而不為，議唐
> 宋之釋經有未至矣，其又何事乎《騷》？[58]

詰者從道學、政治兩個層面，對劉昌愛《騷》的癖好提出了質
疑：《楚辭》是朝有闕政，野有困窮的衰世之音，不合於「累
洽重熙」的當今；而屈原不得於君，遂行吟澤畔，顯暴君惡，
也不合儒家忠君之旨。實際上，明代前期楚辭學沉寂的主要原
因，就在於道學的獨尊和皇權的膨脹。而劉昌對於詰者也有一
番爭辯：

> 夫《離騷》以經言。經，常道也。屈子知天倫大綱之重，
> 懼天下萬世之譏，忠君愛國，出乎至誠，其為言宜無愧
> 於君臣。無愧於君臣，斯無忝於《六經》。《六經》言
> 經，《離騷》亦言經，非僭也，宜也。《六經》出於群
> 聖人，成於孔子，而明於朱子。朱子於經書未輯也，禮
> 樂未備也，吾孔子之《春秋》未有所屬也；而汲汲於《離
> 騷》是箋是正者，豈無謂也哉！夫聖至於堯，其亦至矣！
> 敢諫之鼓，誹謗之木，謂為堯之虛器，可乎？然則君臣
> 之義，諫爭之道，其可廢乎？其不可廢乎？設使《離騷》
> 不作，則屈子之心必不白，忠諫之路必不通，而揚子雲
> 龍蛇之說必行。其說既行，則天下揚子雲，後世揚子雲
> 將不勝其多，天理由之而滅絕，人紀以之而廢壞，生靈
> 受弊，莫可援救，其如聖人作經以教萬世之意何？朱子
> 於此，蓋亦有不得已者矣。

---

58 見〔明〕葉盛：〈寫騷亭記〉，《葉文莊公全集・水東稿》，吳文治主編
《明詩話全編》輯。同註53，頁1300至1301。

總括劉昌的回應，可以歸納為三點：

一、《離騷》本稱為經，而這是得宜的，並非僭越。屈原忠君愛國，出乎至誠，為言宜無愧於君臣，無忝於《六經》，知倫綱之重，所以合於常道。

二、朱熹尚未遍註六經，就汲汲於箋正《楚辭》，其中有深意在焉：屈原的行徑，千百年來都遭到世人的誤解。像揚雄等人大節有虧，而敢詆訾屈原。如果不註《騷》以正視聽，則眇眇來世，非議屈原者尚不知有幾。

三、屈原所謂「顯暴君惡」，只不過是正言直諫而已。即使唐堯也要設置諫鼓謗木，可見即使聖人在位也會出現闕失，更何況楚懷王般的昏君。因此，對屈原的肯定，就是對士人氣節的肯定。

整體來看，劉昌的語氣比較平和，也沒有從詞章方面強調《楚辭》的價值。然而，他故意由道學和政治的角度出發，根據〈離騷〉稱經、朱熹註《騷》和唐堯納諫幾點來論證《楚辭》的重要性、增強屈原的正統性，這自然更容易為當政者與道學家們所接受。對於劉昌的意見，葉盛沒有作出任何的補充和指斥。他稱許劉氏道：「眾囂囂兮，而子獨《騷》兮。」其欣然命筆，不僅表達了完全贊同的意見，還要藉此一並「曉夫詰者」，可知對《楚辭》的態度卻非常正面。葉盛、劉昌對《楚辭》的評價，揭示了吳中文士如何漸次將師古文風帶入臺閣。

（三）從何喬新〈寫騷軒記〉看葉贄的楚辭論

何喬新的〈寫騷軒記〉寫於成化間，與葉盛〈寫騷亭記〉一樣，也是論難體。文中有「客」、葉贄（崇禮）、何喬新三人，各自對《楚辭》發表了意見。[59] 刑部主事、淮安人葉贄愛《騷》，公暇諷詠，染翰而寫之，更將燕居之所題為「寫騷軒」。此名引來了「客」的詰問：

> 《騷》，古詩之流也。《三百篇》之詩，吾夫子刪之以
> 垂訓，與《易》《書》《春秋》《禮記》並列為經矣。
> 《離騷》，風雅之再變者也。揚雄反之，班固譏之，端
> 人莊士或羞道之。今子舍聖人之經而《騷》是寫，無乃
> 先其末而後其本，志其小而遺其大者邪？[60]

「客」雖然承認《楚辭》是古詩之流，但卻援引揚雄、班固、朱熹之說，以為《楚辭》不合於經，葉贄愛《騷》寫《騷》，實在捨本逐末。此論與〈寫騷亭記〉詰者之言很接近，在明代前期非常典型，無疑出自道學家之口。然而，葉贄的回答可謂慷慨激昂：

> 嗚呼！為人臣而可哀者，孰有若屈平者乎？原之為人
> 也，其志潔，其行廉，其材足以撥亂世而反之正。使其
> 遇明王聖主而為之宣力，則股肱之良已。不幸前遇懷王，

---

59 按：〈寫騷軒記〉僅以崇禮之字稱葉氏，並未紀錄其本名。《明人傳記資料索引》據焦竑《國朝獻徵錄》云：「葉贄，字崇禮，山陽人。天順八年進士，授刑部主事，屢陞郎中，鞫獄明慎，人稱不冤。出知嘉興府，改台州、廣信，以採履清謹聞，仕終刑部侍郎，正德七年卒。」見臺灣中央圖書館編：《明人傳記資料索引》；參〔明〕焦竑：《國朝獻徵錄》，頁416。

60 見〔明〕何喬新：〈寫騷軒記〉，同註17，卷十三，頁20b。

後遇襄王，懷瑾握瑜，而世莫之知平。王所詫同德者，
蘭與蕙耳。然或變而不芳，或化而為茅，況揭車胡繩之
瑣瑣者耶？愁吟澤畔，徬徨江濱，獨抑鬱無誰語，而《離
騷》之詞作焉。嗚呼！為人臣而可哀者，孰有若原者乎！
《三百篇》之詩，聖人之經也；《離騷》非聖經之羽翼
耶？故吾於講經之餘，惓惓於《騷》，諷之詠之，又從
而寫之，而不能已焉。世之不自知者，或薄原而不為，
然一武夫氣勢，稍能動人者，則奔走其門而不恥，視原
之不阿子蘭，何如也？其或忤於世而困頓焉，則終身懲
創而不自振，視原之九死不悔，又何如也？彼揚雄屈節
於篡賊，班固失身於戚畹，皆原之罪人也，其論議予奪，
又奚足為輕重哉！嗚呼！孰若原者，吾願從之，垂蓉佩，
被荷衣，徜徉懸圃，以遨以嬉，俯視雄固之徒，奚啻醯
雞之紛飛邪？[61]

葉贄認為屈原懷瑾握瑜，志潔行廉，如果遭逢明主，一定大有
作為，然而先遇懷王，後遇襄王，窮困以終，這是為人臣者最
大的悲哀。而屈原在窮愁中所作的篇章，正是聖經的羽翼，決
不可以有失中庸目之。屈原與聖人相比也許等而下之，但像揚
雄、班固之徒，本身大節有虧，視屈原不啻霄壤。他們竟敢妄
加指點，混淆視聽，實三閭之罪人。觀葉贄身居高位，並非鬱
鬱失志者；還要負責經筵講習，對道學也應素養深厚。因此在
當時看來，他對《楚辭》的喜好就甚為古怪了。何喬新得知此
段爭執，發出了這樣的議論：

61　同註17，卷十三，頁 20b 至 21b。

> 崇禮潔廉好修，有契乎原之心，其詞瑰麗可喜，有得乎
> 《騷》之體，宜其於原慕之深也。雖然，原之作《離騷》，
> 豈慕不遇而死哉？時之不遇也。今天子盛明，屏讒佞，
> 進忠良。崇禮適際斯時，所遇非原比也。推潔廉之志而
> 弼成治化，以瑰麗之詞而歌詠太平，則與原殊跡而同心
> 也。崇禮勉乎哉！[62]

何喬新以為葉贄愛《騷》，是由於其人潔廉好修、文辭又瑰麗
可喜，近於屈騷之故。換言之，何喬新似也覺得愛《騷》是不
尋常的現象，於是替葉贄向衛道之士們打圓場：葉贄愛《騷》，
是由於其人其文的特點與屈原相近。因此值得諒解。依照這樣
的推論，縱然其人潔廉好修，若其辭不瑰麗可喜，則當直溯《六
經》，束《楚辭》而不讀可也。這種論調根本蒼白無力。其次，
何喬新認為屈騷為衰世之音；而當今天子聖明，屏讒佞，進忠
良，非戰國之世可比。葉贄自應以瑰麗之詞，鳴國家之盛。

　　上述三人之言，正好代表了明代前期三種不同的楚辭論。
「客」的意見純然由道學角度而發，直斥《楚辭》乃變風變雅
之末流，與六經有扞格，醇儒莊士或羞稱之。何喬新的意見近
於臺閣文人，委蛇於道學、詞章兩端。他們一方面對於《楚辭》
的瑰麗不無喜愛，另一方面又受道學跟政治的掣肘，強調文學
要鳴國家之盛，因此希望調和矛盾，以瑰麗之詞歌詠太平。至
於葉贄的意見，則是新興文學師古說者的心聲。成化年間，汪
直攬權，吏治腐敗。葉贄的言論，未必不是有感而發。當時正

---

62 同註17，卷十三，頁21b至22a。

直的士大夫們眼見朝政江河日下，文風疲弱，故思以藉屈騷的
哀婉瑰麗而振起之。然而由於政治的嚴峻、道學的獨盛，廣大
士人不敢暢所欲言，抑或對盛世依然存有幻想。何喬新視葉盛
為晚輩，二人同是臺閣中人。然因何氏受道學影響較深，對《楚
辭》的態度因此也就不及葉盛的正面了。老友葉贄之愛《騷》，
他要反覆為之開脫，在今天看來固然有些可笑，但卻可由此窺
見當時學術思想之沉寂保守。

五、結語

師古說興起於元代後期，明代建國後影響逐漸消退，直至
弘治以後方復蔚然大宗。《明史・文苑傳》云：

> 李夢陽、何景明倡言復古，文自西京、詩自中唐而下，
> 一切吐棄，操觚談藝之士翕然宗之。……李攀龍、王世
> 貞輩，文主秦漢，詩規盛唐。[63]

聲勢一時無兩。前後七子的師古說，不是產生於一夜之間。郭
紹虞已明確指出：元末楊維楨論文，師心、師古並重，前後七
子和公安派都是楊氏「鐵崖體」的變相。明太祖立國後，楊氏
的主張被宋濂的文道合一論取代；永樂以後，臺閣文風大行其
道，師古說進入了漫長的蟄伏期。然而在明代前期的一百四十
年間，師古說並非全然一潭死水。由於時局變易、學風移轉、
地域文化、個人經歷等各種原因，師古說不絕如縷，而以吳中

---

63 同註 5，頁 7307。

文士為主。七子出現之前,這些吳中文士的師古說雖然沒有在當世形成一種潮流,但已呈現出與臺閣文風不同的面貌,與七子的主張有一定的傳承關係。

入明以後,元代後期流行的師古、師心風氣雖然被宋濂的文道合一論所取代,但卻由於政治、文化等原因依然留存於吳中一帶,形成博學、尚趣的傳統。這個傳統影響到眾多的吳中文士。失志文人中,師古者或如桑悅引屈原為知己,或如祝允明藉論《楚辭》以抒憤;師心者或如沈周、文洪等著重於屈騷的雅趣,或如唐寅等罕言《楚辭》。不同的態度,是他們不同文學取向的結果。由於自身的文化傳統與廟堂文化的衝擊,在朝的吳中文士論文時一直抱有師古的傾向,這在他們的楚辭論上尤其明顯。從徐有貞對招魂的考索,到吳寬對〈九歌〉之名的質疑,都可看到明代考據學萌發的痕跡。而正德間王鏊的〈重刊王逸註楚辭序〉,極力推崇王逸《楚辭章句》的訓詁之功,強調其不可取代的價值,更宣告了朱熹《集註》獨尊局面的終結。

明代前期,徐有貞、吳寬、王鏊等人都擔任了吳中文學與臺閣文學之間溝通調和者的角色,但較早把師古說重新帶回廟堂的是常熟人吳訥。除環境因素外,吳訥對於師古說的繼承和提倡,也有個人因素。他本為醫者,並非由科舉入仕;雖然「於性理之奧多有發明」,卻不流為迂儒。吳氏《文章辨體》的出現,證實臺閣文風獨領風騷的永樂、宣德、正統年間,師古說非但沒有銷聲匿跡,且展現出頑強的生命力。《文章辨體》很大程度上受到元代祝堯《古賦辨體》的啟發,書中也時時引用

其言。這顯示元代後期的楚辭學在明代前期得到了一定程度的繼承。弘治以後,辨體之風方才興起,徐師曾本吳書而作《文體明辨》,此外又有黃佐(1490-1566)《六藝流別》、胡應麟《詩藪》、許學夷《詩源辨體》等作並行於世,然追本溯源,吳氏《文章辨體》於明代可謂嚆矢,於明代前期尤為特例。書中強調了《楚辭》對《詩》之六義的承襲,也指出《楚辭》幽憤感傷的情調是《詩》所沒有的。吳訥認為,賦體起源於《詩》,而成熟於《騷》。他將賦分為三類:詩人之賦、騷人之賦、詞人之賦。詩人之賦為《詩三百》中的運用「賦」法的段落,騷人之賦指屈原的作品,而詞人之賦乃是西漢以後司馬相如、揚雄、班固等人的文字遊戲。《騷》尚能得《詩》之精神,而詞人之賦則徒具《詩》的寫作手法而已。

　　元末至明正德間,師古說在吳中的發展軌跡是一條直線,而臺閣諸臣對此說的接受軌跡則是一條曲線。首先,宋濂的文道合一論取代了師古說。其次,三楊沖融演迤的臺閣文風淹沒了師古說。不過永樂以後,臺閣諸臣對於《楚辭》的正面態度是有跡可循的。宣德、正統間,一些臺閣文人已表現出對《楚辭》的喜好。如葉盛支持友人劉昌對《楚辭》的熱愛,又在《水東日記》轉錄了南宋高元之慷慨激昂的〈變離騷序〉,乃致後世誤認此序為葉作,這些情況都很值得注意。此外,部分臺閣文人更逐漸轉化為師古說者。成化間,工部郎中劉昌、刑部主事葉贄身為朝廷命官,卻獨愛屈騷。當他們遭到一些衛道之士的反對時,都毫不退縮地為屈原打抱不平,這在正統以前是不太可能發生的。葉、劉愛《騷》心切,乃至要將居停之處冠以

騷名，這在當時未必是一種風尚，卻顯示出臺閣中的有識之士對文學風氣不滿的態度。

明代前期百餘年間的吳中文士多主師古。他們或處江湖，如桑悅、沈周、祝允明等，或居廟堂，如吳訥、徐有貞、劉昌、葉盛、葉贄、王鏊等。臺閣文風從永樂之世發展到成化、弘治間，已成因襲冗濫之勢；而吳中文士與臺閣作家的主張最為不同之處，就是對《楚辭》的褒揚和模仿。吳中文士在一片雍容平正的風氣下甘冒不韙，推崇《楚辭》，這種情況在當時雖屬稀有，卻醞釀催生了七子波瀾壯闊的一頁。明代文學終於在正德後擺脫道學附庸的身分，崇尚格調、追摹秦漢的師古說從此成為文壇的主旋律，這與明代前期吳中文士的努力是分不開的。

第六章

明代楚辭學專著的出現（一）：桑悅及其《楚辭評》考論

一、引言

　　有學者指出，明代前期的楚辭學顯得比較沉寂，明代楚辭學繼武宋代而無可慚惡的那要到它的後期。[1] 就楚辭學專著而言，洪武至正德這一百四十年間，廣為流行的只有朱熹（1130-1200）《楚辭集註》。正德十三年（1518），黃省曾（1490-1540）重刊王逸（89-158）《楚辭章句》，這種局面才被打破。至於新的論著方面，著錄於書目者僅有宣德、正統間吳訥的《文章辨體》。不過，此書分文體為五十九類，楚辭僅統屬於「古賦類」；所論雖有獨到之處，卻遠遠稱不上楚辭學專著。姜亮夫《楚辭書目五種》所載明代楚辭學專著，最早的有周用《楚詞註略》及馮惟訥《楚辭旁註》。周書成於嘉靖二十七年（1548）以前；崔富章《楚辭書目五種續編》謂馮書初刻於正德十六年（1521）。而天啟之時，蔣之翹（1621？-1649）刊《七十二家評楚辭》，在〈自序〉中提及兩種從來不見於世的楚辭學著作：

---

1 易重廉：《中國楚辭學史》（長沙：湖南出版社，1991年初版），頁367。

> 參古今名家評，暨家傳李長吉、桑民懌未刻本，裁以臆
> 說，謀諸剞劂氏。[2]

李長吉乃唐人李賀（790-816），而桑民懌即成化、弘治間的桑
悅（1447-1503）。相比之下，桑悅於弘治十六年（1503）去世，
則其未刻本的成書年代必早於馮、周二書。據筆者檢核所得，
桑悅此書實乃可考最早的明人楚辭學專著，也是明代正德以前
唯一的楚辭學新著。其確切名稱已難考知，為便行文，姑名之
為《楚辭評》（說見本章第五節）。今據北京中國科學院圖書
館藏天啟六年（1626）忠雅堂刊《七十二家評楚辭》，共得桑
悅評論二十五條，[3] 此即《楚辭評》遺說之可考者。

桑悅《楚辭評》自明末以來，並無書目著錄。其書今亦不
見，殆已亡佚。故《續修四庫全書總目提要》謂《七十二家評
楚辭》「徵引各書，如桑民懌、焦弱侯諸家之作，後世流傳頗
罕，則其纂輯之功，尤不可沒」。[4] 作為可考最早的明代楚辭學
專著，《楚辭評》有其不容抹殺的價值。永樂以後的百年間，
在時局變易、學風移轉、地域文化、個人經歷等各種因素的影
響下，臺閣文風逐漸受到挑戰。這些異議者以吳中文士為主，
他們視七子有篳路藍縷之功。桑悅原籍常熟，名列吳中文士之

2　〔明〕蔣之翹：《七十二家評楚辭·自序》。

3　按：《七十二家評楚辭》一書，筆者已檢核者有北京中國科學院藏本（簡稱
中科院本）、上海圖書館藏善本（簡稱上圖甲本）、上海圖書館藏普通本（簡
稱上圖乙本）。取三本比勘之，各得桑評二十五條，文字差異甚微。現據中
科院本，於附表二詳列其內容。

4　中國科學院圖書館整理：《續修四庫全書總目提要（稿本）》（濟南：齊魯
書社，1996 年初版），第 19 冊，頁 696。

林。袁震宇、劉明今《明代文學批評史》即將桑氏定位為師古說的先驅者。[5] 桑悅自恃才高，卻長期沉淪下僚，抑鬱不得志，故其文學思想與臺閣文風尤相逕庭。有關屈騷的論述構成了桑悅文學思想的重要部分。就楚辭學本身來說，《楚辭評》的面世顯示當時的學者對《楚辭》的研究不再局限於義理的闡發，而更傾向於詞章的鑑賞及內容的考訂。就文學、乃至學術的發展演變來說，《楚辭評》恣肆的風格更展露了成化、弘治間臺閣文風衰熄、道學僵化的實況。因此，對這部佚書的作者與內容作一全面性的考述是必要的。

二、桑悅的生平及著作

（一）生平考略

桑悅，字民懌，號思玄居士，別號鶴溪道人，太倉人，祖籍常熟。錢謙益（1582-1664）《列朝詩集小傳》謂其敢為大言，銓次古人，以孟軻自況。為諸生時謁部使者，書刺曰「江南才子」，使者大駭，延之校書，預刊落以試。悅校至不屬，即索筆請書足，使者乃禮敬焉。[6] 年十九，領成化元年（1465）鄉薦，成舉人。其後三次參加會試，皆不第。廖道南（?-1547）《殿閣詞林記》謂桑悅會試時，作〈學以至乎聖人之道論〉，有「我去而夫子來」等語，為大學士丘濬（1421-1495）所黜。又因策

---

5 見袁震宇、劉明今：《明代文學批評史》（上海：上海古籍出版社，1991年初版），頁137至138。

6 〔清〕錢謙益：《列朝詩集小傳》（北京：中華書局，1961年初版），頁284。

有「胸中有長劍，一日幾回磨」等語，為簡討吳希賢（1464 年進士）所黜。[7] 成化八年（1472）得乙榜，年二十六，籍誤以二為六，以新例不許再試。桑悅自往申辯，考官因忌其狂，不予改正。遂按例選授江西泰和訓導，得門生徐威等人。十五年（1479），〈兩都賦〉成，晉呈御覽。[8] 十六年（1480），受楚藩聘典試。十九年（1483），知雲南貢舉。[9] 弘治三年（1490），升長沙通判，專以催科為任，無績。弘治六年（1493），調柳州通判。[10] 弘治十年（1497），以父喪歸，遂不出。褐衣楚製，往來郡邑間。[11] 十三年（1500），與太倉知州李端合修《太倉州志》。十六年（1503）卒於家，年五十七。[12]

---

7 〔明〕廖道南：《殿閣詞林記》（臺北：臺灣商務印書館影印文淵閣四庫全書，1983 年初版）卷十四，頁 10a。

8 按：桑悅〈兩都賦〉所附上奏，題「成化十有五年二月一日江西吉安府泰和縣儒學訓導臣桑悅百拜書於乾坤一寄樓中」。見《思玄集》（臺南：莊嚴文化事業有限公司影印萬曆二年〔1674〕桑大協活字刊本，1997 年初版），頁 117。

9 按：〔明〕桑悅〈吊賈太傅文序〉：「成化庚子，楚藩聘予典文衡。……又三年，知滇南貢舉。」（同註 8，頁 34。）庚子即成化十六年。

10 按：〔明〕桑悅〈庸言引〉：「由西昌□擢倅長沙，專以催科為職業。」（同註 8，頁 26。）〈鶴溪府君泣血誌〉：「……秩滿，始擢長沙通判。不三載，又調柳州。」（同註 8，頁 81。）〈和朱文公詩序〉：「今年春，決於告歸，既而果以罷，□調柳。」（同註 8，頁 138。）〈和朱文公詩序〉題於「弘治癸丑三月望」，即弘治六年，桑悅調柳即在此年。由此上推三載至弘治三年，即其始任長沙通判之年。

11 同註 6，頁 285。

12 按：《明史》謂桑悅「父喪歸，遂不出」。考桑悅〈鶴溪府君泣血誌〉謂其父桑琳「卒於弘治丁巳五月廿有六日」，丁巳即弘治十年，桑悅自柳州辭官，當在此年。（同註 8，頁 81。）乾隆《柳州府志》之〈秩官〉謂桑悅於正德間任通判，誤。見〔清〕王錦修、吳光昇纂：《柳州府志》（海口：海南出版社影印乾隆二十五年〔1750〕刊本，2000 年初版），頁 153。

丘濬雖黜桑悅，然亦重其才。據王世貞《藝苑卮言》所記：

> 時丘濬為尚書，慕悅名，召令具賓主。已出己文令觀，紿曰某先輩誤。悅心知之，曰：「公謂悅為逐穢也耶？奈何得若文而令悅觀？」濬曰：「生試更為之。」歸誤以奏，濬稱善。已令進他文，濬未嘗不稱善也。悅名在乙榜，請謝不為官，俟後試，而時竟以悅狂，抑弗許。調邑博士。悅為博士踰歲，而按察視學者別丘濬。濬曰：「吾故人桑悅，幸無以屬吏視也。」[13]

桑悅竟當面斥丘濬之文為「穢」，頗有孟子「說大人則藐之」的風度。而丘濬不以為忤，依然獎掖有加。其後，大學士李東陽（1447-1516）對於桑悅的坎壈失志也甚為憐惜，嘗贈詩云：

> 十年三度試春闈，親見聲華滿帝畿。甲第久慚唐李郃，奇才終誤宋劉幾。功名歲晚非蓬鬢，湖海官貧尚布衣。試看孤鷹下林落，壯心還向碧天飛。[14]

桑悅終生潦倒，早年奔忙於科舉考試，其詩道：

> 連年遠行役，心死精力疲。……欲求升斗祿，活此老少飢。苦無辟穀術，可免塵網羈。[15]

可謂真實生活的寫照。錢謙益謂桑悅晚年居家益任誕，又曰：

---

13 〔明〕王世貞：《藝苑卮言》，載《弇州四部稿》（臺北：臺灣商務印書館影印文淵閣四庫全書，1983 年初版）卷一四九，頁 5a 至 5b。

14 〔明〕李東陽：〈送桑民懌訓導〉，《懷麓堂集》（臺北：臺灣商務印書館影印文淵閣四庫全書，1983 年初版）卷十二，頁 16b。

15 〔明〕桑悅：〈會試感懷〉，同註 8，頁 127。

> 吳郡闔起山秀卿，作《二科志》，以民懌首列狂簡，曰：
> 「狂者未嘗無人，至如民懌，可與進取者也。」余少嘗
> 著論，以秀卿為深知民懌云。[16]

比觀李東陽詩所云「壯心還向碧天飛」，可知桑悅仕途雖然不順，而進取之心猶在，與祝允明（1460-1526）、唐寅（1470-1524）等科舉不售、仕途不順而率性放浪的行徑不同。這與他學本孔孟、推崇儒家的思想態度有很大的關係。

（二）著作考略

楊循吉（1456-1544）為桑悅作墓誌銘，曾提及桑悅生前著述的情況：

> 凡為集十卷。既而力探群經，求聖人之道，自《易》、
> 《春秋》、《周禮》，皆有義釋，又數十卷，合二家總
> 二十餘萬言。[17]

計宗道〈思玄集序〉則云：

> 凡所著作甚富。晚年厭其浮於理者，刪去不少。如《易》
> 《春秋》《周禮》與夫子史，多所發明成卷。惜乎伯道
> 無兒，身後散逸無幾，此尤不幸也。[18]

綜合兩家之說，可知桑悅生前著述甚富，於經、史、子部之書多所發明。然因其子桑阜早卒，致使遺著乏人保存整理，頗有散亡。楊氏謂「又數十卷，合二家總二十餘萬言」所指何書，

---

16 同註6，頁285。

17 〔明〕楊循吉：〈明故思玄先生柳州府通判桑公墓誌銘〉，同註8，頁2。

18 〔明〕計宗道：〈思玄集序〉，同註8，頁1。

語焉未詳。而別集方面，楊循吉謂桑悅生前便有文集十卷；去世後，計宗道整理遺稿，訂為十六卷，額曰《思玄集》。

《太倉州志》著錄有《易鈔》、《春秋集傳》（下註「五十卷」）、《周禮義釋》（下註「悅自序」）三書，且案云：「鰲志復載《易、春秋、周禮義釋》，似重出，今刪。」[19] 可見舊志（鰲志）以桑悅於《易》有《易鈔》及《周易義釋》，於《春秋》有《春秋集傳》及《春秋義釋》，於《周禮》有《周禮義釋》，而新志則以為《周易義釋》即《易鈔》，《春秋義釋》即《春秋集傳》，並非二書。今查計宗道所編十六卷本《思玄集》，卷一有〈易抄敍錄〉、〈周官總論〉，卷五有〈春秋集傳序〉。比而觀之，新志之說殆是，蓋〈易抄敍錄〉（內含引言、〈先天圖〉、〈後天圖〉、〈先天橫圖員圖方圖〉及〈易抄〉七則）即新志所謂《易鈔》之全書，〈周官總論〉乃新志所謂《周禮義釋》之自序，而《周禮義釋》、《春秋集傳》今已不存。楊循吉言「自《易》、《春秋》、《周禮》，皆有義釋」，只是行文簡便，而鰲志遂誤以《周易義釋》、《春秋義釋》之名著錄。《周禮義釋》之遺說，清初朱彝尊（1629-1709）《經義考》錄有四條。

錢謙益《列朝詩集小傳》云：

> 民懌在燕市，見高麗使者市本朝兩都賦無有，心竊恥之，作〈兩都賦〉。慕阮公〈詠懷〉，作〈感懷〉五十四首。

---

19 王祖畬等纂：《太倉州志》（臺北：成文出版社據 1919 年刊本影印，1975 年初版），頁 1792 至 1793。

居長沙，著《庸言》，自以為窮究天人之際，非儒者所
知也。[20]

〈兩都賦〉、〈感懷〉五十四首、《庸言》悉收入《思玄集》
十六卷本。十六卷本由計宗道初刊於弘治十八年（1505）。萬
曆二年（1574），桑大協以活字重刊此本，有李梲恊後序，《四
庫全書存目叢書》即據此本影印。其後尚有萬曆四十四年（1616）
翁憲祥刻本、雍正四年（1716）謝浦泰鈔本。諸本或題作「桑
悅著，徐威註」。參《列朝詩集小傳》：「成化中，桑民懌分
教泰和，廣威〔文〕受業門下，取其古賦字棘喙不能句者，為
之疏通箋註。」[21] 可知其概。《庸言》全書一卷，後世或題為
《桑子庸言》、《思玄庸言》。除《思玄集》本外，又有《百
陵學山》本、《學海類編》本，《叢書集成初編》、《百部叢
書集成》、《續百子全書》、《四庫全書存目叢書補編》皆收
錄；然內容視《思玄集》本有所刪削，並非足本。

《太倉州志》十一卷，《明史·藝文志》有著錄。[22] 此書
乃桑悅與太倉知州李端於弘治十三年合修，後於宣統元年
（1909）重印。北京圖書館編《日本藏中國罕見地方志叢刊續
編》收有宣統版之影印本。書中多有桑悅按語。

---

20 同註6，頁285。按：桑悅〈兩都賦〉所附上奏題於成化十五年（1479），
又謂：「成化乙酉，鄉薦屬舉進士之京，每見安南、朝鮮進貢陪臣尋買本
朝兩都賦，市無以應……去年春……訓課之暇，頗有長晷，因憶舊聞，衍
成二篇。」（同註8，頁117。）則〈兩都賦〉實作於成化十四年（1480），
距成化元年乙酉（1465）春闈已十五年。知桑悅〈兩都賦〉作於泰和，而
非北京。錢謙益誤記。

21 同註6，頁285。

22 〔清〕張廷玉主編：《明史》（北京：中華書局，1997年版），頁2407。

《蒼梧府志》若干卷，乃桑悅受託修纂，「博采州縣古今事實，相與商確校定」。書今不見，《思玄集》卷五錄有〈重脩蒼梧府志序〉。

復次，臺北成文出版社所編《中國方略叢書》收有《金文靖公北征錄》，出版頁題為桑悅著。桑悅序曰：「金文靖公……作《北征前後錄》，舒城秦公（按：即秦民悅）既有自為之序，以引其端，復命予伸之以言。」[23] 可知《北征錄》實際上乃永樂時名臣金幼孜（1368-1431）所著，桑悅只是作序者而已。

至於本章所討論《楚辭評》的內容，最早見錄於蔣之翹《七十二家評楚辭》，稍後沈雲翔《楚辭評林》（即《八十四家評楚辭》）、周拱辰《離騷草木史》亦有迻錄。桑悅生前是否刊印過自己的著作，現已難知其詳。觀計宗道之序作於弘治十八年，距離桑悅去世僅僅兩年，卻已嘆息其著作「散逸無幾」，蓋皆未付梓之故。《楚辭評》未刻本為蔣家所得，珍藏數世，可謂幸甚。

三、桑悅文學思想概述

晚明以後，學者對於桑悅的為人和作品有不少非議。如胡應麟（1551-1602）云：「民懌高自矜詡，其詩體格卑弱，可謂大而無當。」[24] 四庫館臣曰：「所作〈兩都賦〉，有名於時。

---

23 〔明〕桑悅：〈北征錄序〉，〔明〕金幼孜：《金文靖公北征錄》（臺北：成文出版社影印本，1968 年初版），頁 2。

24 〔明〕胡應麟：《詩藪・續編》（臺南：莊嚴文化事業有限公司影印明刻本，1997 年初版），頁 61。朱彝尊《明詩綜》亦引此說，見〔清〕朱彝尊：

然去班固、張衡,實不可道里計。」[25] 胡應麟為後七子羽翼,批評桑悅時不免帶有門戶之見。清人治學,力矯明人浮淺,故卑視桑悅,亦屬自然。而清末陳田《明詩紀事》之論則較為持平:「第其所作利鈍雜陳,妄自矜詡,宜為前人詆訶。」[26] 成化、弘治間,正是臺閣文風衰退、七子師古說興起的時代。桑悅仕途多舛,故論文更異於主流。作為師古說的先驅,桑悅不遺餘力地批評文尚歐曾、詩宗王孟的臺閣文風,並創作奇崛古奧之文以圖矯正。然桑悅居師古風氣之初,創作仍帶有嘗試性質,何況創作水平與鑑賞能力之間本來就不一定有必然關聯,故其作品不免「利鈍雜陳」。加上桑悅矜誕簡傲的個性、好為大言的風格,受到後人的詆訶在所難免。不過,與桑悅同時之人皆重其文而不以人廢言,可見他提倡的師古說在當時得到廣泛支持,支持者甚至包括丘濬、李東陽等臺閣中人。故此,本節試由《思玄集》及《庸言》中探就桑悅的論文之語,先分三目論述其文學思想,再專目評析其楚辭論的特色。

(一)文的起源與功用

李楨恊稱桑悅「以孟軻自況,原、遷以下弗論也」,[27] 似能反映其文學好尚,其實不盡然。計宗道引桑氏之語曰:「屬

《明詩綜》(臺北:臺灣商務印書館影印文淵閣四庫全書,1983 年初版)卷二十四,頁 1a。

25 〔清〕永瑢主編:《四庫全書總目》(北京:中華書局,1965 年影印初版),頁 1560。

26 〔清〕陳田:《明詩紀事》(上海:上海古籍出版社,1993 年初版),頁 997。

27 〔明〕李楨恊:〈思玄集後序〉,同註 8,頁 192。

辭須宗屈宋班焉〔馬〕，造□宜祖周程張朱。」[28] 可見桑悅將義理與詞章之學分得很清楚。所謂「祖周程張朱」，與「以孟軻自況」一樣，是表明自己歸本於儒學的立場。與明初宋濂一樣，桑悅認為文、道二者是合一的：

> 文者道之英。古人體道於身，而宣之於文，非徒文也。然所謂文者，自動作、威儀，以至發之於功名、事業，皆是也。曰詞章也者，特文之一事耳。是故見其人不見其文，可也。見其文不見其人，不可也。如孔子之六經，孟子之七篇，皆世不我用，暮景迺成。故遊孔子之門者，不求孔子於六經。遊孟子之門者，不求孟子於七篇。[29]

他提出：除詞章以外，動作、威儀、功名、事業，都是「體道於身」而產生的英華，皆可納入「文」的範疇。孔子晚年定六經、孟子晚年著七篇，只是將所體之道以詞章的形式呈現出來而已。

　　不過，桑悅以為詞章縱非體察聖道最直接的途徑，其功用也非常大：

28　〔明〕計宗道：〈思玄集序〉，同註 8，頁 1。按：原書此處有破損，造字後一字無從辨認。

29　〔明〕桑悅：〈儆庵稿序〉，同註 8，頁 50。按：宋濂〈朱葵山文集序〉可資比對：「文不貴能言，而貴於不能不言。日月之昭然，星辰之煒然，非故為是明也，不能不明也。江河之流，草木之茂，非欲其流且茂也，不能不流且茂也。此天地之至文，所以不可及也。為聖賢亦然，三代之《書》、《詩》，四聖人之《易》、孔子之《春秋》，曷求其為文哉？道充於中，事觸於外，而形乎言，不能不成文爾。故四經之文，垂百世而無謬，天下則而準之。」見《文憲集》（臺北：臺灣商務印書館影印文淵閣四庫全書，1983 年初版），頁 363。

> 吾詩根於太極，天以高之，地以下之，山以峙之，水以
> 流之，庶物以飛潛動植之，日月宣其明，雷霆發其震，
> 雨露播其潤澤，散之則元氣流行，收之於心，發之於言，
> 被之管絃，則可以感天地、動鬼神，詩之功用大矣哉！
> 乾坤毀，日月息，詩迺收聲，復歸太極，功用始隱。後
> 世詩莫盛於唐，若李、杜大家，脈傷月露，搜盡珠璣，
> 果知是理否耶？故曰：刪後無詩。[30]

詞章既然是道之英，根於太極，自然可以「感天地、動鬼神」。
對於《三百篇》以後的詩，桑悅似乎都不滿意；連李白、杜甫，
他也認為只是「脈傷月露、搜盡珠璣」，耽於遣詞造句，語不
驚人死不休，對於詩的功用並沒有確切的認知。這種「刪後無
詩」的觀點，正可謂前後七子的前鋒；然而不同的是，桑悅的
觀點主要源自對儒家的推崇，而七子的尚古則大率是著眼於詞
章的古雅了。

（二）反對臺閣體

　　桑悅關於詩之功用的議論，朱彝尊批評其「大而夸狂，幾
於悖矣」。[31] 桑悅「刪後無詩」之說，主要是針對當時江河日
下的臺閣文風而發。《列朝詩集小傳》記載，有人以當世翰林
文章問桑悅，答曰：「虛無人，舉天下惟悅，其次祝允明，其
次羅玘。」[32] 袁震宇、劉明今解讀桑悅這番話道：桑悅認為當

30　〔明〕桑悅：《庸言》，同註8，卷二，頁27。
31　〔清〕朱彝尊：《明詩綜》卷二十四，頁 1b。
32　同註6，頁 284。

時的「翰林文章」，即臺閣體，不足一道，只有他自己與祝允明、羅玘的奇古文才值得稱揚。話雖說得太狂妄，但當時「學士丘濬重其文」，「鄉人莫不重其文」，可見尚古的風氣已漸漸地形成了。[33]

　　舉例來說，桑悦對明初高棅（1350-1423）的《唐詩品彙》的批評，就能體現他對臺閣文風的不滿：

> 唐人好吟詠，傳凡三百餘家，真有盛中晚之殊，唐業隨之可考也。楊仲弘等所選俱得其柔熟之一體，唐人詩技要不止此。國朝閩人高廷禮有《唐詩品彙》五千餘首，……要亦仲弘之見。是詩盛行，學者終身鑽研，吐語相協，不過得唐人之一支耳。欲為全唐者當於三百家全集觀之。[34]

《唐詩品彙》以初、盛、中、晚來替唐詩分期，分編定目則有正始、正宗、大家、名家、羽翼、接武、正變、餘響、旁流之殊。由於此書與元代楊士弘《唐音》一樣，得唐詩中「柔熟」一體，合乎臺閣文章的情調，故終明一代臺閣宗之。不過，桑悦卻相信文章與時高下，不同時代的文學作品有不同的風貌。唐詩既有初盛中晚之分，要洞察唐人風貌，唯有遍讀三百家集。若讀楊士弘、高棅之書，僅嚐一臠，難知唐人全味。在這裡，桑悦明顯對臺閣體提出了異議。

---

33 同註5，頁137。

34 〔明〕桑悦：〈唐詩品彙後序〉，載〔明〕黃宗羲：《明文海》（臺北：臺灣商務印書館影印文淵閣四庫全書，1983年初版）卷二一二，頁25b至26a。

（三）詩以運意為宗

　　桑悅雖然主張師古，但其師古說的內容遠沒有七子「文必秦漢、詩必盛唐」那樣拘泥。因為他好為偏激之大言，故其「刪後無詩」之論，除了從詩之功用的角度來分析外，我們不宜作過度的解讀。正如前賢所言，兩漢賦家皆通小學。以「棘喙」的〈兩都賦〉觀之，桑悅對於小學自亦有所究心。加上他說「屬辭須宗屈宋班馬」，可知其主張文學創作從辭賦入手。進而言之，桑悅非常強調作品的「運意」，這從其〈唐詩分類精選後序〉中可以得知：

> 古人之詩，運意而已。辭略點綴而意自明，往往餘意出於句字之外。……〈離騷〉之作，比興略備，真有《三百篇》遺意。蓋原之詞本為憂國畏讒、鬱抑不平而作，又安得不馳騖於變風雅之末流哉？如〈九歌〉「心不同兮媒勞，交〔恩〕不甚兮輕絕」最為善語。而使原當文武之世，茲言何為而發？就使文武之世之詩人當原之世，「吁嗟騶虞」、「人之好我，示我周行」等語，又豈可鑿空而妄出哉？風雅變中之變，又不可專委之人也。降至魏晉，亂日多而治日少，則能詩如曹子建、阮嗣宗、張茂先、陶淵明輩將何所飲以發和平之音耶？大抵《三百篇》以後，取其詩之上薄風雅，當味其意之深淺何如，不可專論其辭之平不平也。[35]

從這段文字中，我們可以歸結三點：

---

35 〔明〕桑悅：〈唐詩分類精選後序〉，同註8，頁46。

一、桑悅雖喜愛華麗的詞藻，但卻將之繫於「意」之下。換言之，詞藻只是「意」的輔佐。（所謂「辭略點綴而意自明」，正可和《庸言》對李杜「脈傷月露、搜盡珠璣」的批評對看。）

二、世運關乎文章。文武之時有〈騶虞〉〈鹿鳴〉等盛世之音，懷襄之際有〈離騷〉〈九歌〉等衰世之音。無論《三百篇》還是《楚辭》，都能反映世道，並非「鑿空而妄出」。因此，《楚辭》雖為《三百篇》之苗裔，居變風變雅之末流，其聲價卻依然光耀乾坤。

三、屈原、曹植、阮籍、張華、陶潛等詩人，身處亂世，作品自然有不平之氣。若身處亂世而故為和平之音，無疑是矯柔作態。因此，「味意之深淺」才是論詩者之首要。

正統以後，朝政日壞。而臺閣作家仍繼續作其春容演迤的頌聖之語，這不僅不侔於世況，且顯得非常虛偽。袁震宇、劉明今指出：「當時臺閣作家一味倡導雍容和平之聲，桑悅此論唱的正是反調。」[36] 可見桑悅強調「運意」，強調「味意之深淺」而不「專論其辭平不平」，也是針對臺閣文風而發。

（四）從《思玄集》看桑悅的楚辭論

朱熹對於屈原、《楚辭》的態度是有褒有貶的。朱學獨尊後，明代統治階層為了操控思想，對於屈原的評價遂傾向於貶斥的一面。這種評價在明代前期的學者間十分常見。綜覽此時

---

36 同註5，頁139。

的別集，很少人像桑悅那樣敬慕屈原，並選擇楚騷作為創作的
題材。即使選擇模擬楚騷，也與屈作的思想內容有差異。如王
褘（1421-1495）〈招遊子辭序〉、胡儼（1361-1443）〈叢菊賦〉、
周敘（1392-1450）〈吊屈三閭賈長沙詞序〉皆以為屈原雖是忠
臣志士，卻不善處窮，未達於中庸之道，純粹站在儒家的立場
來評論屈原。至於桑悅對於屈騷的態度，卻與王褘、胡儼、周
敘等臺閣文臣頗為不同；他明確提出「屬辭須宗屈宋班馬」的
主張，以屈原為詞章之祖。成化十六年，桑悅尚在江西泰和任
教諭，楚藩聘其前往武昌典鄉試。於是桑悅沿途採集芳草，又
作〈吊屈原文〉。這無疑是桑悅曾通過創作來實踐自己的文學
思想的例證。全文氣格高婉，有楚騷遺意。其序云：「長沙之
汨羅去此頗遠，然公之魂於楚，無乎不在。」[37] 正文復申言道：
「餘此心之不朽兮，與元氣而頡頏。」[38] 可見桑悅清楚了解，
屈原精神與文章對後世產生的影響。進而言之，他又把屈原比
擬為儒家尊崇的伯夷、叔齊：

> 難先生之一死兮，配夷齊而有耿光。……予為先生之易
> 兮，與巢許而同藏。[39]

將屈原懷沙沉江與夷齊餓死首陽山相提並論，認為二者之高
潔，無有差別。此外，他指出沉江是一個困難的決定，是屈原
深思熟慮後的結果。像巢父、許由那樣獨善其身的做法，則相
對容易得多。班固（32-92）、顏之推（531-591）、朱熹以至明

---

37 見〔明〕桑悅：〈吊屈原文〉，同註8，頁32。
38 同註8，頁33。
39 同註8，頁34。

代前期臺閣諸臣，一直批評屈原不善處窮，忠而過、過於忠，失於中道。桑悅之言，可謂是一番有力的反駁。

　　前引〈唐詩分類精選後序〉之語，於《楚辭》亦頗有涉及。臺閣作家談及屈騷，一向限於輕描淡寫。桑悅主張詩以運意為宗，不可專論辭之平與不平，故特別推崇《楚辭》這富有深意的衰世之音，這在楚辭學沉寂的明代前期無疑是一番驚人之語。他十分看重《楚辭》的價值，嘗云：「〈風〉〈雅〉徽音絕，〈騷經〉何表表！」[40] 認為《詩》亡之後，《楚辭》最得其遺意。正如前引〈唐詩分類後序〉所說：「大抵《三百篇》以後，取其詩之上薄風雅。」他又說：

> 《史記》馬遷憤，〈離騷〉正則悲。景仰無極篇，能知造化機。[41]

《庸言》稱「詩根於太極」，能「感天地、動鬼神」。而這裡把屈原的文章譽為「無極篇」，可見《楚辭》符合桑悅「詩」的標準。此外，他將屈原與司馬遷（146？-86？B.C.）並提，顯然本於〈太史公自序〉之言，相信發憤著書的理念。[42]

40　〔明〕桑悅：〈調柳將辭郡和罷官夜飲山月軒分韻得主字韻‧其三〉，同註8，頁142。

41　〔明〕桑悅：〈和齋居感興詩二十首‧其五〉，同註8，頁144。

42　按：〈九章‧惜誦〉云：「發憤以杼情。」（見〔漢〕王逸章句、〔宋〕洪興祖補註：《楚辭補註》〔北京：中華書局，2002年重印修訂本〕，頁121。）〈太史公自序〉云：「昔西伯拘羑里，演《周易》；孔子厄陳蔡，作《春秋》；屈原放逐，著《離騷》；左丘失明，厥有《國語》；孫子臏腳，而論兵法；不韋遷蜀，世傳《呂覽》；韓非囚秦，〈說難〉〈孤憤〉；《詩》三百篇，大抵賢聖發憤之所為作也。」（見〔漢〕司馬遷：《史記》〔北京：中華書局，1997年版〕，頁3300。）

　　桑悅對於《楚辭》的推崇，不僅源於理性的思考，更出自感性的喜好。他繼承了前人飲酒讀《騷》的傳統。如〈梅花五首·其四〉云：

　　一春清福想難消，日對梅花看《楚騷》。小竹有香聞永晝，澹粧無語伴清宵。因悲世俗思輕舉，獨蛻塵緣似太高。欲弔幽魂何處是？湘江雲冷路迢迢。[43]

而〈至澧州〉則曰：

　　入夜吹山風滿座，當年照郢月臨窗。何時可化靈均怨，閒把〈騷經〉近酒缸。[44]

不過，他在飲酒讀《騷》的同時，又「悲世俗」，欲「弔幽魂」，還希望以酒來化解靈均之怨，可見其心情並不平靜。他任職長沙通判，在楚地山川的環抱之中，卻依然感受到屈原的身後寂寞：

　　靈脩溺爭援，龍棹涉江始。云胡百代下，各載薜荔鬼？
　　汨羅廟寂寂，血食半虛詭。流俗諭難明，高賢沒猶圮。[45]

以屈原之高賢，其生前既不見信，死後祭祀又有何用？故曰「血食半虛詭」。更何況這祭祀也只是虛應故事，未必發自祭祀者的真情，故汨羅之廟平時也只寂寂無聲。任屈原如何賢明，卻與那些方命圮族同腐，豈非恨事？因此，他甚至痛惜地斥責屈原不智，不懂得與世推移：

43　〔明〕桑悅：〈梅花五首·其四〉，同註8，頁172。

44　〔明〕桑悅：〈至澧州〉，同註8，頁174。

45　〔明〕桑悅：〈調柳將辭郡和罷官夜飲山月軒分韻得主字韻·其八〉，同註8，頁142。

> 異哉屈子不曉事，不能啜、糟與醨。入水見怨不見水，
> 遂令沅湘日夜聲恨無窮期。[46]

當然，如此責備的背後卻蘊藏著對屈原的無限同情。

實際上，桑悅喜好楚騷，主要是由於自己坎坷不平的仕途。如〈調柳將辭郡和罷官夜飲山月軒分韻得主字韻・其四〉吟詠賈誼曰：「薄宦亦長沙，喜見廟貌設。治世獨憂惶，迂疏踵遺轍。」[47] 而〈吊賈太傅文〉則寫道：

> 遭聖明而獨詘兮，胡今古之同科？謇人生之窮達兮，直
> 寒暑之經過。[48]

其後，桑悅從長沙調任柳州，又作詩云：

> 少年曾讀東坡論，自謂先生負漢家。今日飄零江海上，
> 較文南詔過長沙。[49]

桑悅憐賈誼（220-168B.C.）「治世獨憂惶」、「遭聖明而獨詘」，又謂此事「今古同科」，恐自己「迂疏踵遺轍」，甚至認為自己飄零廣西（南詔）的遭遇比賈誼更為坎坷，於是以古人之酒杯澆一己之壘塊。不過，桑悅雖也像同鄉祝允明、唐寅那樣屢次落第、傲誕不羈，卻並沒有囿於個人的悲愁而終生，或故作逍遙物外的態度，或以醇酒美婦來麻醉自己。他自我安慰說「謇

---

46 〔明〕桑悅：〈醉時歌〉，同註8，頁156。
47 〔明〕桑悅：〈調柳將辭郡和罷官夜飲山月軒分韻得主字韻・其四〉，同
　　註8，頁142。
48 〔明〕桑悅：〈吊賈太傅文〉，同註8，頁34。
49 〔明〕桑悅：〈過賈太傅祠〉，同註8，頁182。

人生之窮達兮，直寒暑之經過」，整體心態還是比較樂觀的。
這再次證明，錢謙益稱桑悅為「可與進取者」，實乃知言。

四、《楚辭評》的流傳、真偽與成書年代

（一）《楚辭評》的流傳

　　《楚辭評》向未付梓，故知者甚鮮，明清以來的書目皆無
著錄。蔣之翹天啟間編纂《七十二家評楚辭》，於〈自序〉中
提及此書，而正文各篇的眉批和總評部分共收錄了桑評二十五
條。由蔣序可知：所藏《楚辭評》既乃「未刻本」，若非稿本，
亦為鈔本。加上此書係蔣氏家傳秘藏，其不顯於世，可想而知。
明代中葉以後，出版了大量楚辭學集評的著作，一些早於《七
十二家評楚辭》面世的著作皆不載桑評，[50] 益可印證《楚辭評》
之深藏若虛；換言之，《七十二家評楚辭》於天啟六年出版前，
《楚辭評》的內容一直未有刊印。直至崇禎十年（1637），沈
雲翔在蔣書的基礎上編印《八十四家評楚辭》。查上海圖書館
所藏聽雨齋刊本，知其所載桑評悉自蔣書迻錄（參附錄二）。
清初周拱辰《離騷草木史》引用桑評一條，亦顯由蔣、沈之書
過錄。此後三百年間，再無治騷者徵引桑評。據《嘉興府志‧
秀水文苑》記載，蔣之翹於明末避盜村居，收羅名人遺集數十

---

50 按：如陳深《屈子品節》、《批點本楚辭集評》，馮紹祖《觀妙齋楚辭集
　　評》、張鳳翼《離騷合纂》、林兆珂《楚辭述註》、陳仁錫《屈子奇賞》、
　　陸時雍《楚辭疏》、毛晉《屈子‧楚辭集評》等皆然。

種，選有《甲申前後集》。[51] 可知蔣氏卒於清初。蓋《楚辭評》一書於蔣之翹去世後遂告亡佚。

復觀蔣之翹〈自序〉，所提及的尚有「李長吉未刻本」一種。楊鍾基〈李賀「楚辭評註」探佚辨證〉一文嘗論此書之真偽，其所據的本子有三種，皆藏於日本京都大學：

一、蔣之翹忠雅堂《七十二家評楚辭》；

二、日本享保九年（1724）尾平兵衛及文臺屋治郎兵衛所刊《楚辭》八卷、《後語》六卷、《辨證》二卷（收有八十四家系統之評語）；

三、沈雲翔聽雨齋《八十四家評楚辭》。

以李賀評語比勘之，三本所輯錄的內容頗有出入。故楊氏認為：「若蔣氏此一『家傳未刻本』秘不示人，則其後之沈雲翔等人自亦無從增補李賀評語。可見蔣之翹此一『家傳未刻本』曾於明清之際一度流傳。」[52] 筆者並不同意這個推論。據楊氏所言，桑悅批駁柳宗元（773-819）一條（按：見下目引），唯見於沈雲翔《八十四家評楚辭》；[53] 然筆者所見北京中國科學院本、上海圖書館甲、乙本《七十二家評楚辭》皆有此語。則京都大學所藏蔣書與中科院、上圖藏本之內容已有出入。實際

---

51 見〔清〕吳仰賢纂、許瑤光修：《嘉興府志‧秀水文苑》（臺北：成文出版社影印光緒五年〔1879〕刊本，1970 年初版），頁 1457。按：桑悅引李賀語，見註 54；批駁柳宗元之語，見註 55。

52 見楊鍾基：〈李賀「楚辭評註」探佚辨證〉，《中國文化研究所學報》第 18 卷（香港：香港中文大學中國文化研究所，1987 年），頁 237。

53 同註 52，頁 238。

上，僅就上圖二本論之，兩者雖皆刊於天啟六年，但甲本所收
的眉批便較乙本略多一二條。可知蔣之翹本人即對評語有所增
補，不待沈雲翔方才為之。且蔣之翹以後，大量引用李賀、桑
悅評語者僅沈雲翔一家而已。若李、桑未刻本「曾於明清之際
一度流傳」，引用者當不至如此鮮覯。且蔣氏於明清鼎革之際
尚能收羅遺集、編印新書，其藏書當未散亡。以是觀之，沈雲
翔於崇禎十年刊印《八十四家評楚辭》時，李賀、桑悅未刻本
仍在蔣家。故此，沈書所錄李、桑二人之評語，蓋全來自蔣書；
二人其他不見於蔣書的評語，其真偽是值得懷疑的。有見及此，
本章所據一以蔣書為準。

（二）《楚辭評》的真偽

李賀、桑悅兩種未刻本之間，實有緊密的關係。蔣書卷三
〈天問〉「焉有石林」章，桑悅眉批道：

> 李賀曰：《海外紀》云：「石林在東海之東，有洞，深
> 五百里。有鳥，多翠羽，入水化為虬。有獸，色白，九
> 尾，善飛，亦能言。風多四面，一時則東西南北皆起焉。
> 有石如木，挺立數仞，枝幹皆備，亦開花，朱色，爛然
> 滿山，故名。」[54]

緊接此條之後，又有桑悅眉批云：

> 據李說甚合。宗元小生，以西極猩猩為對，誤矣。[55]

---

54 同註2，卷三，頁8a至8b。按：楊鍾基〈李賀「楚辭評註」探佚辨證〉以
　此條為李賀評語，然據中科院本及上圖本，此條乃桑悅轉引李賀之語。

55 同註2，卷三，頁8b。

此專就該章「何獸能言」而發。由是推之，若蔣之翹所言堪信，則李賀未刻本應先為桑悅舊藏，其後方同桑書一併為蔣家所有。然而，此二書的寫作、收藏、亡佚情況幾乎完全不見記載，故其真偽未免啟人疑竇。今人吳企明有〈李賀《〈楚辭〉評語》辨疑〉一文，斷定《七十二家評楚辭》中的李賀評語乃後人附會偽託。他認為這些評論《楚辭》的文辭語多重出，議論低下。次者，這些評語乃是一種「批點式的詩歌評論」，然這種詩歌評論的形式在李賀生活的唐代尚未行世。而最重要的是：

> 考李賀卒於唐憲宗元和十一年（公元八一六年），而蔣之翹作序之年為明熹宗天啟六年（公元一六二六年），其間八百餘年，蔣氏之祖先從哪裡得到這個「李長吉未刻本」？長期以來，又如何嚴密保存，致使外人一無所知？這種未見之於前人著錄，又提供不出任何證據的「家傳」「未刻本」，突然於撰人死後八百餘年冒出來，是不會得到世人公認的。[56]

吳氏所論雖未正面涉及桑悅《楚辭評》，但他對李賀評語的懷疑，可以幫助我們關於桑書的思考。天啟六年距離桑悅去世有一百二十餘年，雖遠不及李賀辭世之久，但為時亦不短。若把這番懷疑置於桑書之上，也甚是在理。針對吳企明的這個問題，楊鍾基作出了有力的駁斥，現歸納於下：

　　一、李賀評語不唯妙達屈原文心，亦正李賀學騷有得且與其本人之藝術風格互相契合者。且偉大之詩人未必皆

---

56 吳企明：〈李賀《〈楚辭〉評語》辨疑〉，載《唐音質疑錄》（上海：上海古籍出版社，1986 年初版），頁 239 至 245。

為偉大之文學評論家，其人作詩雖或「務為挺拔」，
而於作文之際亦非必然「多驚人句」。至謂評語之中
「語多重出」，即使以真賞名家鍾嶸為例，其於品評
不同人物之詩，亦有重複使用相同之詞語。

二、「批點式的詩歌評論」，如以近乎宋人詩話者為限，
可推至《世說新語》及《顏氏家訓》。且唐代典籍至
今散佚不存者，殆居泰半，而現存之李賀評語，僅屬
諸家節引之斷簡零句。其本來面目如何，是否經已成
書，其書形式若何，均已無從確認。

三、古代書籍文物於湮沉千年百載之後突然出現，並非鮮
見。[57]

四、蔣之翹〈自序〉確未對李、桑二書的版式及流傳經過
作詳細交代。然此序乃《七十二家評楚辭》序，並非
李、桑二書之序，固無必要在此詳述這些問題。設若
蔣氏果有偽造之事，則其動機或是藉以標榜其家傳藏
圖籍之豐富，並湊成七十二家之數。且擬偽造一書，
必期有以取信於人。明代之前《楚辭》研究佚著之見
於著錄者甚多，任取其二偽造數則，信非難事，何必

---

57 按：楊氏此處並無舉例，茲補充一例。晚明何喬遠（1558-1632）之著作，
於清代多有禁燬。至咸豐間，忽出現不見於明清書目的《釋騷》一卷，題
為何喬遠著，為福建藏書家楊浚（1830-？）冠悔堂所鈔錄。今人崔富章《楚
辭書目五種續編》著錄之。何喬遠為晚明時人，距楊浚幾三百年。楊浚何
從鈔錄此書，不得而知。但與何喬遠同代的蘇茂相在〈萬曆集序〉中謂何
氏早年寫詩取法乎《騷》，而《釋騷》之內容又頗多微言大義，不時關涉
晚明黨爭，此固非楊浚所能偽造。

> 捨易求難，精研李賀詩篇，並取其中與楚騷互相發明
> 之句冒之，並且牽連同樣未見於著錄之桑悅未刻本作
> 為陪襯？[58]

楊氏舉出四點：李賀之藝術風格、批點式評論的流行年代、古
代書籍文物存亡的情況、蔣之翹作偽的可能，論證了《七十二
家評楚辭》所載李賀評語的可靠性。尤其是第四點，本章亦克
藉以證明，蔣之翹不可能偽造桑評。此外，桑悅的著作在其生
前大都未有刊印，其身後亡佚甚多。故蔣之翹謂其所藏桑書乃
未刻本，甚合於桑氏著作的實際情況。

　　取蔣書所錄的二十五條評語與桑悅其人、其文學思想比
照，可發現一些相應之處。首先，蔣書所錄桑評的文學取向，
與桑悅的主張非常符合。如前引袁鎮宇、劉明今所言，桑悅推
舉祝允明、羅玘，是因為他們的文章有奇氣。而《七十二家評
楚辭》載桑悅論〈天問〉：

> 天問字法奇，句法奇，章法奇，亂而無序，正是大奇。[59]

又論〈招魂〉：

> 〈招魂〉體極奇，辭極麗，亦玉之刱格也。[60]

同樣是以「奇」為準繩來論斷《楚辭》篇章的優劣。其次就其
個性而言，如前引蔣書〈天問〉「何獸能言」之評，斥柳宗元
為「小生」，與桑悅好為大言的矜誕性格甚為契合。《藝苑卮

---

58 同註 52。

59 同註 2，卷三，頁 19b。

60 同註 2，卷七，頁 10b。

言》謂桑悅調任柳州通判時，意不欲行。人問之，曰：「宗元小生擅此州名久，吾一旦往，掩奪其上，不安耳。」[61] 可從旁證明桑悅對柳宗元的輕視。桑悅不喜柳宗元，蓋亦與其文學思想有關。柳宗元雖有〈天對〉，但對那些「好怪而妄言，推天引神，以為靈奇」的文章好感並不大。[62] 蘇軾評柳文云：「發纖穠於簡古，寄至味於淡泊。」又論其詩「在陶淵明下，韋蘇州上，退之豪放奇險則過之，而溫麗靖深不及也。」[63] 可見柳氏詩文雖以簡古為主，卻有纖穠之氣，溫麗而不甚奇險。這與桑悅尚奇的思想有牴觸。復就其經歷而言，〈離騷〉「呂望之鼓刀兮」章，眉批曰：

　　世非乏呂、甯之流也，第恨文、桓無從遇耳。為之三嘆。[64]

〈惜誦〉「迷不知寵之門」句，眉批曰：

　　「迷不知寵之門」句，竟寫出一個桑判官。[65]

　　因懷才不遇、屈居下僚而嗟嘆不已，這與桑悅的生平經歷正好呼應。由此可見，蔣書所錄為桑悅手筆之可能性頗高。

61 同註 13，卷一四九，頁 6a。

62 〔唐〕柳宗元：〈與呂道州論非國語書〉，《柳河東全集》（北京：中國書店，1991 年初版），頁 336。

63 〔宋〕胡仔：《漁隱叢話前集》（臺北：臺灣商務印書館影印文淵閣四庫全書，1983 年初版）卷十九，頁 1a 至 1b。

64 同註 2，卷一，頁 8b

65 同註 2，卷四，頁 2b。

（三）《楚辭評》的成書年代

　　《七十二家評楚辭》所錄二十五條桑評的真實性既無問題，為便知人論世，在討論《楚辭評》的內容前必須了解其寫作背景。桑悅出仕近三十年，歷任泰和訓導、長沙通判、柳州通判等職。其批〈惜誦〉時自稱為「桑判官」，知《楚辭評》之作必在就任長沙以後、辭官歸里以前。桑悅任長沙通判三年（1490-1493），因拙於催科而調柳州。他曾解釋催科無績的原因：「長沙地瘠民貧，欲嚴刑則損下，布欲〔欲布〕道則虧上。」[66] 介於官民夾縫之間，桑悅自不會勝任愉快。轉任柳州通判後，遭遇則大不相同。據楊循吉記載：

> 柳邊岷雜居，多竊發。先生出入賊巢穴，示以恩信，來附者萬家，鄉人至為繪像以祀，名聞會府。因得召至幕下用事，有賓師之隆、謀畫之柄。[67]

所言雖不無溢美，但可知桑悅在柳州時因事功頗受推崇，且得知府重用。因此，桑悅自謂「迷不知寵之門」，當是其不甘逢迎長沙知府、向百姓嚴行催科的感嘆。抑有進者，長沙乃荊楚故地，楚騷遺風猶在。桑悅在長沙時，曾數次憑吊屈原、賈誼。其〈至澧州〉詩云「何時可化靈均怨，閒把騷經近酒缸」，可見他在公餘之際曾讀《楚辭》娛憂。因此，《楚辭評》殆桑悅以任長沙通判時的讀《騷》筆記為基礎，增補而成。

---

66 〔明〕桑悅：〈庸言引〉，同註8，頁26。
67 〔明〕楊循吉：〈明故思玄先生柳州府通判桑公墓誌銘〉，同註8，頁2至3。

五、《楚辭評》內容考略

《楚辭評》的體例究為註釋、批點、筆記還是其他形式，已難具悉。然蔣之翹〈自序〉謂「參古今名家評」，為此書的內容提供了兩點訊息：

一、此書內容以「評」為主。[68]

二、蔣氏既言「參」，則於桑悅原書的內容必有取捨。[69]

觀《七十二家評楚辭》及《離騷草木史》所錄桑評，雖然文字數量有限，但對於《楚辭》的篇章卻覆蓋得比較全面，包括了〈離騷〉、〈九歌〉、〈天問〉、〈九章〉、〈遠遊〉、〈卜居〉、〈漁父〉、〈九辯〉、〈招魂〉、〈大招〉、〈惜誓〉、〈吊屈原賦〉、〈招隱士〉等作品。值得注意的是，賈誼〈吊屈原賦〉不見於王逸《楚辭章句》，乃朱熹《楚辭集註》所增收。因此，桑書以朱註為底本，當無疑問。綜觀這二十五條桑評的內容，我們大致可以分為五類。第一類是關於《楚辭》文本的註釋。如〈天問〉「焉有石林」章，桑悅就轉引《海外紀》

---

68 按：「評」與「註」的差異，主要在方法與內容上。「註」一般不出對原文的訓字釋句，而典型的「評」則多為一些以感性筆調陳寫成的閱讀心得。這些文字未必有益於義理、考據，但在詞章上能將篇章的神理點撥出來，幫助讀者理解文本。觀附表二所列桑氏之說，正是如此。

69 按：如楊鍾基所論，王逸《楚辭章句》及洪興祖《楚辭補註》皆皇皇鉅製，而《七十二家評楚辭》於王著僅引時四條，於洪書僅引廿六條。若王、洪二氏之書一旦散佚，欲就《七十二家評楚辭》重尋二書原貌，可謂十不得一。（同註52，頁250。）以此觀之，蔣書所錄桑悅的二十五條評語亦絕非原書的全部。

之語，並下論斷，以見舊註之非。此二條在本章第四節已有論及，茲不贅。其餘四類，現分目而述論之。

（一）字、句、章法分析

　　朱熹註《楚辭》，以賦比興之法〈離騷〉。但他對於《楚辭》字、句、章法的分析似也只限於此。故錢澄之指《集註》一書「逐句解釋，不為通篇貫串」。[70] 而桑悅對於〈天問〉、〈吊屈原〉、〈招隱〉諸篇的字、句、章法則有比較詳細的討論。〈天問〉一篇，古人向稱難解：「一部《楚辭》，最難解者，莫如〈天問〉一篇。以其重複倒置，且所引用典實，多荒遠無稽。」[71] 而桑悅謂：

> 天問字法奇，句法奇，章法奇，亂而無序，正是大奇。若以事之怪僻為奇。又失之其所為奇矣。[72]

又評「遂古之初」句：「開口便覺大奇，只遂古二字，不知道遺下許多開端。」[73] 復評「馮珧利決」句：「四字精鍊之極。」[74] 認為〈天問〉一篇的特點，全在於一個「奇」字上。但是，其「奇」並不在於典故的怪僻，而是章法的「亂而無序」。後

---

70 〔明〕錢澄之：《莊屈合詁》（合肥：黃山書社，1998 年初版），頁 139。

71 〔清〕林雲銘：《楚辭燈》（康熙三十四年〔1695〕杭州挹奎樓刊本）卷二，頁 45a。

72 同註 2，卷三，頁 19b。

73 同註 2，卷三，頁 1b。

74 同註 2，卷三，10a。

世註家如黃文煥就繼承了桑悅的看法:「吾以不解解之,即為善讀之法焉。」[75] 周拱辰也論述道:

> 〈天問〉有可解者,有可解可不解者,有不必可解者。
>
> 或書佚無考,或字訛不真,若憑臆解之,反為本文害。[76]

這種態度比強分段落更具有存真的精神。

至於賈誼〈吊屈原賦〉和淮南小山的〈招隱士〉,桑悅則作出了比較:

> 兩漢無騷,獨賴有此。即〈招隱〉奇峭,殊乏和緩之度,信莫及也。[77]

復謂:

> 〈招隱〉筆力遒上,骨奇法古,於西京中矯矯者,非後來擬作家可及。[78]

〈吊屈原賦〉情深而氣婉,頗得楚騷餘韻;〈招隱士〉則奇瑰聲牙,視屈宋已有不同。因此桑悅認為,只有〈吊屈原賦〉才保存了楚騷和緩的風格。而〈招隱士〉雖有異於楚騷,卻能自創一格,也非東方朔、嚴忌、王褒等人之遷躚舊跡所能彷彿。

---

75 〔明〕黃文煥:《楚辭聽直·合論》(臺南:莊嚴文化事業有限公司據崇禎十六年〔1643〕初刻、順治十四年〔1657〕續刻本影印,1997 年初版),頁 592。

76 〔明〕周拱辰:《離騷草木史·離騷拾細》(上海圖書館藏清嘉慶八年〔1803〕聖雨齋刻本),附錄頁 7a。

77 同註 2,卷八,頁 6a。

78 同註 2,卷八,頁 15b。

綜而觀之，桑悅以兩漢辭賦中，繼往者惟〈吊屈原賦〉，開來者亦止〈招隱士〉而已。

（二）文體探究

《楚辭》諸篇中，以〈卜居〉、〈漁父〉兩篇的文體最不類其他。朱熹云：

> 〈卜居〉〈漁父〉文字便無些小窒礙，想只是信口恁地說，皆自成文。[79]

這一點桑悅是贊同的，遂於評語中引用之。[80] 但是，朱熹雖懷疑兩篇為「原之設詞」，仍將之視為實事；[81] 至桑悅則敲定其皆為「偽立客主，假相酬答」之辭。對於兩篇之間的差別，桑氏也有所發明：

> 〈漁父〉與〈卜居〉雖皆為偽立客主，假相酬答之詞，然其體格較〈卜居〉又變矣。〈卜居〉句末用「乎」字，「乎」字上必協韻成文。〈漁父〉則逐段摹寫，有《國策》氣，此乃傳記體也。賦家安得誤認之而效其法乎！須辨。[82]

桑悅指出：〈卜居〉句末用「乎」字，「乎」字上必協韻成文。這種形式無疑脫胎自〈離騷〉。然而，〈卜居〉的正文以屈原的獨白為主，鄭詹尹只是一個配角。而〈漁父〉中，屈原與漁

---

79 〔宋〕黎靖德編：《朱子語類》（長沙：岳麓書社，1997 年初版），頁 2976。
80 同註 2，卷五，頁 10b 引。
81 〔宋〕朱熹：《楚辭集註》（臺北：文津出版社，1987 年版），頁 218。
82 同註 2，卷五，頁 12a。

父一問一答，有來有往（即所謂「逐段摹寫」），二人在此文中幾乎佔了對等的地位。這種型態更接近《戰國策》中的論辯，與傳記史書相類，去騷賦則遠矣。因此桑悅斷言，賦家設詞應以〈卜居〉、而非〈漁父〉為法，所言甚為獨到。

從桑悅對〈卜居〉、〈漁父〉的論述，可知他十分注重文體的正變。他又評論〈招魂〉篇道：

> 〈招魂〉體極奇，辭極麗，亦玉之刱格也。昔人云天不生屈原，不見〈離騷〉。予云天不生宋玉，不見〈招魂〉。[83]

雖區區數言，卻推舉備至。桑悅是否曾詳言〈招魂〉的刱格何如，現已難知。然今觀〈招魂〉一篇，始設以帝巫對話，繼以招辭，終以亂辭，實下開後世大賦之體。故桑悅稱之為刱格，庶幾無愧。不過前文已言，桑悅論詩以運意為宗，因此他贊許〈招魂〉，除其有文體的開拓之功外，蓋亦稱賞宋玉眷慕其師之心。從桑悅對〈九辨〉、〈九歌〉的評價，益可肯定：

> 宋玉不如屈原，以〈九辨〉與〈九歌〉較之，遂不啻天淵矣。[84]

如何比較〈九辨〉、〈九歌〉，桑悅並沒有說明。〈九辨〉的文理較屈作更為分明，句式更為靈活，若僅從文體來看，當居〈九歌〉之上。然而，桑悅此處並未稱〈九辨〉為「刱格」，更斥宋玉視屈原「不啻天淵」，究其原因只可能是：〈九辨〉全文的主旨，不外乎文人失志、自傷自憐之意，並無屈原那種

---

83 同註2，卷七，頁10b。
84 同註2，卷六，頁11a。

憂國憂民的高尚情操。因此在桑悅看來，其格調遂不及屈原〈九歌〉以人神的際合來寄託忠君愛國之心了。由此可知，桑悅始終將運意置於首要之處。

（三）作者考辨

早在朱熹《集註》中，就開始考辨《楚辭》篇章的作者。如〈大招〉一篇，朱熹認為是景差的作品，其理據為：

> 〈大招〉不知何人所作，……今以宋玉〈大、小言賦〉考之，則凡差語，皆平淡醇古，意亦深靖閒退，不為詞人墨客浮夸艷逸之態，然後乃知此篇決為差所作無疑也。[85]

實際上，宋玉〈大言賦〉、〈小言賦〉中景差言語的篇幅非常小，加上不能排除宋玉抑人揚己之嫌，故朱熹之推論似過於武斷。無論如何，《楚辭》的考辨工作畢竟在朱熹手中展開了。

明代前期，學者對《楚辭》評論甚少，考辨工作也鮮有繼續。相比之下，二十五條桑評卻也涉及《楚辭》篇章的作者問題。如〈惜誓〉一篇，桑悅就否定其為賈誼所作：

> 〈惜誓〉不知誰作，洪朱二家信以為賈誼，非也。誼死時僅年三十有三，何以此章起句遂曰「惜年老而日衰兮，歲忽忽而不反」？[86]

《史記》、《漢書》賈誼傳只載〈吊屈原賦〉及〈鵬鳥賦〉兩篇，而王逸謂〈惜誓〉的作者「或曰賈誼，而疑不能明」。[87] 桑

---

85 同註81，頁145。

86 同註2，卷八，頁1a。

悅則採取知人論世的方法，試從文本中尋找內證。固然，嘆老
之辭在屈原作品中已有出現，如〈離騷〉「老冉冉其將至兮」、
〈山鬼〉「歲既晏兮孰華予」等皆是。假如以這類文學性的語
言作考證，結論自然會有偏差。不過在考據風氣不盛的弘治年
間，桑悅在文本之外能夠注意作者生平，運用了知人論世的方
法，這比純粹的文本分析自是有所進步。

　　不過，對於二〈招〉的作者，桑悅也有新的見解：

> 〈大招〉體制不出〈招魂〉，而摛辭命意又與〈招隱〉
> 相似，或者淮南八公之徒因宋玉已有〈招魂〉，復擬作
> 〈大招〉〈小招〉，未可知也。況其詞賦原以類從，或
> 稱大山，或稱小山者乎！不然何所據而以玉之〈招魂〉
> 加其名曰小也？〈小招〉疑別有一篇，恐逸不傳。[88]

他通過對〈大招〉與〈招隱士〉氣格的比較，來推斷前者為漢
人的擬作。這與朱熹論〈大招〉作者的方式非常接近。但桑悅
以淮南王劉安的幕僚中有大山、小山，來猜度〈大招〉、〈小
招〉之並存，可謂比屬不類；繼而云〈小招〉「別有一篇，恐
逸不傳」，更是臆測之辭。不過，桑悅蓋欲打破當時沉寂已久
的學術悶局，以改變舊說陳陳相因之勢，於是標新立異，其想
法是不難理解的。

---

87 〔漢〕王逸章句、〔宋〕洪興祖補註：《楚辭補註》，頁 227。

88 同註 2，卷七，頁 17b。

（四）感悟式批評

　　除了上述的幾種評論方式外，桑悅的《楚辭》評語常有感悟式批評。僅據《七十二家評楚辭》的內容，不可能知道這些評語在《楚辭評》中處於怎樣的位置，但這些評語的內容確與晚明的評點文字無甚區別。孫琴安認為，評點文學重直覺和主觀感受，短小精悍，生動活潑，帶有較多的鑑賞性，且多停留在感性認識的階段。[89] 譚帆則舉小說評點為例道，批評對象內涵豐贍且以表現自身情感為主的小說評點在形態上形式完備、論辯色彩濃烈；而旨在推動小說商業傳播的評點則在形態上以簡約的形式和感悟式的行文方式為主。[90] 就桑悅的《楚辭》評語而言，其中的確有不少條是以「表現自身情感為主」，而又「在形態上以簡約的形式和感悟式的行文方式為主」。不同的是，桑悅評《楚辭》並非為推動其作品的商業傳播。這些文字未必富於學術價值，在文學欣賞中卻能賦予讀者以情趣和興致。如他評〈離騷〉道：

> 〈騷經〉一篇，令人讀之撫劍，於數千載下猶若欷歔不盡者，可見屈子孤忠，感人最深。[91]

論〈山鬼〉則云：

89　孫琴安：《中國評點學史》（上海：上海社會科學院出版社，1999 年初版），頁 9 至 10。

90　譚帆：《中國小說評點研究》（上海：華東師範大學出版社，2001 年初版），頁 68。

91　同註 2，卷一，頁 23a。

讀「山中人」一段，如入深徑無人覺，古木枯藤，皆有
異致。[92]

〈哀郢〉「望長楸而太息」章，眉批曰：「語最淡，情最深。」
[93] 而〈悲回風〉「驟諫君之不聽兮，任重石之何益」兩句，眉
批則曰：「字字是血，字字是淚，讀之不盡隱痛。」[94] 這些評
語本身就具備一定的審美情趣。讀者若持之與正文合看，或許
原文的感染力會進一步增強。

桑悅這些感悟式的評語，往往也有其借題發揮之處。如前
文第四節所論，他評〈離騷〉「呂望之鼓刀兮」章：「世非乏
呂、甯之流也，第恨文、桓無从遇耳。為之三嘆。」評〈惜誦〉
篇：「『迷不知寵之門』句，竟寫出一個桑判官。」這些評語
與其說是用以幫助讀者理解《楚辭》，毋寧說是為了抒發桑悅
仕途坎坷、懷才不遇的抑鬱之情。

孫琴安將明代弘治以後稱為中國評點文學的全盛期。對於
弘治以前評點之風很弱的原因，他認為有兩端：第一、臺閣派
主導文壇，文學氣氛不活躍，文學流派甚少產生，人們也就很
少想到以評點的方式來宣揚自己的文學主張。第二、評點的產
生與授課有關，在關鍵處旁批幾句，或文章末尾評析一番，都
是為了讓讀者掌握和理解寫詩作文的方法，並非與文壇論爭相
關涉。由於明代前期獨尊朱學，講學風氣不盛，故評點並不流

---

92 同註 2，卷二，頁 13a。
93 同註 2，卷四，頁 8a。
94 同註 2，卷四，頁 26b。

行。[95] 而桑悅作《楚辭評》正在弘治初年，略早於陽明心學興起之時。這些感悟式批評的文字，數量雖少，不可不謂得評點風氣之先。

六、結語

晚明蔣之翹在《七十二家評楚辭・自序》中稱家藏有「桑民懌未刻本」，全書正文部分的眉批和總評在桑悅名下者共有二十五條。若蔣氏所言不虛，則桑悅《楚辭評》實係明代前期唯一的楚辭學新著，也是明人第一部楚辭學專書。通過對《楚辭評》的探析，深入了解桑悅的文學思想，審視成化、弘治間臺閣文風衰熄、道學僵化的實況，可謂饒有意義。然據蔣氏所言，《楚辭評》向乃未刻本，家藏不以示人，故其存其亡，世莫聞知。兼以清代以後，《七十二家評楚辭》不為學者所重，[96] 故亦無人根據蔣書檢核桑悅遺說。有見及此，本章嘗試考辨桑悅之生平及著作，綜論其文學思想之大要，探討《楚辭評》之流傳、真偽、成書年代，最後以《七十二家評楚辭》所錄桑悅二十五條評語考述《楚辭評》原書之內容特色。

明代前期一百四十年間，皇權膨脹，道學獨尊，導致學術風氣的沉寂。文壇上，詩尊王孟、文尚歐曾的臺閣文風盛行，其作品內容主要以吟詠盛世、歌頌君恩為主。就楚騷而言，由

---

95 同註89，頁87至88。

96 如楊鍾基言其「所列家數雖多，然於每家均截其零章斷句，徒炫繁博，其實空疏，於《楚辭》研究者中早有定評」。同註52，頁250。

於屈原的行徑不符合儒家中庸的準則，臺閣作家多罕言之，以致這個時期的楚辭研究者甚為寥落。而被現代學者視為師古說先驅者的桑悅，屢試不第、屈居下僚，又秉性狂簡，故為文、論文與臺閣作家大不相類。他繼承了宋濂的文道合一論，不把文視為道的附庸，又標榜「奇古」的詩文，指責臺閣作家模擬唐詩時獨沽「柔熟」一味，提出詩以運意為宗，這些主張在當時可謂擊中了臺閣文風的要害，因此如丘濬、李東陽等臺閣作家也頗為賞識桑悅的才華。《思玄集》中，每每語涉屈騷。這些論述反映出桑悅仕途不順時援騷自解的心情，更構成其師古說的重要內容。

假如要進一步論析桑悅的文學思想，《楚辭評》一書不容忽視。本章在展開對《楚辭評》的論述前，先以《七十二家評楚辭》所錄二十五條評語的內容與桑悅比照，從個性、經歷、文學取向三端尋找契合點，證明這些評語並非偽造。為收知人論世之效，復考定《楚辭評》的成書年代當在弘治三年至六年時——即桑悅任長沙通判期間。

總觀二十五條桑評，所涉及的內容可歸納為五點：《楚辭》文本註釋，字、句、章法分析，文體研究，作者考辨，感悟式批評。明代後期的楚辭學著作對於這些範疇固皆有涉及，然在恪守朱註的明代前期卻並非如此。如內容註釋方面，桑悅引《海外紀》以解釋〈天問〉「焉有石林」一章的內容，表達與朱註不同的意見。永樂以降，以楊士奇為代表的臺閣作家偶然談及屈騷，往往只是著重屈原之忠，讚美芳草之潔，有以偏概全之嫌。而《楚辭評》的感悟式批評，雖然也含有「以古人註我」

的成分，但卻能切合屈原的狂狷心態，有助讀者對《楚辭》文本的感性拿捏，且得明代評點風氣之先，與晚明竟陵派師心說者的詩歌批評方法遙相呼應。弘治季年，前後七子提倡「文必秦漢、詩必盛唐」，注意揣摩古代文學作品的內容和形式；楊慎以後，考據之學日益興盛。而《楚辭評》在文體研究、作者考辨方面，就〈卜居〉、〈漁父〉的體式，〈惜誓〉、〈大招〉的著作權等問題提出了個人的看法。總體來看，桑悅不少的論點仍欠深入、有臆斷之嫌，尚待進一步的討論，但畢竟為當時沉寂的學術界注入了新血，體現出明代中葉學風轉變時期的楚辭學特色。因此，儘管《楚辭評》從未付梓、亡佚已久，不為學者所知，但仍應在明代楚辭學史、以至文學史上佔有一席之地。

附表一：桑悅著述一覽

書名	付梓	存亡	附記
《易抄》	否	亡	鰲志作《周易義釋》。《思玄集》卷一有〈易抄敘錄〉，內含引言、〈先天圖〉、〈後天圖〉、〈先天橫圖員圖方圖〉及〈易抄〉七則，當即此書。
《春秋集傳》五十卷	否	亡	鰲志作《春秋義釋》。自序見《思玄集》卷五。
《周禮義釋》	否	亡	《思玄集》卷一有〈周官總論〉，蓋其自序。朱彝尊《經義考》錄有遺說四條。
《太倉州志》十一卷	是	存	有弘治十三年刊本、宣統元年重刊本、《日本藏中國罕見地方志叢刊續編》影印宣統本。
《蒼梧府志》	是	亡	《思玄集》卷五錄有〈重脩蒼梧府志序〉。
《庸言》一卷	是	存	或題作《桑子庸言》、《思玄庸言》。有《思玄集》、《百陵學山》及《學海類編》等本。
《楚辭評》	否	亡	其殘說見於蔣之翹《七十二家評楚辭》。
文集十卷	否	亡	所載篇章蓋皆見於《思玄集》，然原貌已不可知。
《思玄集》十六卷	是	存	有計宗道弘治十八年本、桑大協萬曆二年活字刊本、萬曆四十四年翁憲祥刻本、雍正四年謝浦泰鈔本、《四庫全書存目叢書》據桑大協本影印。

附表二：《七十二家評楚辭》所錄《楚辭評》之說

	正文章／句	桑評
卷一〈離騷經〉	扈江離與辟芷兮	語極香豔。（1:3b；沈雲翔《楚辭評林》為側批，1:3b）
	呂望之鼓刀兮	世非乏呂、甯之流也，第恨文、桓無從遇耳。為之三嘆。（1:18b；沈本無）
	（總評）	〈騷經〉一篇，令人讀之撫劍，於數千載下猶若歔欷不盡者。可見屈子孤忠，感人最深。（1:13a；沈本1:40b-41a）
卷二〈山鬼〉	山中人兮芳杜若	讀「山中人」一段，如入深徑無人覺，古木枯藤，皆有異致。（2:13a；沈本2:22a；亦見《離騷草木史》2:21a。）
卷三〈天問〉	曰：遂古之初	開口便覺大奇。「遂古」二字，不知管下許多開端。（3:1b；沈本3:1b）
	焉有石林	李賀曰：「《海外紀》云：『石林在東海之東，有洞，深五百里。有鳥，多翠羽，入水化為虬。有獸，色白，九尾，善飛，亦能言。風多四面，一時則東西南北皆起焉。有石如木，挺立數仞，枝幹皆備，亦開花，朱色，爛然滿山，故名。』」（3:8a-8b；沈本逕作「李賀曰」，3:13b-14a）
	（同上）	據李說甚合。宗元小生，以西極猩猩為對，誤矣。（3:8b；沈本3:14a）
	馮珧利決	「馮珧利決」四字精鍊之極。（3:10a；沈本3:17b）

	何馮弓挾矢	語及興亡，自不覺其言之激而痛也。想其當日光景，必怒髮直上指冠。（3:17a；沈本移至「皇天集命」句上，3:32a）
	（總評）	〈天問〉字法奇，句法奇，章法奇，亂而無序，正是大奇。若以事之怪僻為奇，又失所為奇矣。（3:19b；沈本3:35a）
卷四〈惜誦〉	迷不知寵之門	「迷不知寵之門」句，竟寫出一個桑判官。（4:2b；沈本無）
卷四〈哀郢〉	望長楸而太息兮	語最淡而情最深。（4:8a；沈本4:14b）
卷四〈懷沙〉	玄文處幽兮	可恨真可恨。（4:14a；沈本無）
	同糅玉石兮	字字是血，字字是淚。讀之不盡隱痛。（4:16b；沈本作總評，4:18b）
卷五〈遠遊〉	（總評）	樂府有〈遠·遊〉篇云：「九州不足步，願待凌雲翔。」詞雖閒麗，但可作此章傳注。（5:8a；沈本5:14a）
卷五〈卜居〉	（總評）	考亭曰：「〈卜居〉文字便無些小窒礙，想只是信口恁地說，皆自成文。」（5:10b；沈本5:18b）
卷五〈漁父〉	（總評）	〈漁父〉與〈卜居〉雖皆偽立客主、假相酬答詞，然其體格較〈卜居〉又變矣。〈卜居〉句末用「乎」字，「乎」字上必叶韻成文，〈漁父〉則逐段摹寫，有《國策》風。此乃傳記體也。賦家安得誤認之而效而法乎？須辨。（5:12b；沈本5:22a-22b）

卷六〈九辯〉	（總評）	宋玉不如屈原，以〈九辨〉與〈九歌〉〈九章〉較之，遂不啻天淵矣。（6:11a；沈本 6:17b）
卷七〈招魂〉	砥石翠翹	爛若披錦，無處不善。（7:5b；沈本無）
	（總評）	〈招魂〉體極奇，詞極麗，亦玉之刱格也。昔人云：「天不生屈原，不見〈離騷〉。」予云：天不生宋玉，不見〈招魂〉。（7:10b；沈本 7:17b）
卷七〈大招〉	（總評）	〈大招〉體製不出〈招魂〉，而摛辭命意，與〈招魂〉相似。或者淮南八公之徒因宋玉已有〈招魂〉，復擬作〈大招〉〈小招〉，未可知也。況其詞賦，原以類從。或稱大山、或稱小山者乎！不然，何所據而以玉之〈招魂〉加其名曰小也？〈小招〉疑別有一篇，恐逸不傳。（7:17b；沈本 7:28b）
卷八〈惜誓〉	（總評）	〈惜誓〉不知誰作，洪朱二家信以為賈誼，非也。誼死時僅三十有二，何以此章起句遂曰「惜年老而日衰兮，歲忽忽而不及」？（8:4a；沈本 8:1b）[97]
卷八〈吊屈原〉	（總評）	兩漢無《騷》，獨賴有此。即〈招隱〉奇峭，殊乏和緩之度，信莫及也。（8:6a；沈本 8:9b）

---

97 按：沈雲翔《楚辭評林》於〈惜誓〉序上眉批引何孟春語云：「賈誼〈惜誓〉不知作於何時，誼死年才三十三耳，已有惜余年老等語。」查何孟春並無此論，當係沈氏不贊同桑悅之說，乃反其意而託於何氏名下耳。

第七章

明代楚辭學專著的出現（二）：
周用《楚詞註略》探析

一、引言

　　道學獨尊的明代前期，屈原受到道學家和臺閣文人的批判，導致了楚辭學的沉寂。明代中葉以後，學術風氣產生了巨大的轉變。正德中，王逸（89-158）的《楚辭章句》得以重梓面世，當時臺閣大老、文壇耆宿王鏊（1450-1524）為之欣然命序。王鏊從文學和文獻學的角度審視、比較《章句》和《集註》，追溯了二者之間的關係，肯定了前者的優點，也對後者被神化的地位提出了質疑。[1] 王逸《章句》的復出，標誌著明代楚辭學走出朱註獨尊的時代，進入了一個嶄新的階段。繼弘治間桑悅（1447-1503）《楚辭評》之後，兩本新的楚辭著述——馮惟訥（1513-1572）《楚辭旁註》和周用《楚詞註略》隨而在嘉靖前期面世。馮書唯在每頁眉間標以音叶，並無註文。[2] 周書正文雖也不過筆記四十一則，但內容視馮書為豐富，可謂得風氣之先。

1　〔明〕王鏊：〈重刊王逸註楚詞序〉，《震澤集》（臺北：臺灣商務印書館影印文淵閣四庫全書，1983 年初版）卷十四，頁 5a 至 6b。

2　〔明〕陳霍：〈楚辭序〉，載〔明〕馮惟訥：《楚辭旁註》（北京國家圖書館藏明刊本）。

　　與桑悅（1447-1503）等坎壈失志而註《騷》者不同，周用乃朝廷命官，生活於道學影響猶深的正德、嘉靖之時。四庫館臣稱「其詩古體多嘽緩之音」，[3] 可見仍沾染著濃郁的臺閣文風。而且，《楚詞註略·自序》言屈原平生以貞信自許，學問汗漫橫肆，而後人讀《騷》，多只眩惑於文辭，且模擬其辭以騁浩蕩之懷，實非屈原之志。[4] 這也明顯是臺閣中人的語氣。雖然周用長期身居高位，作品繼承了臺閣文風，但他對於《楚辭》的興趣卻顯示出道學對臺閣文人影響的式微。《楚詞註略》篇幅簡短，卻率先提出了不少異於朱註的意見。周用對屈原抱持著遠較其前輩正面的態度，將論析的篇章鎖定於屈原作品，從詞章、而非僅從義理的角度來研究《楚辭》。此外，周用對各篇創作年代、〈九歌〉篇數等專題的考據推論，也與稍後眾多的楚辭註家是一脈相承的。因此，本論文擬考察周用《楚詞註略》一書，以見明代楚辭學在方興未艾之際的特色。

二、《楚詞註略》的著者生平及著作動機

　　周用（1476-1547），字行之，吳江人。弘治十五年（1502）進士。授行人。正德初，擢南京兵科給事中，改南京兵科。諫迎佛烏斯藏，以中旨遷黜尚書、都給中等官。出為廣東參議，預平番禺盜，有功。歷浙江、山東副使。擢福建按察使，改河

3　〔清〕永瑢主編：《四庫全書總目》（北京：中華書局，1965 年影印初版），頁 1568。

4　見〔明〕周用：〈自序〉，《楚詞註略》（上海圖書館藏順治九年〔1652〕周之彝刊本），頁 1a 至 1b。

南右布政使。代監司鞫南陽滯獄，獄為之空。嘉靖八年（1529）
擢右副都御史，巡撫南、贛。召協理院事。歷吏部左、右侍郎。
以起廢不當，調用南京刑部。遷右都御史，工、刑二部尚書。
九廟災，自陳致仕。既罷，中外皆惜之，頻有推薦。久之，以
工部尚書起督河道，數月，改漕運。未上，召拜左都御史。二
品九年滿，加太子少保。二十五年（1546）為吏部尚書。明年，
卒於官。贈太子太保，諡恭肅。[5] 著有《楚詞註略》、《周恭肅
公文集》及《困知》、《讀易》諸書。

　　周用一生於仕途數落數起。他於正德時不畏武宗、劉瑾之
氣焰，抗顏而諫迎佛；嘉靖時平番禺盜、鞫南陽滯獄。這些政
績，皆足稱述，故晚明首輔葉向高（1559-1627）讚揚周用「內
攻貂璫，外觸要津」，[6]《明史》稱其「端亮有節概」，[7] 武宗
逸樂，世宗昏憒，於史昭然。周用雖亦深明用晦之道（如九廟
災而請致仕），然其本性剛正，未必不引屈原為知己。《楚詞
註略・自序》言「人生相知之難，豈直君臣者」，[8] 殆有感而發。
故周用雖不似桑悅沉淪下僚，但註《騷》的原因大抵還是為了
抒發仕途上的抑鬱。除此之外，周用也在〈自序〉中說明了自
己研究《楚辭》的方法：

---

5 〔清〕張廷玉主編：《明史》（北京：中華書局，1997年版），頁5330至
　5331。
6 〔明〕葉向高：〈冢宰周恭肅公祠記〉，〔明〕周用：《周恭肅公集》（臺
　南：莊嚴文化事業有限公司據清華大學圖書館藏嘉靖二十八年〔1549〕周國
　南川上草堂刻本影印，1997年初版），頁159。
7 同註5。
8 同註4，頁1b。

一、屈原平生以貞信自許，學問汗漫橫肆。其文采雖然斐然，但為文還是為了明心、宣哀、達志。後人讀《楚辭》時只眩惑於文辭，模擬其辭以騁浩蕩之懷，這實非屈原之志。

二、《楚辭》諸篇意義往往前後相發明，故「比類而觀」是理解《楚辭》的法門。

三、鑒於朱熹（1130-1200）《集註》及其他舊說仍有未盡之處，猶須探索闡釋，故「註略」有兩層意義：一為領其要，一為袪其疑。領要、袪疑皆基於舊註而為之，故《註略》一書簡短，僅陳大略而已。[9]

以上三點主要是就屈原生平與作品兩端而發。進而言之，本書以《集註》為本，然於王逸、朱熹之註有申述處、有反對處。故閔亥生序稱《楚詞註略》「其詞約，其旨遠，斷章取義，與王逸、朱紫陽相表裡。誠左徒之功臣，而立言之盛事也」。[10] 點明了此書與王、朱二註斟酌損益的關係。

三、《楚詞註略》的版本

周用《楚詞註略》一書，除上海圖書館收藏一冊外，目下別無所見。書首為閔亥生序，以章草手書，計四頁。[11] 次為周

---

9 同註 4，頁 1a 至 2a。

10 〔明〕閔亥生：〈楚詞註略序〉，《楚詞註略》序頁 1a 至 1b。

11 案：姜亮夫《楚辭書目五種》（上海：上海古籍出版社，1993 年新一版）收錄閔□生序，序中之字遇有不能識者，遂以方框代之。經辨識，各字皆已確定，且發現姜書中有辨識錯誤之字。如閔序「皋、夔、稷、契不才」，

用自序，下署「周恭肅公著，裔孫之彝較刻」。[12] 序後即為《註略》本文一卷，釋屈作二十五篇，只錄註解，不收原文。二十五篇之篇目全據朱熹。〈東皇太一〉、〈雲中君〉、〈禮魂〉、〈橘頌〉、〈漁父〉五篇無註，但列篇題；其餘則每篇有全篇總論及章句大意，而〈九歌〉獨有釋題。不計〈東皇太一〉等五篇的標題，正文有註文四十一則。正文連〈自序〉，共十九頁。〈自序〉不言刊行年代，《楚辭書目五種》僅著錄為「裔孫周之彝敘倫刊本」；《楚辭著作提要》定作「明萬曆刊本」。[13] 考《明史》，周氏卒於嘉靖二十六年（1547），則該書之完成必不遲於此年。閔亥生謂「其（周用）後人敘倫，將梓之以行世，而屬余更為序」，[14] 題署於「壬辰」仲夏。[15] 據咎亮考證，此書實應刊於順治九年（1652）壬辰。[16] 書中並未提及此次梓行為重刊，因此可推斷：《楚詞註略》當是周用的讀《騷》筆記，隨篇發論，並未制定嚴格的條例，在周用生前未有付印。周之彝得先人遺墨，遂以原樣刊行，沒有進一步整理全書。

「才」當作「幸」，姜氏誤識。又閔□生當為閔亥生，其人《湖州府志》有傳，可參詳之。

12 同註 4，頁 1a。

13 潘嘯龍、毛慶主編：《楚辭著作提要》（武漢：湖北教育出版社，2003 年初版），頁 43。

14 同註 10，序頁 1a。

15 同註 10，序頁 4a。

16 咎亮：〈《楚辭書目五種》補考五則〉，《古籍整理研究學刊》（長春：東北師範大學古籍整理研究所）1997 年第 3 期，頁 16 至 21。

　　楚辭作品在漢代有兩種編集。《漢書·藝文志·詩賦略》
著錄「屈原賦二十五篇」，[17] 類近後世所謂別集。此書今已不
見，二十五篇的詳目也不得而知。而劉向收錄屈原、宋玉、賈
誼（220-168B.C.）、東方朔（154-93B.C.）、莊忌等人的作品，
題為《楚辭》，體裁類近總集。其後的楚辭註解，都是以劉向
一書為底本的，如漢王逸《楚辭章句》、晉郭璞《楚辭註》、
宋林至《楚辭故訓傳》等。不然，則從《楚辭》取某篇為註，
如宋楊萬里《天問天對解》、宋呂祖謙《離騷章句》等，[18] 鮮
有註本單解屈作二十五篇。直到朱熹《集註》，始推定屈作二
十五篇的篇目。周用從朱熹之說，在《楚詞註略》中僅論屈原
作品，餘者皆不及。其〈自序〉云：

> 後世詞人，擬遊仙等作，以騁浩蕩之懷，以為本於〈離
> 騷〉，屈子之志荒矣！豈惟後人，自宋玉以下，亦或以
> 輕舉放志為樂，則自其當時師弟子之間，已失其旨。[19]

以為屈原貞信博學，後世無人能及，宋玉以後的辭賦家偏離屈
原之志，其作品不可與屈作相提並論。故周書名雖為《楚詞註
略》，而內容則僅僅涉及屈原一人而已。前文言及，〈東皇太
一〉等五篇無註，但列篇題。何以如此，周氏並未說明。筆者
以己意忖之，蓋周氏所註只限於屈作，其於〈東皇太一〉等五
篇雖無新見，但仍保留篇題，以示屈作之目次。這種將《楚辭》
編為屈原別集的方法由周用開其端，不久便為汪瑗《楚辭集解》

17　〔漢〕班固：《漢書》（北京：中華書局，1997 年版），頁 1747。
18　參看姜亮夫：《楚辭書目五種》。
19　同註 4，頁 1b。

所沿用，歷明、清而不衰。在下文中，我們會逐一討論《楚詞
註略》的特色。

四、對屈原人格的重新認知

明代前期，楊士奇（1365-1444）避而不談《楚辭》；何喬
新（1427-1502）承朱熹之說，指《楚辭》一書「醇儒莊士，或
羞稱之」；李東陽（1447-1516）云：「荊楚之音，聖人不錄，
實以要荒之故。」這種觀點是一脈相承的。李東陽為武宗顧命
之臣，尚屈於劉瑾的氣焰；周用為李氏的晚輩，正德間同處一
朝，卻「內攻貂璫，外觸要津」，比對判然。而周用評價屈原，
與臺閣諸老亦有不同。他雖然承認很多人眩惑於《楚辭》的文
辭，進而模擬騁懷，卻指出這是讀者自己的問題，與屈原無關。
換言之，臺閣諸老之論有本末倒置之嫌。此外，朱熹對於屈原
的一些非議，周用也不以為然。由於朱熹在明代擁有崇高的地
位，《楚詞註略》沒有直斥其非，但處處皆是回應朱熹之論。
現表列而觀之：

表一

	朱熹 《楚辭集註‧目錄序》	周用 《楚詞註略‧自序》
志行	原之為人，其志行雖或過於中庸，而不可以為法，然皆出於忠君愛國之誠心。	其心忠，故終始以貞信自許，而不敢少忘其君。其志窮，故周旋迫切而無所容身，蓋以義無所逃於天地之間，亦幸命而已矣！

作品	原之為書，其辭旨雖或流於跌宕怪神、怨懟激發，而不可以為訓，然皆生於繾綣惻怛、不能自已之至意。	其情哀，故每作則糾纏鬱塞，往復再四，而不可離。
才學	其不知學於北方，以求周公仲尼之道，而獨馳騁於變〈風〉變〈雅〉之末流，以故醇儒莊士，或羞稱之。	又其學本博極，故汗漫橫肆，足以明其心，宣其哀，而達其志。必如是而後已，非以文辭也。其言浮遊四極，若氾濫而無終窮。蓋曰吾既無所往，其惟宇宙之外，可容我乎？然無是也。其沉憂隱痛，於是乎在。

參詳「表一」，可見周用對屈原的評語十分正面，非朱註可比。論志行，朱熹謂屈原行事過於中庸，不足為法；而周用止著眼於其「忠」，絲毫不提中庸，且以為屈原的狷介之行乃出於周旋迫切而無所容身的緣故，語調頗為包容。論作品，朱熹以屈作流於跌宕怪神，不可為訓；而周用則稱其糾纏鬱塞，往復再四。心忠、情哀、志窮，實是屈原為人如斯、《楚辭》為書如斯的原因。這三端，朱熹固然也有察覺。但朱熹偏執於結果，聲稱《楚辭》離經；周用則兼重其原因，斷言屈原可慕，這是二人的不同之處。至於就論才學，朱熹責屈原不知學於北方，周用讚其學本博極、汗漫橫肆。以周氏之見，屈原無所不知，則孔孟之學、中庸之道，也自當瞭然於心。二人見解可謂南轅北轍。但周用指出，屈原明儒理卻流於狂狷，是因為他「宗臣」

的身分——宗臣是無去國之義的。[20] 後來不少註家等皆著力闡
發了這一點。如林雲銘（1628-1697）《楚辭燈・凡例》道：「讀
《楚辭》先要曉得屈原位置，以宗國而為世卿，義無可去，緣
被放之後不能行其志，念念都是憂國憂民。」[21] 黃文煥則道：
「原不死即不忠，別無可以不死之途，容其中立也。」[22] 身為
宗臣，必須忠於王室，不得他去；然而到了如此地步，除了以
死明忠之外，別無他法。因此，屈原這種自殺的狂狷之行乃是
不得已而為的。

五、論屈原作品的創作年代

因時世久遠、文獻缺逸，屈原的生平事蹟已難詳考。但其
作品的創作年代，又與生平關係密切，影響重大。周用深明此
理，於《楚詞註略》每每論及此端。

關於〈離騷〉創作年代，自漢代以來便莫衷一是。金開誠
比對司馬遷（146？-86？B.C.）〈屈原列傳〉、劉向（77-66？
B.C.）《新序・節士》篇、班固（32-92）〈離騷贊序〉、王逸
（89-158）〈離騷經序〉，指各說皆肯定〈離騷〉作於楚懷王
時。[23] 王逸、朱熹的〈離騷經序〉悉謂屈原遭懷王疏遠而作〈離

---

20 同註4，頁2a：「『帝高陽』二句，言己為楚之宗臣也。」
21 〔清〕林雲銘：〈凡例〉，《楚辭燈》（清康熙挹奎樓刊本）凡例，頁3a。
22 〔明〕黃文煥：《楚辭聽直・合論》（臺南：莊嚴文化事業有限公司據順
   治十八年（1661）補刻本影印，1997年初版），頁5b至7a。
23 金開誠：《屈原辭研究》（南京：江蘇古籍出版社，1992年初版），頁94
   至95。

騷〉，但皆未明言遭疏後是否放流。[24] 周用於〈自序〉開首便道：

> 屈子〈離騷〉，既放而追敘之辭也。[25]

又言：

> 《史記》曰：「屈平雖放流，睠顧楚國，繫心懷王，不忘欲反，冀幸君之一悟，一篇之中三致意焉。然終無可奈何，故不可以反，卒以此見懷王之不悟也。」則是原在懷王時已放流，故作〈離騷〉。[26]

周用以為屈原作〈離騷〉而「冀幸君之一悟」，表示他對懷王仍抱有幻想，因此斷定屈原見疏後，楚廷實有放流之舉，而〈離騷〉的創作年代就在放流不久之時。針對這個論點，今人毛慶批評道，周用的話不符合〈屈原列傳〉的實情。司馬遷於「王怒而疏平」後接著寫「憂愁幽思而作〈離騷〉」，明確記載〈離騷〉是作於見疏之後，懷王之時。而周用所引一段在後，在懷王已卒、頃襄王即位以後。大約周用認為「一篇之中」的「一

---

24 〔漢〕王逸〈離騷序〉：「屈原與楚同姓，仕於懷王，為三閭大夫。三閭之職，掌王族三姓，曰昭、屈、景。屈原序其譜屬，率其賢良，以厲國士。入則與王圖議政事，決定嫌疑；出則監察群下，應對諸侯，謀行職修，王甚珍之。同列大夫上官、靳尚妒害其能，共譖毀之。王乃疏屈原。屈原執履忠信而被讒邪，憂心煩亂，不知所愬，乃作〈離騷經〉。」見〔漢〕王逸章句、〔宋〕洪興祖補註：《楚辭補註》（北京：中華書局，2002 年重印修訂本），頁 1 至 2。

25 同註 4，頁 1a。

26 同註 4，頁 4a 至 4b。按：周氏此處所引與原文略有出入。

篇」是指〈離騷〉，然此論不確。[27] 毛氏以為，周用沒有注意
〈屈原列傳〉陳述的先後次序，且把屈作「一篇之中三致意」
的特色僅僅當成是〈離騷〉一篇的特色。[28] 近代以來，一直有
學者懷疑〈屈原列傳〉有竄亂之處。周用所引的這段，聶石樵
就指出是「對〈離騷〉寫作意圖及懷王不聽忠諫的結果的說明」。
[29] 至於古代學者，雖然並無這樣的懷疑，但有人認為這一段是
對前文有關〈離騷〉的補充。[30] 因此，周用斷言〈離騷〉作於
懷王之時、放流之後，是可以理解的。他很清楚，〈離騷〉的
語氣仍帶有希冀，不可能是屈原的晚年作品。

　　至於其他篇章，王逸、朱熹認為大都創作於江南的沅湘之
間。而周用考察文意，認為〈離騷〉以外，〈九歌〉也應作於
初放之時：

27　同註13，頁41。按：〈屈原列傳〉言屈原在懷王朝受上官大夫排擠，以致
　　遭到懷王疏遠。這段時間，屈原大概一度謫居到漢北，但尚可自由行動，
　　並非放流。〈列傳〉云「屈平既疏，不復在位，使於齊」，可見仍有官職
　　在身。屈原正式放流是在頃襄王時：「令尹子蘭……卒使上官大夫短屈原
　　於頃襄王，頃襄王怒而遷之。」周用所引的一段，在頃襄王即位以後，且
　　明確有「放流」字樣，可見屈原雖依舊「心繫懷王」，卻已身處頃襄之世。
　　參褚斌杰：《楚辭要論》（北京：北京大學出版社，2003年初版），頁25。

28　按：古代學者並不以「一篇之中三致意」專指〈離騷〉。如〔清〕林雲銘
　　註〈屈原列傳〉此處云：「連〈天問〉〈招魂〉〈哀郢〉諸篇俱在內。」
　　見《古文析義合編》（臺北：廣文書局影印清末石印本，2001年九版），
　　頁166。

29　聶石樵：《屈原論稿》（北京：人民文學出版社，1992年第二版），頁30。

30　如林雲銘道：「前段敘作〈離騷〉，止寫其文辭，志行都在屈原自處上見。
　　此處必把睠顧楚國、繫心懷王一片孤忠極力描寫，方盡得上文憂愁幽思四
　　字之奧。」（同註28。）

〈九歌〉之作，疑亦在是時（按：指作〈離騷〉之時），
其辭猶有望焉。至襄王又遷江南，復有〈天問〉以下等
篇，則悲痛殆絕矣。[31]

所謂「猶有望」，周氏於〈九歌〉解題一則中申釋道：

（〈九歌〉各篇）其周旋勞苦、徘徊延佇、求之不得而
不得已者，尤原之所致意者也。[32]

我們由這兩段文字還可知道：周氏以〈九歌〉與〈離騷〉的辭
氣比較接近，故應作於同時。由於文中流露出「猶有望」的心
態，他推測屈原此時放流不久，尚未遷於江南。而〈天問〉、
〈九章〉、〈遠遊〉、〈卜居〉、〈漁父〉諸篇，辭氣不類〈離
騷〉、〈九歌〉，周用則斷言創作於頃襄之世、江南之野。這
些篇章中又以〈天問〉的創作時間最早：

蓋原此篇作於〈離騷〉〈九歌〉之後，而迫切之情尤有
甚焉。[33]

認為〈天問〉的辭氣比〈離騷〉、〈九歌〉迫切，但又不及〈九
章〉諸篇「悲痛殆絕」，因此應當作於〈九歌〉之後、〈九章〉
之前。聶石樵以為〈天問〉並沒有放逐的痕跡，只是抒發了一
些憤懣和失意的情緒，可能是屈原被讒去職後到漢北所作。[34] 這
種見解在今天較為學者所接受。周用僅根據文辭的緩促來推斷
〈天問〉的作年，並不太全面。

---

31 同註4，頁4b。
32 同註4，頁5b至6a。
33 同註4，頁9b。
34 同註29，頁151。

　　總體而言，周用對屈作年代的推斷主要援引了《史記》和屈作本文為證。這與後來很多註家如黃文煥、林雲銘、蔣驥等逐篇考定創作年代的方式是一致的。然而，由於周用之說大都點到即止，沒有進一步的闡發，所以尚欠精詳，且有武斷之嫌。

六、論篇章的命名與篇旨

(一) 篇章命名

　　歷來楚辭學的另一個焦點──篇章命名問題，《楚詞註略》也有論及。此書第一則便對各篇章的命名作出了通盤的推斷：

> 〈離騷〉，《史記》曰「猶離憂也」，蓋本篇有「余既不難夫離別」之言，與〈東皇太乙〉至〈禮魂〉〈惜誦〉至〈悲回風〉〈遠遊〉至〈漁父〉及〈天問〉，皆原自命。〈離騷〉曰經，曰〈九歌〉〈九章〉，為後人所加。〈九歌〉蓋因首篇「九辨九歌」，又合〈湘君〉〈湘夫人〉〈太司命〉〈少司命〉為二篇故；下宋玉則取〈九辨〉自命其辭。[35]

〈離騷〉之名乃司馬遷、班固所用，王逸《章句》則稱之為〈離騷經〉。洪興祖、朱熹對《章句》雖有質疑，直稱「經」字為後人所加，但在其註本中仍然保留了經、傳的名目。及至周用之書，便毅然不用〈離騷經〉之名。其後汪瑗（？-1556？）、黃文煥（1625年進士）、李陳玉（1635年進士）等註家皆是如

此。至於周氏解「離騷」二字則有欠穩妥。他的說法明顯和王
逸「離,別也;騷,愁也」的故訓是一致的,卻援引《史記》
為解。實際上,《史記》「離憂」與《楚辭》「進不入以離尤」、
「思公子兮徒離憂」等句一樣,「離」解作「遭」,並非王逸
「離別之憂愁」的意思。因此,「離憂」即「遭憂」之義。周
用拈出「余既不難夫離別」一句為證,未免紆曲。

關於〈九章〉之名,周用認為是後人所加,這個意見源於
朱熹:「屈原既放,思君念國,隨事感觸,輒形於聲。後人輯
之,得其九章,合為一卷,非必出於一時之言也。」[36] 觀王逸
云:「章者,著也,明也。言己所陳忠信之道,甚著明也。」[37]
相比之下,朱熹之說無疑更具說服力,因此得到後來大多數學
者的支持。

然而,周用以〈九歌〉之名也是後人所加,就有臆測之嫌
了。王逸謂屈原「作〈九歌〉之曲,上陳事神之敬,下見己之
冤結,託之以諷諫。」[38] 朱熹〈楚辭辯證〉也以此名為屈原自
定,又說:「或疑猶有虞夏〈九歌〉之遺聲,亦不可考。」[39] 雖
言不可考,但道出一個訊息:《楚辭・九歌》、虞夏〈九歌〉
皆祀神之曲,屈原〈九歌〉之名雖為自擬,實亦取於固有。周
用也留意到〈離騷〉「啟〈九辯〉與〈九歌〉」之語,然見解
大不相同。他認為屈原創作的二十五篇是各自獨立的。後人在

---

36 〔宋〕朱熹:《楚辭集註》(臺北:文津出版社,1987 年版),頁 93。
37 同註 24,頁 121。
38 同註 24,頁 55。
39 同註 36,頁 353。

〈離騷〉之外，合思君念國之篇為〈九章〉，合祭祀歌舞之辭為〈九歌〉。實際上，和〈九章〉不同，〈九歌〉十一篇具有連貫性，明顯是同時所作。否則很難解釋，屈原為甚麼要異時異地、斷斷續續地創作這些篇章。因此，周用此論僅因〈九章〉而推斷〈九歌〉的題目為後人所加，完全忽略了這組詩歌本身的性質和屈原創作的動機。

（二）篇旨分析

篇章命名之外，古今《楚辭》註家對各篇的主旨更是反覆爭論。如〈遠遊〉一篇的創作動機，王逸認為是由於屈原履方直之行，不容於世，於是深惟元一，修執恬漠，遂敘妙思而託配仙人，與俱遊戲；又說他在篇中流露出懷念楚國，思慕舊故之情。[40] 可是，「懷念楚國」與「深惟元一」，二者之間是有很大牴觸的。王逸之意，蓋以此篇呈現了屈原依違於兩端的矛盾心情。而朱熹則以為此篇全屬寓言，是屈原「悲嘆之餘」的作品，蘊含了長生久視之道，表現了「思欲制煉形魂，排空御氣，浮遊八極，後天而終，以盡反復無窮之世變」的思緒。朱熹之論似已偏向「深惟元一」一端，沒有了王逸所提出的那種矛盾心情。[41] 對於前賢的解釋，周用並沒有盲從。他說：

---

40 同註 24，頁 163。

41 同註 36，頁 197。按：今人周秉高綜合闡發王、朱之論，認為〈遠遊〉所表達的「是屈原在政治上絕望之後所追求的一種內心解脫，是對當時楚國黑暗腐朽統治集團的控訴、抗議，也流露了對故國的熱愛、留戀之情。但從總體上講，是企圖擺脫現實，是〈離騷〉思想的退坡。」見《楚辭解析》（呼和浩特：內蒙古大學出版社，2003 年初版），頁 219。

《楚辭》為〈國風〉之變，而〈遠遊〉又〈離騷〉之變
也。蓋〈離騷〉猶寄言君臣，其終也猶睠焉故都，則原
之於楚猶有庶幾之望焉。於〈遠遊〉則言神仙輕舉，無
復向之徘徊眷戀，而於所謂「忽臨睨夫舊鄉」者，則又
沒其辭於篇間，而非究竟致意之言。故曰〈離騷〉之變
也。雖然，原於向之所懷，豈其少改乎？誠以疾痛號呼，
無所不至，終無以自明，致命遂志，信誓不可越，乘化
歸盡，於吾蓋無毫髮之憾。跡雖幾於愈疏，其蓄極而通、
哀極而樂，人窮反本，乃知生死一致，奈何畏懼？「知
死不可讓而無愛」者，於此又可以驗其言之有自，而不
變其初心也。[42]

前文已言，周用論及〈離騷〉中的遊歷道：「後世詞人，擬遊
仙等作，以騁浩蕩之懷，以為本於〈離騷〉，屈原之志荒矣！」
對於〈遠遊〉，他依然堅持全篇所帶出的不是神仙之說，而是
生死之道。屈原並非有求仙之志，而是通過對這些境界的描繪
表達自己對楚國俗世的徹底絕望。故此，此文雖與〈離騷〉一
樣有神游的內容，也出現了「忽臨睨夫舊鄉」的句子，卻已經
沒有〈離騷〉那種牽掛之情。這時的屈原，對自己的生死去留
已有周備的審思，〈懷沙〉「知死不可讓，願無愛兮」之語就
是極好的註解。當然，周用也指出：屈原的絕望，正是對於先
前拳拳寄望的一種逆反。他對〈遠遊〉篇旨的解說，依然是側
重於「懷念楚國」這一端的。

---

42 同註4，頁18a至18b。

又如〈天問〉篇的創作動機，王逸所謂呵壁問天，以渫憤懣的說法為大多數學者所贊同。周用的意見則與王逸不盡相同：

> 〈天問〉是因先以天為問，故以命篇，非以通篇為問天也。[43]

又云：

> 自遂古之初以下十一章，皆因天設問，此非原本意，特假此發端，猶是婉辭。[44]

認為前段有關自然現象的發問，只是後文的發端、鋪墊。聶石樵說：「〈天問〉中有些詩句固然有諷諫意義，有些則與諷諫無關。」[45] 正中周用之意。周氏指出，人事的興替才是屈原所在意之處：

> 羿、澆、桀、紂、妹嬉、褒姒、箕子、比干之事，正其所致意者，指摘殆盡。天所諱隱，乃驟引而置之有無絕續之間，以為人有知我者，如是足矣。[46]

這些歷史陳跡雖然不堪回首，乃至於上天都想有所諱隱，但卻是斑斑可考、歷歷在目的。楚國君臣將歷史教訓完全置之不顧，沉溺於歌舞昇平，諱疾忌醫，更對清醒者進行無情打壓，這正是屈原需要洩憤的原因。明末李陳玉論〈天問〉第一大段道：

---

43 同註4，頁11a。
44 同註4，頁10a。
45 同註29，頁150。
46 同註4，頁9b。

「屈原非不知其故，特欲問下面人事種種，先為是迂遠之言，此文字之妙也。」[47] 無疑受到了周用的影響。

順帶一提的是，對於〈天問〉的取材，周用有這樣的說明：

> 屈原此篇，蓋取古昔世代明白可鑒之跡，間以巫史鬼物譸張不經之書，俚俗口耳茫昧無稽之說，美惡雜陳，先後易置，是以歷世既久，其文遂多不可解，而其篇章首尾則猶存。[48]

現代學者或指出，〈天問〉確有楚國和上古的神話傳說成分，但絕非取之「譸張不經之書」、「茫昧無稽之說」，進而認為周用對〈天問〉的基本理解尚有問題。[49] 不過在儒學主導的時代，將上古神話傳說斥為荒誕不經是司空見慣的事，我們似難要求古人像近百年來的學者一樣結合出土文物及有關史料，證明〈天問〉並非不可解，相反有著極重要的科學史、民族史及文化史之價值。其次，總觀周用整體的論述，所謂「巫史鬼物譸張不經之書，俚俗口耳茫昧無稽之說」主要是針對第一段的自然現象而言。至於和人事相關的掌故，他都是歸於「古昔世代明白可鑒之跡」的。

---

47 〔明〕李陳玉：《楚詞箋註》（康熙十一年〔1672〕魏學渠刊本）卷二，頁 4a。

48 同註 4，頁 9a 至 9b。

49 同註 23，頁 42。

七、論〈九歌〉的篇數與內容

本章第六節所引《楚詞註略》第一則，還涉及了另一討論主題——〈九歌〉篇數問題。〈九歌〉、〈九章〉名皆有九字，後者九篇，前者十一篇。若〈九歌〉之九為實數，則與篇數有差；為虛數，則與〈九歌〉之名不侔。王逸於〈九歌序〉中未言所以然。《文選》張銑註云：「九者，陽數之極。自謂否極，取為歌名矣。」[50] 洪興祖從之。[51] 姚寬亦謂〈九歌〉之「九」如〈七發〉、〈七啟〉之「七」一般，係以數名之，而非以章名之。[52] 朱熹〈楚辭辨證〉則道：「篇名〈九歌〉，而實十有一章，蓋不可曉。舊以九為陽數者，尤為衍說。」[53] 對此說表示存疑，態度客觀。而明代主虛數說者，除楊慎（1488-1559）外，少有所聞：「古人言數之多止於九。……《楚辭‧九歌》乃十一篇，〈九辯〉亦十篇。宋人不曉古人虛用九字之義，強合〈九辯〉二章為一章，以協九數，茲又可笑耳。」[54] 林兆珂（1574 年進士）解〈九歌〉時亦徵引姚寬之說。[55] 而可考知的明清楚辭學者中，周用為主實數說的第一人。周用以二〈湘〉

---

50 〔梁〕蕭統選編、〔唐〕李善等註：《六臣註文選》（杭州：浙江古籍出版社，1999 年影印初版），頁 597。

51 同註 24，頁 182。

52 見〔宋〕姚寬：《西溪叢語》（臺北：臺灣商務印書館，1966 年版），頁 6。

53 同註 36，頁 353。

54 〔明〕楊慎：《升菴集》（臺北：臺灣商務印書館影印文淵閣四庫全書，1983 年初版）卷四十三，頁 4b 至 5a。

55 〔明〕林兆珂：《楚辭述註》（臺北：新文豐出版公司，1986 年影印初版），頁 95。

合一、二〈司命〉合一而得九之數。[56] 其後學者以主實數者為多：汪瑗、王夫之（1619-1692）合二〈司命〉為一，以〈禮魂〉為前十篇之亂辭；黃文煥、林雲銘、蔣驥（1678-1745）以〈山鬼〉、〈國殤〉、〈禮魂〉為一篇；錢澄之以河非楚望、山鬼妖邪，去而得九章；[57] 諸說紛紜，不一而足。

　　回顧〈九歌〉之內容，王逸謂屈原係「上陳事神之敬，下見己之冤結，託之以諷諫」。[58] 朱熹亦言其「因彼事神之心以寄吾忠君愛國、眷戀不忘之意」。[59] 皆以〈九歌〉原本性質為祀神樂曲。周用則對「事神」作出了較詳細的劃分：

　　　　〈九歌〉，迎神、享神、送神之詞。[60]

通過迎、享、送神三點，周氏將十一篇進行了歸類：

　　　　〈湘君〉〈湘夫人〉〈山鬼〉，言迎神；〈東皇太乙〉
　　　　〈國殤〉〈禮魂〉，言享神；餘兼迎送。[61]

---

56 周用之說，陳子展有所提及：「至若明初周用《楚詞註略》說：『〈九歌〉又合〈湘君〉、〈湘夫人〉，〈太司命〉、〈少司命〉為二篇。』」（見《楚辭直解》〔上海：復旦大學出版社，1996 年初版〕，頁 452。）然周用生於成化時，活躍於正德、嘉靖間，非明初時人。

57 〔明〕錢澄之：《莊屈合詁》（合肥：黃山書社，1998 年初版），頁 220。

58 同註 24，頁 55。

59 同註 36，頁 59。

60 同註 4，頁 5b。按：入清以後，學者對〈九歌〉是否祀神樂曲也產生了爭論。如戴震論〈東皇太一〉云：「蓋自戰國時奉為祈福神，其祀最隆，故屈原就當時祀典賦之，非祠神所歌也。」見《屈原賦註》（北京：中華書局，1999 年初版），頁 23。

61 同註 4，頁 5b。

周用所定迎、享、送神的標準何在，註文並未說明，大抵是玩味文本、參詳舊註後所得。嘗試論之，如〈東皇太一〉「穆將愉兮上皇」到「君欣欣兮樂康」都沒有明確描述到神的降臨與離去，故周用以為只有「享神」部分。〈湘君〉一篇，朱熹以為「言湘君既不可見，而愛慕之心終不能忘」。等待許久，神終不來，故周用認為此篇只言迎神。至於〈雲中君〉、二〈司命〉、〈東君〉、〈河伯〉五篇，諸神的迎、享、送都層次分明，周用云「兼迎送」，也包括了「享」這一步驟。對於這一點，毛慶認為「確可補朱熹之缺」。[62]

其後，明末李陳玉亦有類似的說法：「（〈九歌〉）有迎神、降神、送神全者，〈雲中君〉、〈大司命〉、〈少司命〉、〈東君〉、〈河伯〉是也；有迎神、降神、無送神者，〈東皇太一〉是也；止有迎神、無降送者，〈湘君〉、〈湘夫人〉是也；無迎無送無降者，〈山鬼〉、〈國殤〉、〈禮魂〉是也。」[63] 迎、享／降、送神，就是神靈來、留、去的三個階段。享神、降神意雖有別，然皆著眼於神留之時。兼迎送則神必曾降；神降則必曾享，無須置疑。總而論之，有關〈九歌〉迎降送神之說，李陳玉於《楚詞註略》應有參詳損益，而其立論同樣也是以玩味文本為基礎。如其論〈湘夫人〉云：「此章與前篇（〈湘君〉）用意俱同，皆是迎神，而極寫神不肯來之狀。」[64] 為便審覽周、李二氏之論，謹表列於下：

---

62 同註13，頁42。

63 同註47，卷三，頁13b。

64 同註47，卷三，頁6b。

表二

	周用《楚詞註略》			李陳玉《楚詞箋註》		
	迎神	享神	送神	迎神	降神	送神
〈東皇太一〉	—	√	—	√	√	—
〈雲中君〉	√	√	√	√	√	√
〈湘君〉	√	—	—	√	—	—
〈湘夫人〉	√	—	—	√	—	—
〈大司命〉	√	√	√	√	√	√
〈少司命〉	√	√	√	√	√	√
〈東君〉	√	√	√	√	√	√
〈河伯〉	√	√	√	√	√	√
〈山鬼〉	√	—	—	—	—	—
〈國殤〉	—	√	—	—	—	—
〈禮魂〉	—	√	—	—	—	—

觀〈雲中君〉、二〈司命〉、〈東君〉、〈河伯〉五篇內容，周、李皆言神有來有去，即所謂「兼迎送」者，而二〈湘〉則僅有迎神。二人之解會頗有類似之處。他如黃文煥、錢澄之等也以〈九歌〉內容為迎、降、送神。然以〈少司命〉一篇為例，黃氏意此篇乃「神宿帝郊而遁我，我登九天以求神」，[65] 錢氏則謂「神欲降而不降」，[66] 解會已截然不同，益可證周、李所

---

65 〔明〕黃文煥：《楚辭聽直》（臺北：新文豐出版公司據明刊本影印，1986年初版），頁302。

66 同註57，頁209。

論相近。唯周用認為〈東皇太一〉開篇時神已降臨，故無須迎；李陳玉則云：「自『瑤席』句至末，言迎神宴舞之樂。」[67] 這自然是由於二人對文本的理解有所不同。此外，李氏以〈山鬼〉、〈國殤〉、〈禮魂〉三篇迎降送皆無，細觀內容，其實未然。李陳玉蓋以三篇為鬼祭，[68] 迎降送神的名目並不適用。周用以山鬼為神，下文另詳。而其稱〈國殤〉「為壯厲之辭，以道死者之志」；[69]〈禮魂〉無註，蓋從洪興祖舊說，以祭主為「以禮善終者」。那麼在周用看來，國殤、禮魂雖為凡人之亡靈，卻並不妨礙其為神。

周用以〈河伯〉、〈山鬼〉並稱，謂「猶概言山川之神，無所輕重」。[70] 雖然沒有詳細申述，卻很值得注意。王逸、朱熹皆以河伯為黃河之神，[71] 山鬼係木石之怪。[72] 而周用似已否定王、朱之說。先看河伯，周氏應以其為普通水神（而非黃河之神），否則不會稱他「無所輕重」。直至近世，學者方提出類似的意見。山鬼方面，周用分析〈山鬼〉時始終以「神」稱之。[73] 然直至清末，主山鬼為神者依舊為數戔戔。[74] 近人郭沫

---

[67] 同註 47，卷三，頁 2b 至 3a。

[68] 同註 47，卷三，頁 13a。

[69] 同註 4，頁 9a。

[70] 同註 4，頁 9a。

[71] 同註 24，頁 78；同註 36，頁 85。

[72] 同註 24，頁 82；同註 36，頁 87。

[73] 同註 4，頁 8b 至 9a：「〈山鬼〉『若有人』二章，設言神之慕己、而己往求之久矣，而不來也；『表獨立』二章，言神不過上下相山何以不來者，豈有所悅慕而望我乎？末章言幽思不能忘也。」

若謂山鬼為巫山神女，姜亮夫也道：「〈山鬼〉祭的不是『鬼』而是山中女神。」[75] 周用說山鬼「無所輕重」，自然不會將之和地位顯赫的巫山神女聯繫起來。然而，認為「鬼神可以通稱」，不再簡單地把山鬼看成山魈，《楚詞註略》在諸家中年代是比較早的。

八、論《楚辭》的文學特色

（一）章法分析

錢澄之指出《集註》一書「逐句解釋，不為通篇貫串」。[76] 當然，除了解釋之外，朱熹也以賦比興之法辨探〈離騷〉。但總體而言，他對於《楚辭》的詞章分析似乎只限於此。這是因為歷來認為詞章乃雕蟲小技，如王陽明評宋謝枋得《文章軌範》道：「蓋古人之奧，不止於是，是獨為舉業者設爾。」[77] 四庫館臣論明茅坤《唐宋八大家文鈔》云：「集中評語雖所見未深，

---

74 按：比較為人熟知的，只有明汪瑗、清顧成天（1730 年進士）兩家之說。汪瑗云：「蓋鬼神可以通稱也。此題曰山鬼，猶言山神山靈云耳。」（見〔明〕汪瑗：《楚辭集解》〔北京：北京古籍出版社，1994 年初版〕，頁137。）顧成天云：「楚襄王遊雲夢，夢一婦人，名曰瑤姬。通篇辭意似指此事。」（見〔清〕顧成天：《楚詞九歌解》〔臺南：莊嚴文化事業有限公司據上海圖書館藏乾隆六年（1741）刻本影印，1997 年初版〕，頁276。）

75 姜亮夫、姜昆武：《屈原與楚辭》（合肥：安徽教育出版社，1996 年二版），頁65。

76 同註57，頁139。

77 〔明〕王守仁：〈重刻文章軌範序〉，見〔宋〕謝枋得：《文章軌範》（鄭州：中州古籍出版社影印光緒九年〔1883〕置絃歌書院刊本，1991 年初版）。

而亦足為初學之門徑。」[78] 皆以評註點竄之術洩漏天機，於章法上錙銖考核，不過是初學入門之法。南宋以迄明中葉，《楚辭》註本數量有限，且亡佚頗多，而總集編選者亦多未顧及《楚辭》。故傳世著作中，《楚詞註略》是《楚辭集註》後之第一本較具規模地分析屈作章法的著作。《楚詞註略》論及章法的篇幅甚鉅，關涉了〈離騷〉、〈湘君〉、〈湘夫人〉、〈大司命〉、〈少司命〉、〈東君〉、〈河伯〉、〈山鬼〉、〈天問〉、〈惜誦〉、〈涉江〉、〈哀郢〉、〈抽思〉、〈懷沙〉、〈思美人〉、〈惜往日〉、〈悲回風〉、〈遠遊〉、〈卜居〉等十九篇，或就全篇而論，逐一探討各章的意義與起承轉合的手法；或就個別有疑問的詞句而論，在有需要時另開新則。故毛慶認為：「如此分章剖析卻較為好學易懂。」[79]

　　以〈哀郢〉篇為例，朱註非常詳盡。各章之內，每句都是先釋字義，再釋句意。如十五章，先釋「慍惀慷慨」之義，再引洪興祖《補註》以解前二句；復釋「踥蹀」之義，再解後二句。然而，句釋僅是詞釋的衍申，並非就論章法而言，稍為支離。至於各章的相互關係，也鮮有貫穿一氣的講解。而周用之註則云：

> 〈哀郢〉「皇天之不純命」四章，追敘去國之始，徘徊眷戀，臣子不忍之情。「心嬋媛而傷懷」二章，反覆言流亡未知所止，不能為心之甚。「將運舟而下浮」二章，言遂欲遠去，而此心益不忍忘乎故國也。「登大墳以遠

78　同註5，頁1719。

79　同註13，頁42。

望」四章，言升高反顧，寓目興感，無已解憂，所向瞀
惑，不知所適。而國之將亡，吾亦無如之何，是以憂心
相仍，不忍遠去，離久而此心不能舍也。「外承歡之汋
約」三章，言我之遠邅實因小人之壅蔽，無所不至，是
以至於此也。亂辭所及，其攀慕垂絕之音，抑亦有無窮
之悲焉。[80]

雖略於訓詁，卻能提出各章間的關聯，進而加以概括，分全篇
為六個層次，歸結每層的大意。《集註》以訓釋為主，所言較
客觀；《註略》更偏向文章欣賞，行文時帶感情。如評價亂辭
為「攀慕垂絕之音」、「有無窮之悲」，主觀的色彩比較強烈，
與稍後陸時雍、陳繼儒、蔣之翹（1621？-1649）等《楚辭》評
點家的文字風格比較接近。

在為屈作概括層次、分析章法的同時，周用還有一些創見。
如他解〈抽思〉篇，認為「『亂曰』以下與前『少歌』一意，
皆總上文意」。[81] 解〈思美人〉，指出「『開春發歲』至終篇
（與前段）大義略同」，又申言此篇所以深長，是因為「如《詩》
反復疊詠之體」。[82] 引《詩》為證，將司馬遷「一篇之中三致
意」之舊說推進了一步。這些見解不久便產生了影響。如黃文
煥道：「〈思美人〉以變易為複，以情志心度為複。」「〈抽
思〉以詞言為複。」[83] 同於周用之意，而所論更詳。陸時雍評

---

80 同註4，頁13a至13b。
81 同註4，頁14b。
82 同註4，頁15b。
83 同註22，頁568。

〈抽思〉：「此篇凡三致意於良媒矣。」[84] 也與周氏所見略同，以〈抽思〉可分為三個內容相近的層次。今人陳子展稱〈抽思〉為兩篇合而為一，[85] 亦是承此思路而來。

然而，周用分層析章的工作也有缺失之處。如〈湘夫人〉「麋何為兮庭中，蛟何為兮水裔。朝馳余馬兮江皋，夕濟兮西澨」四句，朱熹定為一章，周用從之。實際上，這四句雖然押韻，但前兩句與後兩句的文意有所不同。周用全盤接受朱熹之說，似欠熨貼。

（二）詞句分析

對於一些詞句的見解，周用時有新意。如〈離騷〉中，屈原、靈氛對話的一段有「世幽昧以眩曜兮，孰云察余之善惡」兩句，朱熹謂係屈原聞靈氛忠告後的自念之詞。[86] 周用卻認為：「『世幽昧以眩曜』二句正申『爾何懷乎故宇』，意亦靈氛之言。」[87] 〈湘君〉「令沅湘兮無波，使江水兮安流」二句，朱熹稱此為巫者「恐行或危殆，故願湘君令水無波而安流也」。[88] 周用同樣以為篇中之「我」為巫者，但卻指出：「『令沅湘』

---

84 〔明〕陸時雍：《楚辭疏》（臺北：新文豐出版公司，1986 年影印本），頁 180。

85 陳子展云：「〈抽思〉一篇的結構形式頗覺特別，既有『少歌』，像《荀子・佹詩》的小歌，這和亂辭的意義相同，可說一篇作品到此已經結束了。偏偏又從『倡曰』更端再起，末了還有亂辭作結。這當是兩篇合而為一。」（同註 56，頁 574。）

86 同註 36，頁 44。

87 同註 4，頁 5b。

88 同註 36，頁 65。

二句，言『我』令之使之也。」[89] 這些皆是周用細味全篇後所
得。

　　周用好以「比類而觀」之法推敲詞義句義，每有所獲。註
〈少司命〉道：「『嬃人』，猶〈湘夫人〉篇『佳人』，謂神
也。」[90] 又註〈河伯〉道：「『美人』與『予』，皆指神。『予』
與〈太司命〉『予』、『余』同，親之辭也。」[91] 觀《楚辭集
註》中，朱熹謂〈湘夫人〉中「佳人」指湘夫人，[92]〈少司命〉
中「嬃人」指巫，[93]〈河伯〉中「美人」與「予」皆巫自謂，[94]
〈大司命〉中「予」則是「贊神者為其自謂之稱」。[95] 朱熹多
逐篇獨立釋意，故所解比較細碎。而周用則引原文交相為內證，
解會自然不同。又〈離騷〉「朝發軔於蒼梧兮，夕余至乎懸圃」
兩句，王逸註道：「言己朝發帝舜之居，夕至懸圃之上，受道
聖王，而登神明之山。」[96] 周用以為：「『朝發軔於蒼梧』，
與本篇『朝發軔於天津』、〈遠遊〉『朝發軔於太儀』，皆取
遼遠之意。王逸獨取『蒼梧』，義係於舜，未然。」[97] 朝發蒼
梧，夕至懸圃，意謂路途遙遠，而一去竟日。「蒼梧」二字充
其量僅可說承上啟下，未必如王逸所言，有受道於帝舜之意。

89　同註 4，頁 6b。
90　同註 4，頁 7b。
91　同註 4，頁 8b。
92　同註 36，頁 71。
93　同註 36，頁 79。
94　同註 36，頁 84。
95　同註 36，頁 74。
96　同註 24，頁 26。
97　同註 4，頁 5a。

再如〈東君〉「羌聲色兮娛人，觀者憺兮忘歸」，朱熹解道：「下方所陳鐘鼓竽瑟聲音之美、靈巫會舞容色之盛，足以娛悅觀者，使之安肆喜樂，久而忘歸。」[98] 認為體現出祭祀者與神遇合的歡喜之意。周用則稱：「猶〈湘夫人〉『蹇誰留兮中洲』，與〈河伯〉『日將暮兮悵忘歸』、〈山鬼〉『留靈修兮憺忘歸』、『怨公子兮悵忘歸』詞意皆同。凡曰『歸』者，內之辭也。」[99]又云：「『駕龍輈』一章，恐其為他人所留而不來也。」[100] 指出〈東君〉篇有著與其餘諸篇一樣的離合懷思之情。

　　然而，某些詞句的文字雖然相近，其意卻有所不同。如周用以〈離騷〉「倚閶闔而望予」與〈遠遊〉「排閶闔而望予」意同，來證〈離騷〉此處無倚門拒我不得入意。[101] 朱熹註〈遠遊〉謂：「排，推也。望予，須我來也。與〈騷經〉『倚閶闔而望予』者意不同矣。」[102] 明瞭「倚」「排」二字所訓不同，致兩句意有相差。而周用僅以兩句皆有「閶闔」、「望予」字樣，便稱其意同，不啻倉猝。故毛慶評論道：「如此聯繫考索，所得結論均與常解不同，其結論雖未必可取，然其方法卻實值得參考。」[103]

98　同註 36，頁 80 至 81。

99　同註 4，頁 8a。

100　同註 4，頁 8a。

101　同註 4，頁 5a。

102　同註 36，頁 206。

103　同註 13，頁 42。

九、詞語訓釋

　　《楚詞註略》一書中，字詞訓釋非首要事，然亦偶有新意。如〈懷沙〉「吾將以為類兮」一句，王逸註云：「類，法也。《詩》云：『永錫爾類。』」[104] 朱熹《集註》從之：「類，法也。以此言為法也。」[105] 然不復引《詩》為證。按「永錫爾類」句出《詩三百》之〈大雅·既醉〉，《毛傳》訓「類」為「善」。[106] 朱熹於《詩集傳》釋「類」字，實本於《毛傳》之說：「類，善也。……孝子之孝，誠而不竭，則宜永錫爾以善矣。」[107] 但這樣一來，《集註》與《詩集傳》之說就有牴觸。周用則謂「類」字「若與《左傳》所引《詩》『永錫爾類』意同」，[108] 點出此處「類」字用法同於《毛詩》。

　　又如「乘騏驥而馳騁兮」一句，分別見於〈離騷〉、〈惜往日〉兩篇。〈離騷〉篇中，王逸註「騏驥」曰「駿馬」，然註〈惜往日〉篇則云「駑馬」，[109] 自相矛盾。朱熹《集註》竟爾從之。[110] 周用駁斥道：「『乘騏驥』若泛云乘馬亦是，不必

---

104 同註 24，頁 146。

105 同註 36，頁 172。

106 見《毛詩詁訓傳》，頁 129；收入《漢魏十三經古註》（北京：中華書局，1998 年影印初版）。

107 〔宋〕朱熹：《詩集傳》（上海：上海古籍出版社影印世界書局本，1987 初版），頁 132。

108 同註 4，頁 15a。

109 同註 24，頁 7、頁 152。

110 同註 36，頁 4、頁 97。按：毛慶云：「其原因，乃在於第三句為『乘泛泭以下流』。『泛泭』既為木筏無疑，『騏驥』與之相對，則不好釋為『良

頓作『駑馬』與『泛泭』對。《楚辭》措詞，往往參錯礧磈。」[111] 毛慶認為此論主張根據不同體裁不同寫作背景來訓釋詞句，其精神無疑正確，亦合訓詁要則。[112]

再如洪興祖補註〈卜居〉篇，「呢訾」謂「以言求媚」，栗訓「謹敬」，「斯」訓「慄」、「喔咿儒兒」為「強笑之貌」、「突梯滑稽」謂「委曲順俗」、「如脂如韋」訓滑柔、「絜楹」言諂諛，[113] 朱熹《集註》大抵從之。[114] 兩註大都逐字求義。周用則以為：「『栗斯』與『呢訾』、『喔咿儒兒』大意同，皆連綿字。」「『絜楹』承『突梯滑稽』、『脂韋』言，蓋亦皆連綿字意。」[115] 故清林雲銘謂：「呢訾栗斯，喔咿嚅呢，突梯絜楹等語，王註不知其何所據。先輩謂當以意會之，斯得之已。」[116] 毛慶指出，除「脂」、「韋」都作連綿字不確外，其餘亦可成立。[117]

不過，周用對於舊註、尤其朱熹《集註》有異議時，大都不明確指出，只是陳述己見。前引「乘騏驥而馳騁兮」句便是一個例子。又如他比對〈離騷〉「鯀婞直以亡身」與〈惜誦〉

馬』。其後許多學者覺得此說實在不妥，仍作『良馬』解釋，然對下面『泛泭』又不好處理。」（同註13，頁42。）

[111] 同註4，頁16b。
[112] 同註13，頁42。
[113] 同註24，頁177。
[114] 同註36，頁215至216。
[115] 同註4，頁19b。
[116] 同註21，卷四，頁13a。
[117] 同註13，頁42至43。

「行婞直而不豫」兩句，以「婞直」為褒義詞；[118] 而《集註》承王逸《章句》，訓「婞」為「很」，[119] 與周用之見相左。再如《集註》釋〈河伯〉「送美人兮南浦」，言「美人與予，皆巫自謂也」，[120]《楚詞註略》則謂「美人與予皆指神，予與〈大司命〉『予』『余』同，親之辭也」，[121] 類似情況，不一而足。周用之時，朱註仍頗具權威，《楚詞註略》未敢直接指摘，是可以理解的。

十、結語

明代中葉以來，註《騷》風氣蔚盛。周用《楚詞註略》一書居此風氣之初，不錄屈作原文，僅有十九頁，筆記四十一則，且缺乏完備的體例，不足之處時而可見。前文談論到，周用誤解了〈離騷〉的名義，認為〈九歌〉之名乃後人所加，過於倚賴「比類而觀」的方法（如將〈離騷〉「倚閶闔而望予」跟〈遠遊〉「排閶闔而望予」全然等同），對於某些不合理的舊說聽之任之，乃至於對很多論點都沒有詳細申論，這些都是此書的缺失。次者，由於《楚詞註略》一書採用筆記體，又僅限於朱熹所定的屈作二十五篇，一些重要的論點於是沒有闡發的空間。如二〈招〉方面，司馬遷悲〈招魂〉之志，王逸謂〈大招〉

---

118 同註 4，頁 4b 至 5a。
119 同註 36，頁 28。
120 同註 36，頁 84。
121 同註 4，頁 8b。

為屈作，朱熹則一歸宋玉，一歸景差。周用註釋既只限於屈作，對二〈招〉卻不加論述，實有未安。

不過，有學者由於看到這些缺失而斷定《楚詞註略》獨到之處不多，所析各篇具有之特點亦少，[122] 如此論調的產生主要是因為將此書與明清眾多的楚辭學著作等量齊觀。假使從歷時的角度來看，得到的結論卻未必一樣。《楚詞註略》的寫作年代僅次於桑悅的《楚辭評》。桑悅活躍於成化、弘治的「治世」，他註《楚辭》是為了抒洩沉淪下僚的不忿。桑氏感覺到衰世的來臨，在文學上早早洗卻臺閣流風，被後代視為師古說的先驅人物。而周用仕宦於朝綱不振的正德、嘉靖兩朝，七子師古說和陽明心學興起未久，傳統的臺閣文學和程朱理學雖已衰落，卻仍有很大的影響力。周用身為臺閣文學的殿軍，改變了歷來閣臣對《楚辭》不聞不問、淺論輒止的態度，著手註解。這不僅呈露出一個端亮有節概的官員在衰世的抑鬱，更體現了當時文風、學風移轉的軌跡。

站在楚辭學的角度來看，周用以前，明人楚辭學著述只有桑悅《楚辭評》一種。此書主觀性評點的內容甚多，且從未付梓，影響不大。與周用同時馮惟訥的《楚辭旁註》，唯標以音叶而無註文。相比之下，《楚詞註略》篇幅雖然簡短，卻有一己之見。周用針對舊註「領其要」、「袪其疑」的工作，是有成績的。他重新審釋各篇的大旨，分層剖析章法，運用「比類而觀」的方法研究詞句，得出了一些新的見解。關於〈九歌〉

---

122 同註13，頁41。

的創作年代、篇數問題、迎降送神步驟、以及河伯、山鬼等神的司職，也有不同於舊註的論斷。這些見解與稍後的汪瑗《楚辭集解》、陸時雍《楚辭疏》、黃文煥《楚辭聽直》、李陳玉《楚詞箋註》等相比，也許微不足道。但《楚詞註略》依然有開創性的功勞：其一，王逸《章句》面世以來，幾乎沒有《楚辭》註本單論屈作；而《註略》所論至〈漁父〉而止，僅限於屈作二十五篇，這在明清楚辭著作中具有先導性。其二，周用徹底擺脫了臺閣先輩的成見，對屈原的人格和學問作出了高度的評價，對其不幸遭遇表示了深切的同情，並委婉地否定了朱熹一些不合理的論說。其三，周用論屈作以詞章為主，打破朱熹以義理為主的傳統。詞章分析的辦法，其後得到眾多楚辭學者的採用。這些都值得我們注意。

　　《楚詞註略》一直到清初方才付梓，但其中不少論點都與晚明的楚辭學者有契合之處。至於李陳玉《楚詞箋註》、黃文煥《楚辭聽直》的一些論點，如〈九歌〉迎降送神的內容，〈天問〉的篇旨章法，〈抽思〉、〈思美人〉前後文的重複等，更明顯受到了《註略》的影響。和明代後期諸評註相比，《楚詞註略》固然沒有汪瑗《楚辭集解》的大膽假設、陸時雍《楚辭疏》的靈動清麗、王夫之《楚辭通釋》的微言大義、周拱辰《離騷草木史》的好奇務博。但我們依然可以斷言，這本小書的出現，不僅標誌著道學對明代臺閣文風影響的日益微弱，更預示了明清楚辭學興盛期的到來。

附錄

明代前期楚辭學簡表

凡例

一、 本年表分為年代、楚辭學紀事、相關紀事及備考四欄。

二、 本年表起自明太祖元年（1368），訖於孝宗弘治十八年（1505）；附表則訖於嘉靖二十七年（1547）周用逝世之時。

三、 「年代」一欄，詳錄年號、干支、公元紀年；一帝之紀元初見，必錄其廟號。

四、 「楚辭學紀事」一欄中，僅列各著作之著成年分、刊印年分、序跋寫作年分，書畫之創作年分亦酌量採入。

五、 若一書知為某朝刻本，而刊印年分未詳，則於「楚辭學紀事」一欄中列於該朝之元年；若並某朝亦不知，則不予登錄。

六、 「相關紀事」一欄之內容，以楚辭學著作編撰者及序跋作者之行事為主，大抵分為生、卒年及功名三項。為進士者錄登第年分，餘者則錄中舉、拔貢年分。與楚辭學著作相關之事蹟，年代可考者則繫年。

七、 某些著名學者、文人之生卒、功名年分，及太祖立國等重大史事，亦行錄入「相關紀事」一欄，以便參考。

八、 編撰者之生卒、功名年分，及著作年分不詳、存疑者，於「備考」欄註明。

九、 由於史料闕漏，不少資料未能繫年。文人活動、政治大事等，亦當有專欄紀錄。由於時間限制，未能盡善盡美，故此錄僅可揭曰「簡表」。

年代	楚辭學紀事	相關紀事	備考
太祖洪武元年 戊申（1368）	洪武間，慶王朱㮵刊《文章類選》四十卷，中有《楚辭》篇章。	太祖即位於應天。	
洪武三年 庚戌（1370）		楊維楨卒，年七十五。	
洪武五年 壬子（1372）		吳訥生。	案：吳氏刊有朱子《楚辭集註》。
洪武七年 甲寅（1374）		王褘卒，年五十二。 高啓卒，年四十九。	
洪武八年 乙卯（1375）		劉基卒，年六十五。	
洪武十年 丁巳（1377）		胡儼生。	
洪武十二年 己未（1379）		貝瓊卒，年八十三。	
洪武十四年 辛酉（1381）		宋濂卒，年七十一。	
洪武二十五年 壬申（1392）		薛瑄生。	
惠帝建文四年 壬午（1402）		燕王兵陷應天，惠帝失蹤。方孝孺死節，年四十六。	
成祖永樂二年 甲申（1404）		陳敬宗成進士。	
永樂五年 丁亥（1407）		徐有貞（初名珵）生。	

永樂十六年 戊戌（1418）		周敘成進士。
永樂十八年 庚子（1420）		葉盛生。
永樂十九年年 辛丑（1421）		薛瑄成進士。 丘濬生。
宣德二年 丁未（1427）		何喬新生。
宣德三年 戊申（1428）		陳獻章生。
宣德八年 癸丑（1433）		徐有貞成進士。
宣德十年 乙卯（1435）		吳寬生。
英宗正統八年 癸亥（1443）		胡儼卒，年八十四。
正統九年 甲子（1444）		楊士奇卒，年八十。
正統十年 乙丑（1445）		程敏政生。
正統十二年 丁卯（1447）		陳獻章成舉人。 桑悅生。 李東陽生。
景帝景泰元年 庚午（1450）		王鏊生。
景泰五年 甲戌（1454）		邱濬成進士。 何喬新成進士。
景泰八年 乙丑（1457）		吳訥卒，年八十六。
英宗天順三年		陳敬宗卒，年八十

己卯（1459）		三。	
天順四年 庚辰（1460）		祝允明生。 邵寶生。	
天順八年 甲申（1464）	吳訥《文章辨體》付梓。	薛瑄卒，年七十三。 李東陽成進士。	案：吳氏生前是否曾刊印此書，待考。
憲宗成化元年 乙酉（1465）		桑悅成舉人。	
成化二年 丙戌（1466）		程敏政成進士。	
成化六年 庚寅（1470）		文徵明生。	
成化八年 壬辰（1472）		徐有貞卒，年六十六。 吳寬成進士。 王陽明生。 李夢陽生。	
成化十年 甲午（1474）		葉盛卒。 張旭成舉人。	
成化十一年 乙未（1475）	吳原明重刊朱子《楚辭集註》，何喬新作序。	王鏊成進士。 葉盛成進士。	
成化十九年 癸卯（1483）		顧應祥生。 何景明生。	
成化二十年 甲辰（1484）		邵寶成進士。	
孝宗弘治元年 戊申（1488）		楊慎生。	

弘治三年 庚戌（1490）	桑悅《楚辭評》約作 於此時。	黃省曾生。 黃佐生。	
弘治七年 甲寅（1494）		李夢陽成進士。	
弘治八年 乙卯（1495）		丘濬卒，年七十五。 謝榛生。	
弘治九年 丙辰（1496）	祝允明書〈離騷〉。		
弘治十年 丁巳（1497）		唐樞生。	
弘治十二年 己未（1499）		王陽明成進士。	
弘治十三年 庚申（1500）		陳獻章卒，年七十 三。 程敏政卒，年五十 六。	
弘治十五年 壬戌（1502）		周用成進士。 何喬新卒，年七十 六。	
弘治十六年 癸亥（1503）		桑悅卒，年六十七。	
弘治十七年 甲子（1504）	建寧魏氏於仁實堂 重刊朱子《楚辭集 註》。	吳寬卒，年七十。	
弘治十八年 乙丑（1505）		顧應祥成進士。	
武宗正德二年 丁卯（1507）		張之象生。 歸有光生。 唐順之生。	
正德四年		黃姬水生。	

己巳（1509）		王慎中生。	
正德六年 辛未（1511）		楊慎成進士。	
正德七年 壬申（1512）		茅坤生。	
正德九年 甲戌（1514）		徐師曾生。 李攀龍生。	
正德十一年 丙子（1516）		李東陽卒，年七十。	
正德十二年 丁丑（1517）	文徵明繪〈湘君湘夫人圖〉。	熊宇成進士。	
正德十三年 戊寅（1518）	黃省曾、高第刊王逸《楚辭章句》十七卷，王鏊、黃省曾皆有序。		
正德十四年 己卯（1519）	沈圻重刊朱子《楚辭集註》，作〈重刊楚辭跋〉，張旭作〈重刊楚辭序〉。		
正德十五年 庚辰（1520）	熊宇書篆楷《楚騷》五卷，付梓。	陸長庚（西星）生。	
正德十六年 辛巳（1521）	馮惟訥《楚辭旁註》付梓，陳崔作序。	黃佐成進士。 何景明卒，年三十九。	案：馮書付梓年分從崔富章之說。其說疑誤，詳見緒論。
世宗嘉靖元年 壬午（1522）	嘉靖中，有覆宋本王逸《楚辭章句》十七		

	卷。		
嘉靖三年 甲申（1524）		王鏊卒，年七十五。	
嘉靖四年 乙酉（1525）		陳深成舉人。	案：《浙江通志》謂陳氏為嘉靖四年舉人，《湖州府志》則作二十八年。
嘉靖五年 丙戌（1526）	王寵題周官〈九歌圖〉。	祝允明卒，年六十七。 王慎中成進士。 唐樞成進士。 王世貞生。	
嘉靖六年 丁亥（1527）		邵寶卒，年六十八。 張鳳翼生。 李贄生。	
嘉靖八年 己丑（1529）		王陽明卒，年五十三。 李夢陽卒，年五十三。 唐順之成進士。	
嘉靖十年 辛卯（1531）		黃省曾成舉人。	
嘉靖十三年 甲午（1534）		黎民表成舉人。	
嘉靖十四年 乙未（1535）	袁褧有仿宋刊本朱子《楚辭集註》。	申時行生。	

嘉靖十七年 戊戌（1538）	楊上林有刊朱子《楚辭集註》八卷，作〈刻楚辭後〉，唐樞作〈重刻楚辭敘〉、顧應祥作〈刻朱子註楚辭序〉。	馮惟訥成進士。 茅坤成進士。	
嘉靖十八年 己亥（1539）	二月，世宗幸承天府，使使祠屈子。 黃某作〈擬騷〉，王世貞為之作序。		
嘉靖十九年 庚子（1540）		黃省曾卒，年五十一。	
嘉靖二十年 辛丑（1541）		陳第生。 焦竑生。	
嘉靖廿三年 甲辰（1544）		李攀龍成進士。	
嘉靖廿五年 丙午（1546）		馮夢禎生。	
嘉靖廿六年 丁未（1547）		周用卒，贈太子太保，諡恭肅。 王世貞成進士。 汪道昆成進士。 徐師曾成進士。 李維楨生。	

主要參考書目

一、傳統文獻

1. 《十三經註疏》，臺北：藝文印書館據阮元嘉慶二十年（1815）江西南昌學堂刊本影印，1985 年版。

2. 《漢魏十三經古註》，北京：中華書局，1998 年影印初版。

3. 〔漢〕司馬遷：《史記》，北京：中華書局，1997 年版。

4. 〔漢〕劉向編著，盧元駿註譯：《新序今註今譯》，臺北：臺灣商務印書館，1975 初版。

5. 〔漢〕班固：《漢書》，北京：中華書局 1997 年版。

6. 〔漢〕王逸：《楚辭章句》，臺北：藝文印書館影印明馮紹祖萬曆丙戌刊本，1974 年再版。

7. 〔漢〕王逸章句、〔宋〕洪興祖補註：《楚辭補註》，北京：中華書局，2002 年重印修訂本。

8. 〔南朝宋〕范曄：《後漢書》，北京：中華書局，1997 年版。

9. 〔南朝梁〕蕭統選編、〔唐〕李善等註：《六臣註文選》，杭州：浙江古籍出版社，1999 年影印初版。

10. 〔唐〕韓愈：《韓昌黎文集校註》，上海：上海古籍出版社，1986 年初版。

11. 〔唐〕柳宗元：《柳河東全集》，北京：中國書店，1991 年初版。

12. 〔後晉〕劉昫主編：《舊唐書》，北京：中華書局，1997 年版。

13. 〔宋〕李昉主編：《文苑英華》，臺北：臺灣商務印書館影印文淵閣四庫全書，1983 年初版。

14. 〔宋〕蘇軾：《蘇軾文集》，北京：中華書局，1986 年初版。

15. 〔宋〕李塗：《文章精義》，北京：人民文學出版社，1960 年初版。

16. 〔宋〕沈括：《夢溪筆談》，臺北：臺灣商務印書館影印文淵閣四庫全書，1983 年初版。

17. 〔宋〕姚寬：《西溪叢語》，臺北：臺灣商務印書館，1966 年版。

18. 〔宋〕朱熹：《詩集傳》，上海：上海古籍出版社影印世界書局本，1987 年初版。

19. 〔宋〕朱熹：《楚辭集註》，臺北：藝文印書館據宋端平乙未（1235）刊本影印，1968 年再版。

20. 〔宋〕朱熹：《楚辭集註》，臺北：文津出版社，1987 年版。

21. 〔宋〕胡仔：《漁隱叢話前集》，臺北：臺灣商務印書館影印文淵閣四庫全書，1983 年初版。

22. 〔宋〕黎靖德編：《朱子語類》，長沙：岳麓書社，1997 年初版。

23. 〔宋〕黃伯思：《東觀餘論》，北京：中華書局據古逸叢書三編影印，1988 年初版。

24. 〔宋〕謝枋得：《文章軌範》，鄭州：中州古籍出版社影印光緒九年（1883）置絃歌書院刊本，1991 年初版。

25. 〔宋〕嚴羽撰、郭紹虞校釋：《滄浪詩話校釋》，北京：人民文學出版社，1961 年初版。

26. 〔元〕黃溍：《文獻集》，臺北：臺灣商務印書館影印文淵閣四庫全書，1983 年初版。

27. 〔元〕虞集：《道園學古錄》，臺北：臺灣商務印書館影印文淵閣四庫全書，1983 年初版。

28. 〔元〕歐陽玄：《圭齋文集》，臺北：臺灣商務印書館影印文淵閣四庫全書，1983 年初版。

29. 〔元〕楊維楨：《東維子文集》，臺北：臺灣商務印書館影印文淵閣四庫全書，1983 年初版。

30. 〔元〕脫脫主編：《宋史》，北京：中華書局，1997 年版。

31. 〔明〕太祖皇帝：《明太祖集》，合肥：黃山書社，1991 年初版。

32. 〔明〕宋濂主編：《元史》，北京：中華書局，1997 年版。

33. 〔明〕宋濂：《文憲集》，臺北：臺灣商務印書館影印文淵閣四庫全書，1983 年初版。

34. 〔明〕宋濂：《宋景濂未刻集》，臺北：臺灣商務印書館影印文淵閣四庫全書，1983 年初版。

35. 〔明〕王禕：《王忠文集》，臺北：臺灣商務印書館影印文淵閣四庫全書，1983 年初版。

36. 〔明〕朱右：《白雲稿》，臺北：臺灣商務印書館影印文淵閣四庫全書，1983 年初版。

37. 〔明〕高啟：《高啟大全集》，臺北：臺灣商務印書館影印文淵閣四庫全書，1983 年初版。

38. 〔明〕錢宰：《臨安集》，臺北：臺灣商務印書館影印文淵閣四庫全書，1983 年初版。

39. 〔明〕謝肅：《密菴稿》，臺北：臺灣商務印書館影印四部善本叢刊，1971 年初版。

40. 〔明〕方孝孺：《遜志齋集》，臺北：臺灣商務印書館影印文淵閣四庫全書，1983 年初版。

41. 〔明〕胡儼：《頤菴文選》，臺北：臺灣商務印書館影印文淵閣四庫全書，1983 年初版。

42. 〔明〕楊士奇：《東里集》，臺北：臺灣商務印書館影印文淵閣四庫全書，1983 年初版。

43. 〔明〕楊士奇：《文淵閣書目》，北京：書目文獻出版社，1994 年影印初版。

44. 〔明〕楊榮：《文敏集》，臺北：臺灣商務印書館影印文淵閣四

庫全書，1983 年初版。

45. 〔明〕金幼孜：《金文靖公北征錄》，臺北：成文出版社影印本，1968 年初版。

46. 〔明〕王直：《抑菴文集》，臺北：臺灣商務印書館影印文淵閣四庫全書，1983 年初版。

47. 〔明〕胡廣主編：《性理大全》，臺北：臺灣商務印書館影印文淵閣四庫全書，1983 年初版。

48. 〔明〕夏原吉：《忠靖集》，臺北：臺灣商務印書館影印文淵閣四庫全書，1983 年初版。

49. 〔明〕陳敬宗：《澹然先生文集》，臺南：莊嚴文化事業有限公司據浙江圖書館藏清鈔本影印，1997 年初版。

50. 〔明〕吳與弼：《康齋集》，臺北：臺灣商務印書館影印文淵閣四庫全書，1983 年初版。

51. 〔明〕周敘：《石溪周先生文集》，臺南：莊嚴文化事業有限公司影印萬曆二十三年（1595）刻本，1997 年初版。

52. 〔明〕薛瑄：《薛瑄全集》，太原：山西人民出版社，1993 年初版。

53. 〔明〕王越：《黎陽王太傅詩文集》，臺南：莊嚴文化事業有限公司影印嘉靖九年（1530）刻本，1997 年初版。

54. 〔明〕岳正：《類博稿》，臺北：臺灣商務印書館影印文淵閣四庫全書，1983 年初版。

55. 〔明〕倪岳：《青谿漫稿》，臺北：臺灣商務印書館影印文淵閣四庫全書，1983 年初版。

56. 〔明〕何喬新：《椒邱文集》，臺北：臺灣商務印書館影印文淵閣四庫全書，1983 年初版。

57. 〔明〕周瑛：《翠渠摘稿》，臺北：臺灣商務印書館影印文淵閣

四庫全書，1983 年初版。

58. 〔明〕陳獻章：《陳白沙集》，臺北：臺灣商務印書館影印文淵閣四庫全書，1983 年初版。

59. 〔明〕陳獻章：《陳獻章集》，北京：中華書局，1987 年初版。

60. 〔明〕吳訥著、于北山校點：《文章辨體序說》，北京：人民文學出版社，1962 年初版。

61. 〔明〕徐有貞：《武功集》，臺北：臺灣商務印書館影印文淵閣四庫全書，1983 年初版。

62. 〔明〕李賢：《古穰集》，臺北：臺灣商務印書館影印文淵閣四庫全書，1983 年初版。

63. 〔明〕丘濬：《重編瓊臺稿》，臺北：臺灣商務印書館影印文淵閣四庫全書，1983 年初版。

64. 〔明〕葉盛：《水東日記》，北京：中華書局，1980 年初版。

65. 〔明〕何喬新：《椒邱文集》，臺北：臺灣商務印書館影印文淵閣四庫全書，1983 年初版。

66. 〔明〕吳寬：《家藏集》，臺北：臺灣商務印書館影印文淵閣四庫全書，1983 年初版。

67. 〔明〕王鏊：《震澤長語》，臺北：臺灣商務印書館影印文淵閣四庫全書，1983 年初版

68. 〔明〕王鏊：《震澤集》，臺北：臺灣商務印書館影印文淵閣四庫全書，1983 年初版

69. 〔明〕李東陽，《懷麓堂集》，臺北：臺灣商務印書館影印文淵閣四庫全書，1983 年初版

70. 〔明〕李東陽：《李東陽全集》，長沙：岳麓書社，1985 年初版。

71. 〔明〕李東陽：《李東陽續集》，長沙：岳麓書社，1997 年初版。

72. 〔明〕程敏政：《明文衡》，臺北：臺灣商務印書館影印文淵閣四庫全書，1983 年初版。

73. 〔明〕程敏政：《明文衡》，臺北：世界書局據明刊本影印，1967 年初版。

74. 〔明〕程敏政：《篁墩文集》，臺北：臺灣商務印書館影印文淵閣四庫全書，1983 年初版。

75. 〔明〕邵寶：《容春堂集》，臺北：臺灣商務印書館影印文淵閣四庫全書，1983 年初版。

76. 〔明〕沈周：《石田詩稿》，臺北：臺灣商務印書館影印文淵閣四庫全書，1983 年初版。

77. 〔明〕文洪：《文淶水集》，臺南：莊嚴文化事業有限公司影印明刻本，1997 年初版。

78. 〔明〕王錡：《寓圃雜記》，北京：中華書局，1984 年初版。

79. 〔明〕廖道南：《殿閣詞林記》，臺北：臺灣商務印書館影印文淵閣四庫全書，1983 年初版。

80. 〔明〕祝允明：《懷星堂集》，臺北：臺灣商務印書館影印文淵閣四庫全書，1983 年初版。

81. 〔明〕張泉：《吳中人物志》，臺北：學生書局據國立中央圖書館藏明隆慶間刊本影印，1969 年初版。

82. 〔明〕羅玘：《圭峰集》，臺北：臺灣商務印書館影印文淵閣四庫全書，1983 年初版。

83. 〔明〕錢福：《鶴灘稿》，臺南：莊嚴文化事業有限公司影印明刻本，1997 年初版。

84. 〔明〕陸深：《谿山餘話》，上海：商務印書館，民國二十五年（1936）影印初版。

85. 〔明〕黃溥：《詩學權輿》，臺南：莊嚴文化事業有限公司據蘇

州市圖書館藏天啟五年（1625）黃氏復禮堂刻本影印，1997 年初版。

86. 〔明〕桑悅：《思玄集》，臺南：莊嚴文化事業有限公司影印萬曆二年（1674）桑大協活字刊本，1997 年初版。

87. 〔明〕黃佐：《翰林記》，臺北：臺灣商務印書館影印文淵閣四庫全書，1983 年初版。

88. 〔明〕李夢陽：《空同集》，臺北：臺灣商務印書館影印文淵閣四庫全書，1983 年初版。

89. 〔明〕楊慎：《升菴集》，臺北：臺灣商務印書館影印文淵閣四庫全書，1983 年初版。

90. 〔明〕黃省曾：《五嶽山人集》，臺南：莊嚴文化事業有限公司據南京圖書館藏嘉靖刻本影印，1997 年初版。

91. 〔明〕楊循吉：《吳中往哲記》、〔明〕黃魯曾：《續吳中往哲記》，臺南：莊嚴文化事業有限公司據北京大學圖書館藏明嘉靖刻本影印，1996 年初版。

92. 〔明〕周用：《周恭肅公集》，臺南：莊嚴文化事業有限公司據清華大學圖書館藏嘉靖二十八年（1549）周國南川上草堂刻本影印，1997 年初版。

93. 〔明〕周用：《楚詞註略》，上海圖書館藏清順治九年（1652）周之彝刊本。

94. 〔明〕馮惟訥：《楚辭旁註》，北京國家圖書館藏明刊本。

95. 〔明〕黃姬水：《黃淳父先生全集》，臺南：莊嚴文化事業有限公司據中山圖書館藏萬曆十三年（1585）顧九思刻本影印，1997 年初版。

96. 〔明〕王世貞：《藝苑巵言》，臺北：臺灣商務印書館影印文淵閣四庫全書，1983 年初版。

97. 〔明〕汪瑗：《楚辭集解》，北京：北京古籍出版社，1994 年初版。

98. 〔明〕吳國倫：《甔甀洞稿》，上海：上海古籍出版社據萬曆刻本影印，1995 年初版。

99. 〔明〕胡應麟：《詩藪·續編》，臺南營柳鄉：莊嚴文化事業有限公司影印明刻本，1997 年初版。

100. 〔明〕焦竑：《國朝獻徵錄》，臺南：莊嚴文化事業有限公司據明刊本影印，1997 年初版。

101. 〔明〕高攀龍：《高子遺書》，臺北：臺灣商務印書館影印文淵閣四庫全書，1983 年初版。

102. 〔明〕文徵明：《甫田集》，臺北：臺灣商務印書館影印文淵閣四庫全書，1983 年初版。

103. 〔明〕徐問：《山堂萃稿》，嘉靖辛丑常州知府張志選刊本。

104. 〔明〕焦竑：《玉堂叢語》，北京：中華書局，1981 年初版。

105. 〔明〕王穉登：《丹青志》，《筆記小說大觀》十三編第 5 冊，臺北：新興書局，1976 年版。

106. 〔明〕何喬遠：《名山藏》，上海：上海古籍出版社據崇禎刻本影印，1995 年初版。

107. 〔明〕袁宗道：《白蘇齋類集》，上海：上海古籍出版社，1989 年初版。

108. 〔明〕林兆珂：《楚辭述註》，臺北：新文豐出版公司，1986 年影印初版。

109. 〔明〕陸時雍：《楚辭疏》，臺北：新文豐出版公司，1986 年影印初版。

110. 〔明〕蔣之翹：《七十二家評楚辭》，北京中國科學院藏忠雅堂天啟六年（1626）刊本。

111. 〔明〕蔣之翹：《七十二家評楚辭》，上海圖書館藏忠雅堂天啟六年（1626）刊本。

112. 〔明〕沈雲翔：《楚辭評林》，上海圖書館藏明末聽雨齋刊本。

113. 〔明〕許學夷：《詩源辨體》，北京：人民文學出版社，1998 年初版。

114. 〔明〕黃文煥：《楚辭聽直》，臺南：莊嚴文化事業有限公司據崇禎十六年（1643）初刻、順治十四年（1657）續刻本影印，1997 年初版。

115. 〔明〕黃文煥：《楚辭聽直》，臺北：新文豐出版公司據明刊本影印，1986 年初版。

116. 〔明〕黃虞稷：《千頃堂書目》，臺北：廣文書局，1981 年影印初版。

117. 〔明〕周拱辰：《離騷草木史》，上海圖書館藏清嘉慶八年（1803）聖雨齋刻本。

118. 〔明〕李陳玉：《楚詞箋註》，康熙十一年（1672）魏學渠刊本。

119. 〔明〕錢澄之：《莊屈合詁》，合肥：黃山書社，1998 年初版。

120. 〔明〕王夫之：《明詩評選》，北京：文化藝術出版社，1997 年初版。

121. 〔明〕黃宗羲：《宋元學案》，北京：中華書局，1986 年初版。

122. 〔明〕黃宗羲：《明儒學案》，北京：中華書局，1985 年初版。

123. 〔明〕黃宗羲編：《明文海》，臺北：臺灣商務印書館影印文淵閣四庫全書，1983 年初版。

124. 〔清〕錢謙益：《列朝詩集小傳》，北京：中華書局，1961 年初版。

125. 〔明〕顧炎武：《日知錄》，臺北：臺灣商務印書館影印文淵閣四庫全書，1983 年初版。

126. 〔清〕朱彝尊：《明詩綜》，臺北：臺灣商務印書館影印文淵閣四庫全書，1983 年初版。

127. 〔清〕張廷玉主編：《明史》，北京：中華書局，1997 年版。

128. 〔清〕林雲銘：《楚辭燈》，康熙三十四年（1695）杭州挹奎樓刊本。

129. 〔清〕林雲銘：《古文析義合編》，臺北：廣文書局影印清末石印本，2001 年九版。

130. 〔清〕沈翼機等纂、嵇曾筠等修：《浙江通志》，上海：商務印書館據光緒二十五年（1899）浙江書局重刊本民國二十三年（1934）影印本（光緒本據雍正十三年〔1735〕本重刊）。

131. 〔清〕永瑢主編：《四庫全書總目》，北京：中華書局，1965 年影印初版。

132. 〔清〕沈德潛編：《明詩別裁》，香港：中華書局，1977 年初版。

133. 〔清〕沈德潛：《歸愚詩鈔餘集》，上海：上海古籍出版社據乾隆刻本影印，1995 年初版。

134. 〔清〕顧成天：《楚詞九歌解》，臺南：莊嚴文化事業有限公司據上海圖書館藏乾隆六年（1741）刻本影印，1997 年初版。

135. 〔清〕戴震：《屈原賦註》，北京：中華書局，1999 年初版。

136. 〔清〕章學誠：《文史通義》，北京：中華書局 1994 年初版。

137. 〔清〕卞永譽：《式古堂書畫彙考》，臺北：臺灣商務印書館影印文淵閣四庫全書，1983 年初版。

138. 〔清〕王錦修、吳光昇纂：《柳州府志》，海口：海南出版社影印乾隆二十五年（1750）刊本，2000 年初版。

139. 〔清〕吳仰賢纂、許瑤光修：《嘉興府志》，臺北：成文出版社影印光緒五年（1879）刊本，1970 年初版。

140. 〔清〕李銘皖編：《蘇州府志》，臺北：成文出版社影印光緒九

年（1883）刊本。

141. 〔清〕楊承禧等纂、張仲炘等修：《湖北通志》，上海：商務印書館據宣統三年（1911）修、民國十年（1921）增刊本影印，民國二十三年（1934）影印本。

142. 〔清〕曾國荃等纂修：《湖南通志》，上海：商務印書館據光緒十一年（1885）刊本影印，民國二十三年（1934）初版。

143. 〔清〕劉咸炘：《推十書・續校讎通義》，成都：成都古籍書店，1996 年影印初版。

144. 〔清〕陳田：《明詩紀事》，上海：上海古籍出版社，1993 年初版。

145. 王祖畬等纂：《太倉州志》，臺北：成文出版社據民國八年（1919）刊本影印，1975 年初版。

二、近人著述

146. 中國古籍善本書目編輯委員會編：《中國古籍善本書目》，上海：上海古籍出版社，1996 年初版。

147. 中國科學院圖書館整理：《續修四庫全書總目提要（稿本）》，濟南：齊魯書社，1996 年初版。

148. 孔德成：《明清散文選注》，臺北：正中書局，1974 年初版。

149. 王其榘：《明代內閣制度史》，北京：中華書局，1989 年初版。

150. 王衛平、王建華：《蘇州史紀（古代）》，蘇州：蘇州大學出版社，1999 年初版。

151. 史小軍：《復古與新變：明代文人心態史》，石家莊：河北人民出版社，2001 年初版。

152. 左東嶺：《明代心學與詩學》，北京：學苑出版社，2002 年初版。

153. 余嘉錫：《余嘉錫說文獻學》，上海：上海古籍出版社，2001 年初版。

154. 吳文治主編：《明詩話全編》，南京：江蘇古籍出版社，1997 年初版。

155. 吳宏一：《詩經與楚辭》，臺北：臺灣書店，1998 年初版。

156. 吳晗：《朱元璋傳》，北京：人民出版社，1985 年初版。

157. 宋佩韋：《明文學史》，上海：商務印書館，民國二十三年（1934）初版。

158. 李大明：《楚辭文獻學史論考》，成都：巴蜀書社，1997 年初版），頁 121。

159. 李大明：《漢楚辭學史》，成都：電子科技大學出版社，1994 年初版。

160. 李中華、朱炳祥：《楚辭學史》，武漢：武漢出版社，1996 年初版。

161. 周秉高：《楚辭解析》，呼和浩特：內蒙古大學出版社，2003 年初版。

162. 周建忠：《楚辭與楚辭學》，長春：吉林人民出版社，2000 年初版。

163. 屈萬里、昌瑞卿、潘美月：《圖書版本學要略》，臺北：中華文化出版事業社，1964 年版。

164. 易重廉：《中國楚辭學史》，長沙：湖南出版社，1991 年初版。

165. 林慶彰：《明代考據學研究》，臺北：學生書局，1986 年再版。

166. 邱永君：《清代翰林院制度》，北京：社會科學文獻出版社，2007 年二版。

167. 金開誠：《屈原辭研究》，南京：江蘇古籍出版社，1992 年初版。

168. 姜亮夫、姜昆武：《屈原與楚辭》，合肥：安徽教育出版社，1996年二版。

169. 姜亮夫編：《楚辭書目五種》，上海：上海古籍出版社，1993年新一版。

170. 查洪德：《理學背景下的元代文論與詩文》，北京：中華書局，2005年初版。

171. 孫琴安：《中國評點學史》，上海：上海社會科學院出版社，1999年初版。

172. 徐永明：《元代至明初婺州作家群研究》，北京：中國社會科學出版社，2005年初版。

173. 桂棲鵬：《元代進士研究》，蘭州：蘭州大學出版社，1999年初版。

174. 袁震宇、劉明今：《明代文學批評史》，上海：上海古籍出版社，1991年初版。

175. 崔富章：《楚辭書目五種續編》，上海：上海古籍出版社，1993年初版。

176. 張健：《明清文學批評》，臺北：國家出版社，1983年初版。

177. 許總：《宋明理學與中國文學》，南昌：百花洲出版社，1999年初版。

178. 郭沫若：《屈原研究》，上海：新文藝出版社，1953年版。

179. 郭紹虞：《中國文學批評史》，天津：百花文藝出版社，1999年初版。

180. 陳大康：《明代商賈與世風》，上海：上海文藝出版社，1996年初版。

181. 陳子展：《楚辭直解》，上海：復旦大學出版社，1996年初版。

182. 陳貞瑾：《宋濂傳記文研究》，台北：文津出版社，2006 年初版。

183. 陳書錄：《明代詩文的演變》，南京：江蘇教育出版社，1996 年初版。

184. 陳國球：《唐詩的傳承：明代復古詩論研究》，臺北：學生書局，1990 年初版。

185. 章培恆、駱玉明：《中國文學史》，上海：復旦大學出版社，1996 年初版。

186. 黃仁生：《楊維楨與元末明初文學思潮》，上海：東方出版中心，2005 年初版。

187. 黃卓越：《明永樂至嘉靖初詩文觀研究》，北京：北京師範大學出版社，2001 年初版。

188. 黃明同：《陳獻章評傳》，南京：南京大學出版社，1999 年初版。

189. 黃寶華、文師華：《中國詩學史：宋金元卷》，廈門：鷺江出版社，2002 年初版。

190. 廖可斌：《明代文學復古運動研究》，上海：上海古籍出版社，1994 年初版。

191. 熊禮匯：《明清散文流派論》，武漢：武漢大學出版社，2003 年初版。

192. 臺灣中央圖書館編：《明人傳記資料索引》，臺北：文史哲出版社，1978 年再版。

193. 蒙文通：《古史甄微》，成都：巴蜀書社，1999 年初版。

194. 褚斌杰：《楚辭要論》，北京：北京大學出版社，2003 年初版。

195. 趙景雲、何賢鋒：《中國明代文學史》，北京：人民出版社，1994 年初版。

196. 劉明今：《遼金元文學史案》，上海：上海古籍出版社，2004 年

初版。

197. 潘嘯龍、毛慶主編：《楚辭著作提要》，武漢：湖北教育出版社，
2003 年初版。

198. 鄭利華：《明代中期文學演進與城市形態》，上海：復旦大學出
版社，1995 年初版。

199. 鄧紹基主編：《元代文學史》，北京：人民文學出版社，1991 年
初版。

200. 錢基博：《中國文學史》，北京：中華書局，1993 年初版。

201. 錢基博：《明代文學》，臺灣：商務印書館，1973 年初版。

202. 簡錦松：《明代文學批評研究》，臺北：學生書局，1989 年初版。

203. 聶石樵：《屈原論稿》，北京：人民文學出版社，1992 年二版。

204. 譚帆：《中國小說評點研究》，上海：華東師範大學出版社，2001
年初版。

205. 饒宗頤：《楚辭書錄》，香港：蘇記書莊，1956 年初版。

206. 饒宗頤：《澄心論萃》，上海：上海文藝出版社，1996 年初版。

207. 丁冰：〈明代楚辭學概觀〉，《蒲峪學刊》1986 年第 3 期。

208. 任麗華：〈明代前期騷體文學的新變〉，《許昌學院學報》2006
年第 1 期。

209. 朱鴻：〈文集與人物研究——以明初閣臣黃淮為例〉，《臺灣師
大歷史學報》第 29 期，2001 年 6 月。

210. 吳企明：〈李賀《〈楚辭〉評語》辨疑〉，《唐音質疑錄》，上
海：上海古籍出版社，1986 年初版。

211. 吳智和：〈明代蘇州社區鄉土生活史舉隅——以文人集團為例〉，
《方志學與社區鄉土史學術研討會論文集》，臺北：學生書局，
1998 年。

212. 周建忠：〈明代楚辭要籍題解〉，《書目季刊》第 37 卷第 2 期，2003 年 9 月。

213. 邵曼珣：〈蘇州文人尚趣之研究〉，《古典文學》第 12 期，1992 年。

214. 范宜如：〈文學中的人地關係論述──以吳中地域為例〉，《中國文學研究》第 4 輯，南昌：江西教育出版社，2002 年初版。

215. 昝亮：〈《楚辭書目五種》補考五則〉，《古籍整理研究學刊》，1997 年第 3 期。

216. 孫學堂：〈明弘治、正德時期吳中文學思想的新變〉，《華僑大學學報》（人文社會科學版）2001 年 4 期。

217. 張浩遜：〈明代常熟詩文述論〉，《常熟理工學院學報》2005 年 3 期。

218. 陳煒舜：〈高元之及其《變離騷》考述〉，《成大中文學報》第 15 期，2006 年 12 月。

219. 陳寶良：〈明代文人辨析〉，《漢學研究》第 19 卷第 1 期，2001 年 6 月。

220. 陳耀基：〈楚辭體式探論〉，《漢學研究》第 22 卷第 2 期，2004 年 12 月。

221. 湯漳平：〈楚辭研究二千年〉，《許昌師專學報》1989 年第 4 期。

222. 楊鍾基：〈李賀「楚辭評註」探佚辨證〉，《中國文化研究所學報》第 18 卷，1987 年。

223. 熊良智：〈阮孝緒《七錄》楚辭分類著錄的學理背景〉，「2007 年楚辭國際學術研討會暨中國屈原學會第十二屆年會」論文。

224. 劉渭平：〈明代詩學之發展與影響〉，《明清史集刊》第 3 卷，1997 年 6 月。

225. 鄭利華：〈明代中葉吳中文人集團及其文化特徵〉，《上海大學學報》第 4 卷第 2 期，1997 年 4 月。

226. 林賢得：「明代吳中詩派研究」，臺北：國立臺灣師範大學國文研究所碩士論文，1987 年。

227. 范宜如：「明代中期吳中文壇研究———一個地域文學的考察」，臺北：國立臺灣師範大學國文研究所博士論文，2000 年。

228. 徐在日：「明代楚辭學史論」，北京：北京大學中文系博士論文，1999 年。

229. 廖棟樑：「古代楚辭學史論」，臺北：輔仁大學中國文學系博士論文，1997 年。

230. 駱芬美：「三楊與明初之政治」，中國文化大學史學研究所碩士論文，1982 年。

後 記

　　1998 年，身為香港中文大學商學院應屆畢業生的我，在何文匯、佘汝豐、黃維樑三位老師的鼓勵下報考同校中文學部碩士班。我從初中開始，幾乎每年參加全港詩詞創作比賽，何師一直是主席評判，知我甚深。佘師曾任教於拔萃男書院——我的中學母校，雖然轉職已久，但在拔萃聲名不減，因此我一升上大一，就迫不及待前往中文系向這位才氣橫溢、思觸敏銳的傳奇人物報到。與黃師結緣，則由大三時選修他的「新詩」課開始。此外，Dr. F. Gritti 和 Mr. J. Hillenbrand 也主動為我寫推薦函。我在大學時代副修義大利文與德文，是兩位老師帶我走進《神曲》和《浮士德》的國度。入讀碩士班後，在因緣際會下受業於吳宏一師門下。吳師待人處世溫而謹，威而不猛，治學態度一絲不苟，對我影響深刻。

　　2000 年秋，我又在諸位老師的支持下考入博士班，與吳師商討後，決定以「明代楚辭學研究」為學位論文的題目。對於學殖疏陋如我者而言，這是一個很大的課題，也是一個很大的挑戰。我知道撰寫這篇論文需要閱讀、蒐集、消化大量的材料，絕不可能在修業年限的最後幾個月裡天才般、地暗天昏地把它趕製出來。因此往後三年中，我在吳師的指引下，採取勻速前進的方式，聚沙為塔，積少成多。在論文架構和推論方法上，佘師也每有指點，發我深省。2003 年夏，我順利通過了博士論文口試。

　　我以為，人文學者的精進，全在「浸淫」二字。放眼港、臺，中文系博士生三年出師者極少，並非材質不足，而是火候未到。我的材質不過中人而已，遑論火候！倉促結業，主要是考慮到吳師榮休在即，以及家中父母之故。記得吳師曾說：學無止境，只要抱持著正確的態度就會進步，至於學位只是第二義，博士論文不過是一個開端。故此，我一直自視為「學術半成品」；2004 年赴臺工作，正好得到一個「補課」的良機。佛光大學的行政工作較少，我且教且學，工作之餘便前往臺北，旁聽孔達公（德成）師的「金文研究」、「三禮研究」、潘美月師的「版本學」、「目錄學」、「文獻學專題」以及陳伯元教授的「聲韻學講座」等，不敢荒怠。

　　由於學界對明代楚辭學的研究相對不足，時或有師長勸我將博士論文出版，以質正於大方之家。但是我自覺當日撰寫這部論文的時間太短，錯繆在所難免，因此未敢輕諾。我的考量是：將這部論文作仔細的修補，然後將修補成果逐一發表，如此方不致誤己誤人。數年之間，才勉力將博士論文的第一章分拆為五篇論文，補苴罅漏，逐一發表。此時，潘美月師提議我將這些論文整合為一部著作，收入她與鄭吉雄教授主編的「文獻與詮釋研究論叢」中。鄭教授看過書稿後，建議我再寫一篇關於明代前期文風與楚辭學的文章，作為總論。其後，何文匯師也就書稿的題目和緒論部分給予一些寶貴的看法。如今這部著作，就是吸取各位師長的意見後修正而成的。現將各章內容的發表詳情列之於下：

2007.12：　〈明代前期的臺閣文風、吳中文化與楚辭學〉，彰師大《國文學誌》第 15 期，頁 171-208。

2005.11：　〈明初的文道合一論與楚辭論〉，金華：「呂祖謙暨浙東學術文化國際研討會」，浙江省哲學社會科學發展規劃小組、浙江省社科聯、金華市政協、浙江師範大學、浙江古籍出版社、武義縣人民政府聯合主辦。

2006.6：　〈永樂至弘治間臺閣諸臣的楚辭論〉，《靜宜人文社會學報》第 1 卷第 1 期，頁 31-58。

2006.9：　〈永樂至弘治間吳中文士的楚辭論〉，《東華漢學》第四期，頁 143-145。

2006.6：　〈桑悅及其《楚辭評》考論〉，《清華學報》新 36 卷第 1 期，頁 237-272。

2005.7：　〈周用《楚詞註略》探析〉，《東海中文學報》第 17 期，頁 1-30。

上述各篇論文中的論述紕繆、文字訛誤、資料缺失，在本書中皆已儘量糾正補遺。若仍有不足之處，還望方家不吝賜正。

　　走筆至此，同仁突然告知達公師在今天上午辭世，令我驚愕不已。過去幾年間，每週前往臺大中文系，親聆謦欬。因為我是香港人，又供職於佛光，老師賜我尊號曰「和尚」：「外來的和尚會撞鐘」之故也。有次要去馬來西亞開會，事先請假，並將會議論文面呈。老師當場批閱後，端詳封套，只見上面寫著：「達生老師賜正，後學煒舜敬呈。」老師肅然改容說：「這樣寫不好，你拿去把它劃掉，寫成：『達公吾師誨正。』」改畢，老師再端詳一次，又說：「『後學』二字也欠妥，改作『受業』！」聽到這句話，只感到額頭上掛起豆大的汗珠：我何德何能，膽敢忝列門牆？這時老師臉上忽然泛起一個頑皮的微

笑：「還愣著幹甚麼？我額外教你東西，不收你的學費！」登
時滿堂粲然。當時我有一個願望，就是拙著殺青時，能夠請達
公師題簽。礙於才短筆鈍，書稿未竣，出版事宜尚未敲定，遲
遲不敢啟齒。這個願望，如今化為了永遠的遺憾。達公師知道
我對《楚辭》略有心得，一直要求我進一步打好聲韻學的基礎。
而吳宏一師與何文匯師為拙著作序，潘美月師和鄭吉雄教授鼎
力支持拙著出版，同樣是寄望殷切。面對這樣的要求和寄望，
身為「學術半成品」的我在這殷切中竟體會出一絲甘意。我想
起了「指窮於為薪」的典故。高山仰止，景行行止。雖不能至，
心嚮往之！

陳煒舜

於佛光大學文學系

九十七年十月廿八日

又及：拙作惠附於鄭吉雄教授主編「文獻與詮釋研究論叢」，
書稿於去年通過匿名評審，以保證論叢之學術水準。兩位評審
者之建議，啟我良多。當時教務日重，一直無暇回應，唯允諾
負責統籌的傅凱瑄小姐，今年底前完成修訂。同年九月，惜別
荏苒六載的佛光大學，自蘭陽平原轉回吐露港畔的母校香港中
文大學中文系，還須適應亦舊亦新的環境。從事修訂，仍感未
遑。日月于邁，每憶舊諾，汗顏而已。所幸學期於十二月初結
束，任教科目尚未開考，乃修訂回應，數日而告竣工。此外，

中國屈原學會、南通大學楚辭研究中心於今年三月聯合主辦「傳統與現代—楚辭國際學術研討會」，我獲邀與會，以書稿緒論為基礎，請益於學界前輩。會後承內蒙古周秉高教授垂顧，節取相關章節，以〈眾囂囂兮，而子獨騷兮：論明代前期楚辭學的研究旨趣〉為題，刊登於《職大學報》2010 年第 3 期，頁 27-29。未幾，汨羅屈原紀念館劉石林館長賜函告知，欲於其網站轉載該文。得諸位賢達青睞期許，勞心洵感忉忉。年光一晌，距撰寫〈後記〉時又復兩載有餘。春節以來忙於庶事，運動甚少，至近日腰骨痠痛似折。修訂書稿之際，軫猶隱然，遂口占〈浣溪沙〉二首云：

> 綠鬢蹉跎嘆沈腰。無邊落木下蕭蕭。幾番風雨更能消。○所賴此身天付與，一任千折不相撓。自斟清酒自吟騷。

> 淡月窺簾夜正醇。屏山礙日不知晨。垂楊繚繞異鄉魂。○烏鵲鳴枝冬羽暖，老藤依塔碧蹤新。江南依舊夢邊人。

新春在即，自祈強健體魄，於教研工作有所精進。亦謹藉此機會，對所有關心拙稿的前輩時賢、師友後進表示至深謝意。

陳煒舜
補記於香港中文大學中文系
九十九年十二月七日

國家圖書館出版品預行編目資料

明代前期楚辭學史論

陳煒舜著. – 初版. – 臺北市：臺灣學生，2011.03
面；公分
參考書目：面

ISBN 978-957-15-1473-4 (平裝)

1. 楚辭 2. 研究考訂 3. 明代文學

820.9206   98015745

明代前期楚辭學史論 (全一冊)

著　作　者：	陳　　　煒　　　舜
出　版　者：	臺 灣 學 生 書 局 有 限 公 司
發　行　人：	楊　　　雲　　　龍
發　行　所：	臺 灣 學 生 書 局 有 限 公 司

臺北市和平東路一段七十五巷十一號
郵 政 劃 撥 帳 號 ： 0 0 0 2 4 6 6 8
電　話 ： (0 2) 2 3 9 2 8 1 8 5
傳　眞 ： (0 2) 2 3 9 2 8 1 0 5
E-mail：student.book@msa.hinet.net
http：//www.studentbooks.com.tw

本 書 局 登
記 證 字 號：行政院新聞局局版北市業字第玖捌壹號

印　刷　所：長 欣 印 刷 企 業 社
中 和 市 永 和 路 三 六 三 巷 四 二 號
電　話 ： (0 2) 2 2 2 6 8 8 5 3

定價：平裝新臺幣三六〇元

西　元　二　〇　一　一　年　三　月　初　版

82081